饮酒品茗卷

举杯邀明月

历代诗词分类鉴赏

周啸天　主编

天地出版社 | TIANDI PRESS

图书在版编目（CIP）数据

举杯邀明月 / 周啸天主编. —成都：天地出版社，
2025.6
（历代诗词分类鉴赏）
ISBN 978-7-5455-7527-9

Ⅰ．①举… Ⅱ．①周… Ⅲ．①诗词—诗歌欣赏—中国
Ⅳ．①I207.2

中国版本图书馆CIP数据核字（2022）第250316号

JUBEI YAO MINGYUE

举杯邀明月

出 品 人	杨　政
主　　编	周啸天
责任编辑	孙学良
责任校对	梁续红
封面设计	叶　茂
版式设计	张迪茗
内文排版	成都新和平文化传播有限公司
责任印制	王学锋

出版发行	天地出版社
	（成都市锦江区三色路238号　邮政编码：610023）
	（北京市方庄芳群园3区3号　邮政编码：100078）
网　　址	http://www.tiandiph.com
电子邮箱	tianditg@163.com
经　　销	新华文轩出版传媒股份有限公司

印　　刷	北京天宇万达印刷有限公司
版　　次	2025年6月第1版
印　　次	2025年6月第1次印刷
成品尺寸	710mm×1000mm　1/16
印　　张	22
字　　数	284千
定　　价	98.00元
书　　号	ISBN 978-7-5455-7527-9

茶酒的朋友，盐米的夫妻。柴米油盐酱醋酒茶，古称开门八件事——前六为常设，后二为余事。欲把西湖比西子，从来佳茗似佳人。何以解忧？唯有杜康。

现代医学证明，适量喝酒，对促进血液循环是有好处的。而茶，则有清新明目，提神醒脑之功用。在温饱有加的时代，茶与酒并行不悖，实题中应有之义。

至于茶之品尝，酒之酿制，剑南春之命名，紫砂壶之工艺，尽君把玩，耐人深味，蔚为文化，博矣深矣。

清人吴乔以饭喻文，以酒喻诗，堪称妙譬。而茶处两间，为散文诗焉。

东坡思茶多妙语，李白斗酒诗百篇，古往今来，佳作累累，音情顿挫，光英朗练，脍炙人口，传唱至今，汇为一编，以飨君子。

诸君于茶余酒后，洗心饰视，必能发挥逸兴，或可一扫幽郁也。

目次

●《诗经》，我国最早的诗歌总集，本称《诗》，儒家列为经典，汉时独尊儒术，始称《诗经》。共收西周初年至春秋中叶的民歌和朝庙乐章歌辞305篇，另有笙诗6篇有目无诗。全书按音乐分风、雅、颂三类（一说分风、小雅、大雅、颂四体）。汉代传诗者有齐、鲁、韩、毛四家，今传《诗经》为"毛诗"。

◇小雅·鱼丽

鱼丽于罶（yǒu），鲿（cháng）鲨。君子有酒，旨且多。

鱼丽于罶，鲂鳢（fánglǐ）。君子有酒，多且旨。

鱼丽于罶，鰋（yǎn）鲤。君子有酒，旨且有。

物其多矣，维其嘉矣。

物其旨矣，维其偕矣。

物其有矣，维其时矣。

这是一首宴飨宾客的诗，诗中盛赞肴酒的多且美，又推广到"美万物盛多"（诗序），故后来成为"燕飨通用之乐歌"（朱熹《诗集传》）。

诗六章，明显地分为前后两部分。前三章各四句，具体地渲染主人设宴的丰盛，可视为诗的主歌。诗人没有描绘宴会的全景，笔墨只

集中在鱼、酒的鲜美与丰富上，我国古代的饮食文化中，鱼与酒皆占有重要地位。鱼乃美食，孟子说起"鱼，我所欲也"，是津津乐道的；冯谖没吃上鱼还和孟尝君闹过意见。《诗经》中提到酒的地方，竟有五十余处之多，"君子有酒"成为豪言，见于三首诗中。直到宋代的苏轼还说是"有客无酒，有酒无肴。月白风清，如此良夜何！"（《后赤壁赋》），非得"携酒与鱼，复游于赤壁之下"不可。而《鱼丽》诗中正是客、酒、肴三全其美。

　　"鱼丽于罶"是兴，兼有以鱼入篓譬喻留客之意，而宴会本来多鱼，则"鱼丽于罶"又使人联想到在鱼篓里毕剥活跳的鲜鱼，唯其鲜，其味更美。三章中每章并列两种鱼名：鲿呀鲨呀，鲂呀鳢呀，鰋呀鲤呀，全是夸口的语气，已间接地、形象地写了鱼肴的"旨且多"。下面则说"君子有酒，旨且多"。写鱼形象而具体，写酒概括而直接，正是实与虚、象与言的相互为用，相得益彰。三章反复间有鱼名变化，真令人目不暇接。这里虽无宴会场面的描写，但从那兴致勃勃的口气中，使人恍若目击"琉璃钟，琥珀浓，小槽酒滴真珠红。烹龙炮凤玉脂泣，罗帷绣幕围香风"（李贺）的觥筹交错的热闹场面。

后三章各二句，系抓住前三章中的三个重要的形容词："多""旨""有"，又从具体的鱼酒推广到更大范畴的"物"，反复重唱，似乎是在赞美自然的赐予，又似乎在赞美人类的创造，这是诗的副歌。副歌往往是直接点出主题的，"物"既着眼于眼前食物又属意于万物，"物其多矣""物其旨矣""物其有矣"，三复斯言，突出了"美万物盛多"的主题。这几句须和《颊弁》中"尔酒既旨，尔肴既嘉""尔酒既旨，尔肴既时""尔酒既旨，尔肴既阜"对读，可知此诗中的"多""旨""有""嘉""偕""时"等形容词，是针对酒、肴双方而设，而此诗更有推美于一般物产之义。这组副歌在主歌基础上"重重再描一层"（方玉润），对这首宴飨诗章有着不可忽视的升华作用，它不只是反映贵族追求生活享受的狭隘意识，而在更高层次上反映了先民对于物阜年丰、和平安乐的祝愿，这种肯定的评价，不是拔高，而是指出它的深层应有之义。

作为一首歌诗，《鱼丽》的语言形式之美妙，是应予特别注意的。它似乎直接暗示了这首诗的唱法——虽然《诗经》唱法失传，我们仍不难通过这种暗示，作出最佳唱法设计。

先看主歌，由于是具体的形象的描绘，故每章诗句较副歌为多；又采用四二四三的长短句形式，明显地与合乐有关。尤值得注意的是由鱼名组成的二字句，这种短句在唐五代词里一般出现在"和声"，如《采莲子》中的"举棹""年少"，《竹枝》中的"竹枝""女儿"。因为短，便成为长句的间隙，宜用帮腔（即和声）唱法。由此可以假设推想，在宴会演唱《鱼丽》，众乐齐举，一人领唱道："鱼儿落进笼鱼篓啊"，于是齐声应和："鲿呀鲨呀"，该是多么动人。后两句也可照此一唱一和，唱来极有顿挫抑扬之妙，唱得众宾客情绪都上来了，于是杂然相和，满座尽欢。

再看副歌，由于是点题和渲染，每章都很短，每句重音落在"多""旨""有""嘉""偕""时"等字眼上，句末都带一个语助"矣"，更重反复咏叹。此部最宜大合唱，甚至可用轮唱，把宴会的气氛推向欢乐的高峰。

（周啸天）

◇小雅·瓠叶

幡幡瓠叶，采之亨（pēng）之。君子有酒，酌言尝之。
有兔斯首，炮之燔（fán）之。君子有酒，酌言献之。
有兔斯首，燔之炙之。君子有酒，酌言酢之。
有兔斯首，燔之炮之。君子有酒，酌言酬之。

这是一首朋友宴饮之诗。诗中宴饮绝无铺张奢华、挥霍无度之感，却似朋友把盏小酌，自得其乐。主人公应该是一个穷困之"士"或没落为庶人的自由民。

开篇写瓠叶翻飞飘舞、摇曳不定的姿态，一片活脱脱的生机，突出一个"鲜"字。当即采下，马上烹煮，蔬菜鲜嫩，给人造成宾主跃跃欲试的印象。故第四句以一"尝"字把酒与菜一并挽住，揭开了简朴而友好的宴饮序幕。尽管葫芦叶味道不美，但主宾之间却不以为憾，津津有味地品尝着它。

　　第二章开始，即描述主客饮酒的情况，及兴趣盎然的烧烤野兔肉场景，而"献""酢""酬"三次劝酒活动，清晰地记载着宴饮的进程。野兔子待客本来已算不得丰厚，诗中却再三说"有兔斯首"，兔头是骨多肉少的部分，令人自然联想到主人的贫窭困窘。菜是匆匆忙忙从野外采来煮熟的，肉是捕获来的野兔，他平素常靠"野味"为生，这宴饮也充满一种简朴的野味。用泥包裹或直接投入火中烧烤，烧熟后带着烟尘，慢撕细嚼，与井然有序的劝酒礼节大相径庭，显出宾主的随便和洒脱，有礼而欢快。这三章中斟酒和烧烤野兔肉的反复出现，使君子礼让的风度和朋友甘之如饴的友谊紧密地结合在一起，把宴饮表现得别致、淡雅。

（杨胜宽）

●古诗十九首，东汉文人抒情诗，初见录于南朝梁昭明太子萧统《文选》。诗多反映汉末动乱时世中夫妇两地分居之苦及文人失落心态。语言平易自然，如秀才对朋友说家常话，颇为后世称道。

◇今日良宴会

今日良宴会，欢乐难具陈。弹筝奋逸响，新声妙入神。令德唱高言，识曲听其真。齐心同所愿，含意俱未伸。人生寄一世，奄忽若飙尘。何不策高足，先据要路津？无为守贫贱，轗轲长苦辛。

这是一首宴会听歌的感慨诗。前四句写快乐的宴会，"难具陈"犹言妙不可言也。"奋逸"谓不同寻常的飘逸的音乐，"新声"指时髦的音乐，"妙入神"即出神入化。继四句写听曲感心，借阐明曲意而发了一番议论，"识曲听其真"是很关键的一句，意思是听话听音，善解曲意，别停留在肤浅的层面上。

"齐心同所愿"犹言口之于味，有同嗜焉，接下来"含意俱未伸"一句，也大有深意：是说人们口头讲的，未必是心中想的——这也是世态人情之常。然后诗人代所有人讲出心里的话：人生苦短时不我待，富贵应须致身早——虽然思想并不高明，却是实话实说，不虚伪不骗人。

　　这首诗意思太明白，许多好心的道德家都帮不上忙，说什么"据要津，乃诡词也"（沈德潜），说什么"此似劝实讽，所谓谬悠其辞也"（姚鼐），只是一厢情愿、徒劳无益的辩解。子曰："耕也，馁在其中矣；学也，禄在其中矣。"子夏曰："学而优则仕。"而官本位的社会，又产生着虚伪——统治者提倡表彰的恰恰是不慕荣利、安贫乐道的气节。诗人的难能可贵处，就在于他敢于把伪君子们"齐心同所愿，含意俱未伸"的思想大胆暴露出来，可以说是不讽之"讽"吧。

（周啸天）

●曹植（192—232），字子建，曹操子。封陈王，谥思，世称"陈思王"。以才学为曹操所重，几欲立为太子。魏立，于文帝、明帝两朝备受猜忌，怀志难伸，郁郁而终。五言诗以笔力雄瞻、辞采华美见长。有宋辑本《曹子建集》，今有《曹植集校注》。

◇公宴

公子敬爱客，终宴不知疲。清夜游西园，飞盖相追随。明月澄清景，列宿正参差。秋兰被长坂，朱华冒绿池。潜鱼跃清波，好鸟鸣高枝。神飙接丹毂，轻辇随风移。飘飘放志意，千秋长若斯。

这是曹植青年时期写的一首参加宫廷宴会的诗。诗歌没有直接写宴会时大家饮酒的热闹场面，而是把笔墨放在宴会以后集体夜游西园看到的清夜美景和感到的美好生活，构思富有特色。

诗句开始说的"公子"就是曹丕，曹操的第二个儿子，曹植的哥哥，后来曹操死后，他取代汉献帝做了皇帝，就是魏文帝。当时曹丕已经是五官中郎将，很得曹操的信任，他对很有文才、也得到曹操赏识的弟弟曹植，从心里是一直很妒忌猜疑的，传说中曹植被曹丕逼着作的《七步诗》："煮豆持作羹，漉菽以为汁。萁在釜下燃，豆在釜中泣。

本是同根生，相煎何太急？"就是针对曹丕的，其豆相煎，骨肉相残，可见他们亲兄弟之间的复杂而微妙的关系。但在年轻的时候，还没有因为争夺接班人而短兵相接，矛盾还没有激化，兄弟之间还维系着一定的感情。因此在公事之暇，曹丕也在西园设宴招待曹植，与其他文人们一起欢聚。宴会时曹丕诗兴勃发，写了一首五言诗《芙蓉池作》，来记述当时的盛况。诗是这样的："乘辇夜行游，逍遥步西园。双渠相溉灌，嘉木绕通川。卑枝拂羽盖，修条摩苍天。惊风扶轮毂，飞鸟翔我前。丹霞夹明月，华星出云间。上天垂光彩，五色一何鲜。寿命非松乔，谁能得神仙？遨游快心意，保己终百年。"表现了曹丕不愿求仙得道，长生不老，只愿诗酒流连，观赏美景，逍遥快活，以终天年的思想。参加宴会的还有魏国的著名作家和诗人，比如"建安七子"中的王粲、刘桢、阮瑀、应玚等，大家也都写了诗，与曹丕相唱和。这些诗歌，在一定程度上反映了邺下文人集团诗酒唱和的风雅生活，也为后代的文人雅集开了先河。而曹植的这首诗，也是对曹丕的诗歌的赓和之作，或者说，算是奉命之作，因为他既然参加了宴会，而且还是王子，身份比那些文人要高，自然是主宾，尽管兄弟之间并不和谐，但也不得不和作一首，以表示对宴会的主人的答谢。所以他的诗歌一开始就说"公子敬爱客"，公子是对诸侯的儿子的称呼，这里是指曹丕，诗句赞扬了曹丕对客人尊敬友爱的精神，当然其中也表示了对于哥哥给予弟弟的爱护的感谢之意。特别是"终宴不知疲"一句，曲折地写出曹丕宴会饮酒时兴致之高，以至于在宴会终了之后，还精神百倍不知疲倦，陪大家一起游玩西园，这就给了曹丕礼贤下士的精神以充分的肯定，想来曹丕看过之后也一定是很高兴的，诗歌写得很是得体。

　　诗中说到的西园，就是当时魏国的都城邺下（在今河北临漳一带）的皇家公园，当时叫作"铜雀园"，那当然是很大而且风景很美的。诗歌接下来就主要描写游园所见的种种景物。在静静的秋夜，主人和宾客们在园子里车马相随，尽情游赏。你看：那夜空中明月洒下了清辉，稀疏的群星多么灿烂；园子里长满了兰草，荷花也刚刚冒出绿池的水面；游鱼在清波中欢腾跳跃，鸟儿在高树的枝头上互相呼唤；还有那疾风吹着车轮，乘坐的车辇也显得格外轻便。这一切，天上地下，水中陆上，组合成了一幅优美的夜景，这些既是对美好夜景的精妙的描写，同时也衬托出游园者的欢快的心情，可谓情景交融，给人以赏心悦目的美感。

正是这样，所以诗歌结尾说："飘飘放志意，千秋长若斯。"这里的结尾十分巧妙，既是对上面所精心描写的美好景象的自然的引申、总结，表达了自己的当然也是大家的共同心愿，同时也和曹丕的原作扣合很紧，特别是和原作的最后四句呼应密切，在命意上保持了高度的一致，那意思分明是说：您说得真是很对呀，要想长生不老那是不可能的，只要我们能够这样自由自在地生活下去，那就很是不错了，但愿千秋万代永远如此！诗到这里也就自然结束，无论写景，还是抒情，都浑然一体，达到了高度的融合，体现了作者非常圆熟的技巧。

（管遗瑞）

●孙楚（约218—293），字子荆，太原中都（今山西平遥西南）人。官至冯翊太守。明人辑有《孙冯翊集》，收入《汉魏六朝百三名家集》。

◇出歌

茱萸出芳树颠，鲤鱼出洛水泉。白盐出河东，美豉出鲁渊。姜桂茶荈出巴蜀，椒橘木兰出高山。蓼苏出沟渠，精稗出中田。

这首诗歌的篇名也叫《八出歌》，因为整首诗要说明的意思是指出各种美味原料的出产之地，其中包括我们日常生活中普遍需要的茶叶，八句中有八个"出"字，所以叫《出歌》。

为了帮助理解这首诗的意思，我们不妨把它翻译成白话："茱萸果出在芳香树的顶端，鲤鱼生在洛河的水泉。那白盐就出在山西的河东，美味的豆豉出在山东的鲁渊。姜、桂和茶叶出在西南的巴蜀，花椒、红橘、木兰出在高高的山巅。蓼草和紫苏生长在沟渠里，那香稻的精米出在广阔的良田。"

这首诗歌乍看起来好像不是诗，它只是比较整齐的八个判断句的并列而已，整首诗也只是说了出产之地，好像没有表达其他意思。不过，这在西晋时代，诗歌还保留着汉代乐府的很多痕迹，作为古诗中的一种，它不需要遵守固定的章法、句法，句子也可以整散不拘，长短也很随便，不像后来唐代以后那样要求严格。就是唐代，也还有散文化的诗歌，比如陈子昂的《登幽州台歌》："前不见古人，后不见来者。念天地之悠悠，独怆然而涕下。"孙楚的这首《出歌》作为诗，它从外在形式上也具有诗歌的特质，比如全诗虽然有五言、六言、七言三种句式，但在句式节奏上是很标准的，也大体整齐，而且押韵，还是一韵到底，所以读起来朗朗上口。从内容上来看，它虽然只是并列了一些美味的原料，以及它们的产地，但是我们可以分明地感觉到作者对晋代地大物博、出产丰饶的自豪，以及对这些美味的赞美。通过诗的这种"曲达其意"的艺术手段，来含蓄委婉地表达自己的思想，其中也包含着一定的艺术匠心，显得质朴古雅而又耐人寻味。

关于歌咏茶叶的诗歌，可谓历史悠久，从《诗经》开始就一直歌咏下来，这首孙楚的《出歌》也是较早地反映茶的诗歌，所以它还具有重要的历史认识作用。在晋代，从现在我们可以看见的材料里知道那时茶叶已经较为普遍，饮茶已经成为人们生活中的一个重要组成部分，诗文里面都有反映。比如同在晋代而稍后于孙楚的杜育，就写过有名的《荈赋》（荈，晚采的茶，此处代指茶）："灵山惟岳，奇产所钟。瞻彼卷阿，实曰夕阳。厥生荈草，弥谷被岗。承丰壤之滋润，受甘霖之霄降。月惟初秋，农功少休；结偶同旅，是采是求。水则岷方之注，挹彼清流；器择陶简，出自东瓯；酌之以匏，取式公刘。惟兹初成，沫成华浮；焕如积雪，晔若春敷……"这首赋很短小，但是它却写了茶叶的生长环境、态势以及条件，描写了初秋季节茶农不辞辛劳地结伴采茶的情景，还写到烹茶所用之水当为"清流"，所用茶具无论精粗都要清洁，直到最后写出喝茶的美感享受。我们如果把孙楚的《出歌》和这篇赋结合起来读，把赋作为歌的注脚，当会有更加深入的体会。

（管遗瑞）

●陶渊明（365—427），一名潜，字元亮，浔阳柴桑（今江西九江西南）人。东晋名臣陶侃曾孙，一生三仕三隐，于彭泽令任内弃官归里，隐居田园，遂不复仕。于宋文帝时卒，友人私谥曰靖节先生。有《陶渊明集》。

◇饮酒二十首（录二）

结庐在人境，而无车马喧。问君何能尔，心远地自偏。采菊东篱下，悠然见南山。山气日夕佳，飞鸟相与还。此中有真意，欲辩已忘言。

这是陶渊明的组诗《饮酒》二十首中的第五首。组诗有自序："余闲居寡欢，兼比夜已长，偶有名酒，无夕不饮。顾影独尽，忽焉复醉。既醉之后，辄题数句自娱。纸墨遂多，辞无诠次。聊命故人书之，以为欢笑尔。"萧统云："有疑陶渊明之诗，篇篇有酒，吾观其意不在酒，亦寄酒为迹也。"（《陶渊明集》序）北宋文豪欧阳修《醉翁亭记》有"醉翁之意不在酒，在乎山水之间也"的名言，即此意也。《饮酒》组诗中最为脍炙人口者，当推本篇。

陶渊明一生主张复返自然，第一步是在思想上排斥世俗的价值观，做到心静，心静则境静。此诗前四句讲的就是这个道理，虽然结庐世

上，却听不到车马的喧闹——这里的"车马喧"，固可实指上层人士间的交往，也可以象征世俗的争竞，此中关键，在于"心远"二字。"远"是玄学的基本概念之一，指超脱于世俗利害的、淡然自足的精神状态。

"心远地自偏"是一篇之要言，中含妙道，陶渊明的崇拜者、大书法家颜真卿"心正则笔正"，唐诗人李颀"为政心闲物自闲"，北宋文豪苏东坡"此身安处是吾乡"等名言，即出于此。前四句平易中见行云流水之妙，一句平平叙起，二句即转折，三、四句因而作为问答，何等意味深长，无怪王安石叹服道："自有诗人以来无此四句。"

紧接四句便从偶然目击的自然景物，写随缘自适的生活乐趣。前两句或作"采菊东篱下，悠然望南山"，苏东坡指出，"望"与"见"一字之差，境界大不相同，成为陶诗一段著名公案。盖"望"字是有意识的注视，"见"则是无意中的相逢，后者才能传达"悠然"（即不期然而然）的神韵。以下用顶真格起，即写南山日夕的景色。

"山气"即远山景色，"气"字似着眼于暮霭。"日夕"偏义于夕，夕阳下山，暮霭迷离，景色特佳，这是来自生活观察的见道之言，而宿鸟归飞正是此时山色的一个生动的点缀。泰戈尔《吉檀迦利》云："像一群思乡的鸟儿日夕飞向它们的山巢，在我向你合十膜拜之中，让我全部的生命，启程回到它永久的家乡。"在诗人心中，归山之鸟和归根之叶一样，总是意味无穷的象征。而就在这妙不可言的景色中，诗人体会到妙不可言的哲理。

末二句总结：诗人已领悟到生命的真谛，正要把它说出来，却找不到合适的语言了。这话虽来自《庄子·齐物论》的"大辩不言"，却已深契禅机——禅宗认为真谛是一种活泼的感受，逻辑语言不足以体现它的微妙，它可以凭根性直觉顿悟，却无法用语言来表达。二句至关紧要，它提示了全诗的形象所要表达的深层意义，同时将读者的思路返引回形象，自去咀嚼、自去玩味。

最后一个问题，"此中"是甚中？一般注释为"大自然中"，固然不错；但联系题面，是否还有"饮中"的意思呢？鲁迅说，在陶渊明高吟"饥来驱我去"的当儿，或者偏见很有几分酒意，否则他就不会"悠然见南山"而将"愕然见南山"了。这话虽属调侃，也符合陶诗给人的印象与感觉。当然，要是直接点明"酒中"，那又未免大煞风景。唯其"此中"含义不定，才耐涵泳。

（周啸天）

清晨闻叩门，倒裳往自开。问子为谁欤？田父有好怀。壶浆远见候，疑我与时乖。"褴缕茅檐下，未足为高栖。一世皆尚同，愿君汩其泥。""深感父老言，禀气寡所谐。纡辔诚可学，违己诅非迷！且共欢此饮，吾驾不可回。"

这是陶渊明的组诗《饮酒》二十首中的第九首。清人方东树在《昭昧詹言》中说："据序亦是杂诗，直书胸臆，直书其事，借饮酒为题耳，非咏饮酒也。"这种说法对整组诗来说大体是对的。但是选在这里的一首，却的的确确是在说饮酒。诗写作者所居地方的父老很远地送酒来慰问他，劝说诗人出仕做官，诗人就和他们一起饮酒，从对话中表现了作者执意隐居的坚定志向。

要明白这首诗的意思，首先就要了解它的背景。据各家版本，这首诗大约写于晋义熙十二年（416），陶渊明五十二岁左右，他已经归隐多年。此时，江州刺史又在推荐他到晋朝做官，也就是《宋书·陶潜传》说的："义熙末，征为著作佐郎，不就。"大约就在这个时候，陶渊明写了这首诗来表明自己的心志，决心隐居到底，决不出山。

这首诗不难理解，因为它语言通俗，明白如话。它的好处也正在这里，它用质朴通俗的文字，记述了作者同一位关心他的老农（田父）的交往和谈话，反映了他们之间和谐相处的乐趣，也表明了自己不再出山的坚决态度，显得字字真切，感情深厚，而又非常真率自然，简直就是一首短小、精练而又生动的叙事诗。开始六句叙述事情的缘起，即老农一大早就来造访，诗人急急忙忙热情迎接，其中交代了老农知道诗人与时不合，特地带了酒来和他共饮，将进行规劝，以表达他的一番好心好意。接下来四句就是老农劝诗人的话，说您何必穿着破烂衣服住在茅屋里，和自己过不去呢，要顺乎潮流，和社会上的其他人保持一致呀！言外之意，显然是要诗人应征出去做官。对于这番好意，诗人立即作了回答：首先是表示感谢，然后申明自己禀性乐于隐居，要是违心地出去，那就真是自己糊涂了。现在怎么办呢，还是和您高高兴兴地喝酒吧，我的志向是不能逆转的啊！诗歌到这里也就结束了，事情交代得清清楚楚，对话也很生动，人物形象也栩栩如生，虽然一切都好像是在客观地叙述，但是作者不愿出山做官的意愿，却是表达得斩钉截铁，不可动摇，在真率自然的描写中又包含着委婉含蓄的表达方式，可见作者在构思时候的剪裁功夫。

运用对话是本诗的一个特色。全诗十六句，就有十句是对话，诗歌也主要是通过作者和老农的对话来表现自己的思想，这在以前的短小的叙事诗里是不多见的。后来这种手法被唐代诗人杜甫继承和发扬，写出了专以对话来表现主题的像"三吏三别"那样的传世名篇，以后又有以白居易、元稹等人为主的新乐府运动，更是大量地在诗歌中运用对话来反映现实生活，可见陶渊明诗歌对后代的巨大影响。

（管遗瑞）

●庾信（513—581），字子山，南阳新野（今河南新野）人。庾肩吾之子。梁时任湘东王萧绎国常侍、安南参军。萧绎称帝（即梁元帝），任右卫将军，封武康县侯，加散骑常侍，出使西魏。值西魏攻陷江陵，杀梁元帝，因羁留长安，被迫历仕西魏、北周。北周时官至骠骑大将军、开府仪同三司，也称庾开府，卒于隋初。有明辑本《庾开府集》。

◇卫王赠桑落酒奉答诗

愁人坐狭斜，喜得送流霞。跂窗催酒熟，停杯待菊花。霜风乱飘叶，寒水细澄沙。高阳今日晚，应有接䍦斜。

这是北朝诗人庾信的名作。诗歌写作者在羁留之地长安愁坐待酒，酒来之后那种喜从心起的情景，非常生动感人。全诗围绕的中心，也就是转愁为喜的过程，着眼在一个"喜"字上。

首先在诗题上要弄明白两件事。一是卫王是谁。据《周书》记载，北周文帝有十三子。"文宣皇后叱奴氏生高祖、卫刺王直。"直字豆罗突。武成初，进封卫国公。建德三年（574），晋爵为王。这位卫王就是豆罗突。二是桑落酒是什么酒。据《汾酒史话》载，"桑落酒，在当时（按即北周）只是酒的一个通名而不是某种酒或某个地区的酒的专名。《诗经·卫风·氓》中就说：'桑之未落，其叶沃若。''桑之落矣，其黄而陨。'所谓'桑落'就是桑叶凋落，这在北方正是农历九十月间。贾思勰《齐民要术》卷七谈到黍米造酒法时，称'十月桑落，初冻则收水，酿者为上。'明朝人刘绩的《霏雪录》上说：'河东桑落坊，有井，每至桑落时，取水酿酒甚美，故名桑落酒。'可见，桑落起初是一个时间概念，后来逐渐成为一类酒的名称。酒以'桑落'名之，是说正是桑叶凋落之时，取井水酿酒，所酿之酒风味独特，为当时之人所喜爱。"庾信还在他写的其他几首诗歌中多次说到"桑落酒"，比如《就蒲州使君乞酒》《蒲州刺史中山公许乞酒一车未送》等，可见庾信是很喜欢喝这种桑落酒的。

但是，诗人也有喝不到酒的时候。也许是好久没有人送酒来了吧，庾信一个人愁闷地坐在狭陋的居所，酒渴如狂，愁苦万端，难以排遣。恰恰就在这个时候，忽然传来卫王送酒的喜讯（流霞指酒），而且是他特别心爱的那种桑落酒，那真是喜从天降，喜不自禁，很有些手舞足蹈的样子了。你看他，抬起脚后跟站着，趴在窗户前一个劲地催促赶快把酒煮熟送来，那急不可耐的天真的样子，真是和小孩子没有什么差别了。他又取出酒杯放在桌子上，等着酒煮熟了马上就喝。这里"菊花"也是指酒，据《汾酒史话》说，"菊花"是桑落酒当中的一种，这里也是代指卫王送来的桑落酒。这两句，跂、催、停（放置）、待几个动词的运用，非常生动地刻画出那种焦急等待但又十分喜悦的心情，起到了传神阿堵的作用。到第五、六句，作者把视线转到了户外，只见霜风劲吹落叶纷纷飘下，澄清的池水里透出一片寒冷。这是宕开一笔，以景衬情，意谓在寒冷的深秋，只有喝酒才能驱除寒意，如今酒来了，也就不怕这寒冷了。所以到最后，作者说，我这个一向爱好喝酒的高阳酒徒，今晚可是要好好地醉他一场了！"接䍦"是帽子，"斜"是歪戴着，这里是用了晋朝山简镇守襄阳时唯酒是耽，每次出游都醉得倒戴着帽子回来的典故，来形容自己今晚将要喝得极其快乐的那种令人陶醉的境界，真是非常形象生动了。

　　读完这首诗，作者得到送酒以后那种喜形于色的情景，简直跃然纸上了。刚开始的那种愁苦，也早就一扫而空。对于转愁为喜的一步步描写，甚至细节的刻画，都非常生动形象，"喜"字被表达得淋漓尽致。要知道，这个时候还没有开始喝酒哩，诗歌所写的只是酒来以后，等待喝酒那一短暂时间的情况，要是真喝起来，那又别是一番热烈情景了。作者之所以这样写，也就是题目已经规定了的，是要表示对卫王送酒的感谢之意，这样集中写焦急等待的情况，最能委婉地传达出感激的心情，作者在这个方面把握得很有分寸，恰到好处，所以诗歌写得很紧凑简练，而又情意深厚，很能打动人。

（管遗瑞）

●王绩（约589—644），字无功，绛州龙门（今山西河津）人。王通之弟。尝居东皋，号东皋子。隋时为秘书省正字，唐初以原官待诏门下省。后弃官还乡。有《王无功文集》。

◇过酒家

此日长昏饮，非关养性灵。
眼看人尽醉，何忍独为醒！

王绩爱酒，声言求官是"良酝可恋"。时人有"斗酒学士""酒家南董"的雅称。自撰《五斗先生传》《醉乡记》以示其好，宗仰刘伶、阮籍、陶渊明风范。"平生唯酒乐，作性不能无。"（《田家》其三）"风鸣静夜琴，月照芳春酒。"（《山中叙志》）"稍觉池亭好，偏宜酒瓮甖香。"（《初春》）他几乎醉醺醺度却一生，每每"止宿酒店，动经岁月"。（吕才《东皋子集序》）《过酒家》（一作《题酒店壁》）原共五首，颇有次第，似为组诗，此为其二。

第一首感于京都无人引荐，只能一头钻进酒肆。此首承前交代迷酒之因："此日长昏饮，非关养性灵。"此日，即这些日子。这个嗜酒的人明白宣示自己长饮不止与内在"性灵"追求是毫无关涉的。"醉翁之意不在酒"，颇有些怏怏然、愤愤然的情绪。他为什么不去"养性

灵"，而要日日"长昏饮"呢？

后二句回答了这个疑问："眼看人尽醉，何忍独为醒！"表面上似乎说自己昏饮不醒是为混世顺俗，学学大家的样子。但取意却在相反的一端。"眼看""何忍"说得何等急切、清醒。从人醉己也醉的酒语中，潜意识迸发出"举世沉浊，不可与庄语"的愤懑和不满。从字面上反用屈子所云"举世皆浊我独清，举世皆醉我独醒"（《楚辞·渔父》），又前置"何忍"加强语气的硬度，反射出一种"高情胜气，独步当时"（辛文房《唐才子传·王绩》）的清醒感。王绩身处隋末衰乱之际，在隋炀帝大业年间，"不乐在朝"为秘书省正字，求为六合丞，目睹"豺狼塞衢路"的现实，即以俸钱，积于县门，弃官还乡，临去叹曰："网罗在天，吾且安之！"这种"我为涸辙鱼"的危惧，正是从人尽醉的衰败预感中产生的切肤之痛。所以不忍独醒蕴含求醉的矛盾苦衷，是遁世语，亦是愤世语，是"不如高枕枕，时取醉消愁"（《赠程处士》）的另一种更为深刻的说法。

　　这首诗很像是个醉汉子的醉语，冲口直道，不假思忖，看似胸襟张露，而一片苦闷心思，借助五绝短句促调，更显真力弥满。既与滥行于隋末轻侧浮艳的宫体诗不同，也与初唐风靡艳丽的六朝余习有别，质朴不群的风格迥异时流，"如鸾凤群飞，忽逢野鹿，正是不可多得也"（翁方纲《石洲诗话》）。

（魏耕原）

●杜审言（约645—708），字必简，祖籍襄阳（今属湖北），迁居巩县（今河南巩义西南）。咸亨元年（670）登进士第，其后任隰城尉，累转洛阳丞。圣历元年（698）坐事贬吉州司户参军。旋授著作佐郎，迁膳部员外郎。神龙元年（705）因谄附张易之兄弟流放峰州，不久召还，授国子监主簿，加修文馆直学士。有《杜审言诗集》。

◇晦日宴游

日晦随蓂荚，春情著杏花。
解绅宜就水，张幕会连沙。
歌管风轻度，池台日半斜。
更看金谷骑，争向石崇家。

这不是一首写普通宴游的诗歌，而是专门写“晦日”这天，唐朝的达官贵人们外出饮酒游乐的诗歌。诗歌不仅具有较高的艺术水平，而且在民俗研究上也具有很高的价值，通过这首诗，人们能够生动形象地了解到当时“晦日”宴游的具体情况，从而更好地认识那段历史中的一个生活侧面。

“晦日”是指农历每月的最后一天。唐代每到正月晦日这天，人们就要外出临水宴乐，以驱除不祥。据《玉烛宝典》记载：“元日至月晦，人并为酺食度水，士女悉湔裳酹酒于水湄，以为度厄。今世人唯晦日临河解除，妇人或湔裙。”这是当时的民俗，从民间到宫廷都是这样。另外，诗歌第一句讲到的“蓂荚”，也和这个晦日有关。据古代传说，蓂荚是一种祥瑞之草，从初一到十五每天生出一个荚，到十六日以后每天落一个荚，从蓂荚的增加和减少就可以知道日数。比如《帝王世纪》记载：“尧时有草夹阶而生，每月朔（按即初一）日生一荚，至月半则生十五荚，至十六日后日落一荚，至月晦而尽。若月小，余一荚，厌而不落。王者以是占历，唯盛德之君应和气而生以为尧瑞，一名蓂荚，一名历荚，一名瑞草。”看来晦日临水宴游的习俗，和这个古老的传说是有关系的。

杜审言做过洛阳丞，这首诗大约作于唐代的东都洛阳。

诗歌所写的晦日，从第二句“春情著杏花”也可以看出应是阴历正月的月末，也就是初春时节，这时北方到处杏花开放，显出盎然的春意来，正是郊游踏青的美好时节。诗中写道，士大夫们（绅是古代士大夫束在衣外的大带子，这里泛指衣带）在这一天都出城来到水边，搭起供休息、宴乐之用的帐篷来；轻风吹拂，歌声、音乐声在空中飘荡，到傍晚时分夕阳照着水池和楼台，景色就更加美好了。就在这个时候，那些富豪之家的人们已经骑着马，争先恐后地向西晋大官僚石崇曾经居住过的金谷园去了（金谷园是石崇的别墅，故址就在洛阳城的西北，这里是代指当时达官贵人的豪宅）。去干什么呢？自然是宴游的余兴未尽，又去喝起酒来了。这一天，也就这样在兴高采烈中度过了。

杜审言生活在初唐时期，从这首诗中，我们可以看到当时官僚、富豪生活的一斑。这首诗歌已经是非常成熟的五言律诗了，不管是平仄的黏对和句尾的押韵，还是词性的对偶，都完全符合律诗的规定。不仅如此，首尾两联本来可以不用对偶的，但是这首诗也用了对偶，整首诗显得格外精致，可见作者娴熟的诗歌技巧。杜审言是杜甫的祖父，他的诗歌成就也影响到后来的杜甫，起了很好的先导作用。

（管遗瑞）

●孟浩然（689—740），以字行，襄州襄阳人。少隐家乡鹿门山，玄宗开元十六年（728）进京应试不第，遂漫游天下，以布衣终老。有《孟浩然集》。

◇宴荣二山池

甲第开金穴，荣期乐自多。

枥嘶支遁马，池养右军鹅。

竹引携琴入，花邀载酒过。

山公来取醉，时唱接羅歌。

这是孟浩然在他的朋友荣二先生的池台亭阁中参加宴会所作的诗，诗题一作《宴荣山人亭》，又作《题荣二山池》。诗人的这位朋友姓荣，行二，大约是在一个什么地方隐居，其他情况现在已经无可查考了。

从诗中所写的情况来看，这位荣山人不是普通的隐士，而是很富有的豪绅。诗歌一开始就称他的居处是"甲第"，把他的隐居之所称为高官贵吏的宅第，并且以"金穴"来形容其富有。"金穴"典出《后汉书·光武郭皇后纪》："况迁大鸿胪，帝数幸其第，会公卿诸侯亲家饮宴，赏赐金钱缣帛，丰盛莫比，京师号况家为金穴。"这位荣二先生的宅第之华贵，家室之富有，也就可想而知了。但是毕竟他已经是隐遁山林之人了，所以第二句紧接着就赞扬他具有古代隐者荣启期优游林下、自得其乐的超然品格。这是用了《列子·天瑞》中的一个典故，说孔子遇见隐士荣启期，见他行于旷野之中，"鹿裘带索，鼓琴而歌"，自称非常快乐，孔子说："善乎，能自宽者也！"这两句诗，从总体上交代了荣山人的情况，既非常富有，又超尘出世，可见他是一个非同一般的人。

　　接下来诗人具体描写了荣山人居处的具体情况和宴饮的活动。先说他马厩里养着支遁那样的马，隐然以晋代著名的僧侣兼文人高士的支遁相比（支遁喜欢养马，他特别欣赏马的"神骏"）；还说他池子里养着王羲之那样的鹅，也是以晋代的右将军、著名书法家王羲之来作比（王羲之喜欢养鹅）。然后就写环境，有竹有花，有琴有酒，今番的宴会那一定是很惬心高雅的了！所以最后诗人就直截了当地表示，我今天来就是要像晋代的山简那样，和您一起一醉方休了！这里的最后两句，用的是山简的典故。据《晋书·山涛传》和《水经注》记载，山简（山涛的儿子）在镇守襄阳时嗜酒成性，每次外出都要大醉，倒戴着帽子（接篱是一种帽子）归来，孩子们编了儿歌唱道："山公出何许，往至高阳池。日夕倒载归，酩酊无所知……"看来，诗人和这位荣二先生是很有交情的，"酒逢知己千杯少"，这次在山池宴饮，那一定是不拘礼节，非常和谐热闹的了！

　　这首诗和孟浩然的大多数诗歌一样，都表现出清淡闲远的风格，意境幽静，追求一种"隐者自怡悦"的境界，但是其中表现的情趣，又多了一些豪放，可见作者风格的另一个方面。全诗用了很多典故，但是没有堆砌的感觉，显得比较自然，这是因为都用得很贴切。比如用荣启期来比荣二山人，都姓荣，本是一家，比得天衣无缝；如果光说家里养着马和鹅，那就太平常了，但是在马前加了支遁，在鹅前加了王羲之，那就精神全出，更加生动而富于意味了；以山简来比自己，自己的狂放的性格，也就在字里行间凸现出来了。从这些地方，可以看出作者精心的构思和巧妙的安排。

（管遗瑞）

●高适（约700—765），字达夫，渤海蓨（今河北景县）人。少时客居梁宋，玄宗天宝八载（749）有道科及第，曾为封丘县尉，不久辞官。客游河西，入哥舒翰幕。安史之乱中拜左拾遗，累为节度使。晚年出将入相，曾任左散骑常侍，进封渤海县侯，卒赠礼部尚书。有《高常侍集》。

◇醉后赠张九旭

世上谩相识，此翁殊不然。
兴来书自圣，醉后语尤颠。
白发老闲事，青云在目前。
床头一壶酒，能更几回眠？

张旭是盛唐时期杰出的书法家。当时著名书法家徐浩、颜真卿、怀素等人，皆师承张旭，均取得了很高的艺术成就。高适这首赠张旭之作，是天宝十一载（752）入长安与张旭相见共饮醉后所写。

首联采用欲扬先抑的手法突出张旭的与众不同。在现实中确有这种情况：天天见面的熟人，给人印象并不深；有的人却叫人一见难忘。"世上谩相识，此翁殊不然。"此诗首句将世上一切熟人尽行否定，乃过情之语，而过情语对于突出诗中人的独特形象，有明显的反衬作用。

"翁"，是对张旭的尊称，尽管学术界至今对张旭的生卒年尚无确考，但可以肯定的是，张旭应当是高适的前辈，所以这里以"翁"相称，也可以看出高适对他的尊敬。在这一抑一扬之中，张旭的形象如高峰突起，凌跨众山，给人以强烈印象，令人肃然起敬。这一联好像漫不经心，随意道来，却起得十分有力。

如果说第一联只是作者对张旭的总的印象，是虚写，那么，以下各联即转入了对张旭形象的具体刻画，是实写。字里行间，倾注着诗人对张旭无比钦敬的感情。

张旭有两个称号，一是"草圣"，二是"张颠"，为世所公认，所以实写时即先从这两个称号着笔："兴来书自圣，醉后语尤颠。"张旭精楷书，尤善草书，逸势奇状，连绵回绕，自创新的风格，人称"草圣"。杜甫《饮中八仙歌》中，即有"张旭三杯草圣传"的诗句。又《新唐书·文艺传》说：张旭"嗜酒，每大醉，呼叫狂走乃下笔，或以头濡墨而书，既醒，自视以为神，不可复得也，世呼'张颠'"。这一联对句互见，是说张旭在酒醉兴来之时，书法自然会达到超凡入圣的境界，言语也更加狂放不拘，一副天真情态。诗中表现了对张旭书法、性格由衷的赞美，同时强调了艺术重在性灵的自然流露，表现出对书法艺术的深刻认识。两句看似从两个方面分别写，而实际上合而为一，是一个难以分开的整体。

接着进一步赞美了张旭泊然于怀、不慕荣利的可贵品质："白发老闲事，青云在目前。""青云"此指隐逸。这一联写得十分传神，我们仿佛看到一位白发垂垂、蔼然可亲的老者，"身处朱门而情游江海，形入紫闼而意在青云"（《南史·衡阳元王钧传》），不问世事，一身悠闲，轻松自得。唯其不乐仕进，具有隐者的风度和情怀，才能够性情狂放，因此也才能够时时葆有天真之态，在书法艺术上取得不同流俗的极高的成就。这一联乍看似与第二联平列，而实际上是深入了一层，将诗意推进到了一个新的深度。

尾联承接上联，继续推进，写张旭狂放的醉眠生活。"床头一壶酒，能更几回眠？"两句暗用了《世说新语·言语》中的一个典故："孔文举（即孔融）有二子……昼日父眠，小者床头盗酒饮之。"孔融是汉末文学家，建安七子之一，字文举，诗文皆善，为人恃才负气，狂放不羁。此处隐然以孔文举比张旭，颇见推重之意。但这一联写张旭生活情形，不是平直叙述，而是以问句出之，显得格外亲切。意若曰：您老人家床头那壶酒，怕会被家中子孙偷喝吧，能伴您几次醉眠呢？语言已略带调侃，但又极有分寸，包含着丰富的意蕴。一方面，可见张旭平时经常醉眠，诗人将他性格中的特点拈出，使形象更为生动可感。另一方面，诗人在老前辈面前竟然开起玩笑来，这位老前辈的豁达可亲自然可以想见，而诗人自己的天真发问，也愈益显得醉态淋漓。到此，宴席间的热闹气氛，宴饮者的融洽关系，皆历历如在目前。这是以醉写醉，以自己的狂放衬托张旭的狂放，使题目中的"醉后"二字，得到了充分的表现。全诗到这里作了精彩的结束，张旭的可敬可爱的形象跃然纸上，活在人们的心中。

全诗在章法上虚实结合，虚写处内蕴丰富，而不显得空虚；实写处形象具体，但笔调轻灵，并无板滞胶着之感。这种巧妙的结合，使作者的感情与诗中主人翁的形象融为一体，产生出动人的艺术力量。另外，语言清新明朗，与诗中欢快活泼的情绪相一致，读来更真切动人。

（管遗瑞）

●李白（701—762），字太白，号青莲居士，自称祖籍陇西成纪（今甘肃静宁西南）。玄宗开元十三年（725）出蜀漫游，先后隐居安陆（今属湖北）与徂徕山（今属山东）。天宝元年（742）奉诏入京，供奉翰林，后赐金还山。安史乱中因从永王李璘获罪，系身囹圄，一度流放。有《李太白集》。

◇将进酒

君不见黄河之水天上来，奔流到海不复回。君不见高堂明镜悲白发，朝如青丝暮成雪。人生得意须尽欢，莫使金樽空对月。天生我材必有用，千金散尽还复来。烹羊宰牛且为乐，会须一饮三百杯。岑夫子，丹丘生，将进酒，杯莫停。与君歌一曲，请君为我倾耳听。钟鼓馔玉不足贵，但愿长醉不复醒。古来圣贤皆寂寞，唯有饮者留其名。陈王昔时宴平乐，斗酒十千恣欢谑。主人何为言少钱，径须沽取对君酌。五花马，千金裘，呼儿将出换美酒，与尔同销万古愁。

《将进酒》原是汉乐府短箫铙歌的曲调，题目意译即"劝酒歌"，故古辞有"将进酒，乘大白"云云。这首李白"填之以申己意"（萧士赟《分类补注李太白诗》）的名篇，作于一入长安以后，诗人时与友人

岑勋在嵩山元丹丘的颍阳山居为客，三人尝登高饮宴（《酬岑勋见寻就元丹丘对酒相待，以诗见招》："不以千里遥，命驾来相招。中逢元丹丘，登岭宴碧霄。对酒忽思我，长啸临清飙。"）。人生快事莫若置酒会友，作者又正值"抱用世之才而不遇合"（萧士赟）之际，于是满腔不合时宜借酒兴诗情，来了一次淋漓尽致的发抒。

诗篇发端就是两组排比长句，如挟天风海雨向读者迎面扑来。"君不见黄河之水天上来，奔流到海不复回"，颍阳去黄河不远，登高纵目，故借以起兴。黄河源远流长，落差极大，如从天而降，一泻千里，东走大海。如此壮浪景象，定非肉眼可以穷极，作者是想落天外，"自道所得"，语带夸张。上句写大河之来，势不可当；下句写大河之去，势不可回。一涨一消，形成舒卷往复的咏叹味，是短促的单句（如"黄河落天走东海"）所没有的。苏东坡《八声甘州·寄参寥子》开篇"有情风万里卷潮来，无情送潮归"，韵度似之。紧接着，"君不见高堂明镜悲白发，朝如青丝暮成雪"，恰似一波未平，一波又起。如果说前二句为空间范畴的夸张，这二句则是时间范畴的夸张。悲叹人生短促，而不直言自伤老大，却说"高堂明镜悲白发"，一种搔首顾影、徒呼奈何的情态宛如画出。将人生由青春至衰老的全过程说成"朝""暮"间事，把本来短暂的说得更短暂，与前两句把本来壮浪的说得更壮浪，是"反向"的夸张。于是，开篇的这组排比长句既有比意——以河水一去不返喻人生易逝，又有反衬作用——以黄河的伟大永恒形出生命的渺小脆弱。这个开端可谓悲感已极，却不堕纤弱，可说是巨人式的感伤，具有惊心动魄的艺术力量，同时也是由排比长句开篇的气势感造成的。这种开篇手法作者常用，如"弃我去者，昨日之日不可留；乱我心者，今日之日多烦忧"（《宣州谢脁楼饯别校书叔云》），沈德潜说："此种格调，太白从心化出"，可见其颇具创造性。此诗两作"君不见"的呼告（一般乐府诗只于篇首或篇末偶一用之），又使诗句感情色彩大大增强。诗有所谓大开大阖者，此可谓大开。

"夫天地者，万物之逆旅也；光阴者，百代之过客也"（《春夜宴从弟桃李园序》），悲感虽然不免，但悲观却非李白性分之所近。在他看来，只要"人生得意"便无所遗憾，当纵情欢乐。五、六两句便是一个逆转，由"悲"而翻作"欢""乐"，从此直到"杯莫停"，诗情渐趋狂放。"人生飘忽百年内，且须酣畅万古情"（《答王十二寒夜独酌有怀》）、"人生达命岂暇愁，且饮美酒登高楼"（《梁园吟》），行乐不可无酒，这就入题。但句中未直写杯中之物，而用"金樽""对月"的形象语言出之，不特生动，更将饮酒诗意化了；未直写应该痛饮狂欢，而以"莫使""空"的双重否定句式代替直陈，语气更为强调。

"人生得意须尽欢"，诗人眼下虽不得意，却用乐观好强的口吻肯定人生，肯定自我："天生我材必有用"，这是一个令人击节赞叹的句子。

"有用"而"必"，一何自信！简直像是人的价值宣言，而这个人——"我"——是须大写的。

于此，从貌似消极的现象中露出了深藏其内的一种怀才不遇而又渴望用世的积极的本质内容来。正是"长风破浪会有时"，为什么不为这样的未来痛饮高歌呢！破费又算得了什么——"千金散尽还复来"！这又是一个高度自信的惊人之句，能驱使金钱而不为金钱所使，真足令一切凡夫俗子们咋舌。诗如其人，想诗人"曩昔东游维扬，不逾一年，散金三十余万"（《上安州裴长史书》），是何等豪举。故此句深蕴在骨子里的豪情，绝非装腔作势者可得其万一。与此气派相当，作者描绘了一场盛筵，那绝不是"菜要一碟乎，两碟乎？酒要一壶乎，两壶乎？"而是整头整头地"烹羊宰牛"，不喝上"三百杯"决不罢休。多痛快的筵宴，多么豪壮的诗句！从文学继承上说，此处与汉乐府《西门行》"酿美酒，炙肥牛。请呼心所欢，可用解忧愁。人生不满百，常怀千岁忧。昼短苦夜长，何不秉烛游"云云，在文辞、内容上有近似处，然而赋予这种愁情以豪放之极的形式，乃是太白独特之处。

至此，狂放之情趋于高潮，诗的旋律加快。诗人那眼花耳热的醉态跃然纸上，恍惚使人如闻其高声劝酒："岑夫子，丹丘生，将进酒，杯莫停。"几个短句忽然加入，不但使诗歌节奏富于变化，而且写来逼肖席上声口。既是生逢知己，又是酒逢对手，不但"忘形到尔汝"，诗人甚而忘却是在写诗，笔下之诗似乎还原为生活，他还要"与君歌一曲，请君为我倾耳听"。以下八句就是诗中之歌了。

"钟鼓馔玉"意即富贵生活（《墨子》中说，诸侯欣赏"钟鼓之乐"，士大夫欣赏"琴瑟之乐"，农夫只有"瓴缶之乐"。又富贵人家吃饭时鸣钟列鼎，食物精美如玉），可诗人以为"不足贵"，并放言"但愿长醉不复醒"。诗情至此，便分明由狂放转而为愤激。这里不仅是酒后吐狂言，而且是酒后吐真言了。以"我"天生有用之才，本当位至卿相，飞黄腾达，然而"大道如青天，我独不得出"（《行路难》）。说富贵"不足贵"，乃出于愤慨。以下"古来圣贤皆寂寞"二句亦属愤语。诗人曾喟叹"自言管葛竟谁许"，所以他说古人"寂寞"，也表现出自己"寂寞"。因此才愿长醉不醒了。这里，诗人已是用古人酒杯，浇自己块垒了。说到"唯有饮者留其名"，便举出陈思王曹植作代表，并化用其《名都篇》"归来宴平乐，美酒斗十千"之句。古来酒徒历历，何以偏举"陈王"？这与李白一向自命不凡分不开，他心目中树为榜样的是谢安之类高级人物，而这类人物中，"陈王"与酒联系较多，这样写便有气派，与前文极度自信的口吻一贯。再者，"陈王"曹植于丕、睿两朝备受猜忌，有志难展，亦激起诗人的同情。一提"古来圣贤"，二提"陈王"曹植，满纸不平之气。此诗开始似只涉人生感慨，而不染政治色彩，其实全篇饱含一种深广的忧愤和对自我的信念。诗情所以悲而不伤，悲而能壮，即根源于此。

刚露一点深衷，又回到说酒，而且看起来酒兴更高。以下诗情再入狂放，而且愈来愈狂。"主人何为言少钱"，既照应"千金散尽"句，又故作跌宕，引出最后一番豪言壮语：即便千金散尽，也当不惜将出名贵宝物——"五花马"（毛色作五花纹的良马）、"千金裘"来换取美酒，图个一醉方休。这结尾之妙，不仅在于"呼儿""与尔"，口气放肆；而且具有一种将宾作主的任诞情态。须知诗人不过是"丹丘生"招饮的客人，此刻却高踞一席，颐指气使，提议典裘当马，慷他人之慨，几令人不知谁是"主人"谁是客人。快人快语，非不拘形迹的知友至交断不能语此。诗情至此狂放至极，令人嗟叹咏歌，直欲"手之舞之，足之蹈之"。情犹未已，诗已告终，突然又迸出一句"与尔同销万古愁"。这句既含"且须酣畅万古情"的豪意，又关合开篇高堂之"悲"，使"万古愁"的涵义较之"万古情"更深沉。这"白云从空，随风变灭"的一结，显见诗人奔涌跌宕的感情激流。通观全篇，真是大开大阖，大起大落，非如椽巨笔不办。

《将进酒》篇幅不算长，却五音繁会，气象不凡。它笔酣墨饱，情极悲愤而作狂放，语极豪纵而又沉着。诗篇具有震古烁今的气势与力量。这诚然与夸张手法不无关系，比如诗中屡用巨额数目字（"千金""三百杯""斗酒十千""千金裘""万古愁"等）表现豪迈的诗情，同时又不给人空洞浮夸感，其根源还是在它那充实深厚的内在感情，那潜藏在酒话底下如波涛汹涌的郁怒情绪。"李白的生活充满了大起大落的变化，他的感情也波澜起伏，千变万化。戏剧性的变化和不同寻常的生活，造就了李白的性格，也构成了李白诗歌波澜起伏的感情基调。"（林庚《唐代四大诗人》）本篇的诗情便是大起大落，忽翕忽张，由悲转乐、转狂放、转愤疾，再转狂放，最后结穴于"万古愁"，回应篇首。如大河奔流，有气势，亦有曲折，纵横捭阖，力能扛鼎。其歌中有歌的包孕手法，又有"绝去笔墨畦径"之妙，既非镂刻能学，又非率尔可到。通篇以七言为主，而以三、五、十言句破之，极参差错落之致；诗句以散行为主，又以短小的对仗语点染（如"岑夫子，丹丘生""五花马，千金裘"），节奏疾徐尽变，奔放而不流易。《唐诗别裁》谓"读李诗者于雄快之中，得深远宕逸之神，才是谪仙人面目"，此篇足以当之。

（周啸天）

◇把酒问月

青天有月来几时？我今停杯一问之。人攀明月不可得，月行却与人相随。皎如飞镜临丹阙，绿烟灭尽清辉发。但见宵从海上来，宁知晓向云间没？白兔捣药秋复春，嫦娥孤栖与谁邻？今人不见古时月，今月曾经照古人。古人今人如流水，共看明月皆如此。唯愿当歌对酒时，月光长照金樽里。

这首诗写作年代不详，或与《月下独酌》四首以类相从，系于天宝三载（744），仅供参考。原注"故人贾淳令予问之"，可见此诗是应友人之请，以明月为题，所作的一首《天问》式的"月问"。

"青天有月来几时"四句一韵（平声），劈头一问即可令人浮一大白。苏东坡著名的中秋词开头的"明月几时有，把酒问青天"就是化用于此，传得家喻户晓。而李白这两句照传不误，极为难得。接下来"人攀明月不可得，月行却与人相随"又是可圈可点，回文式句法颇具唱叹之致，写出明月给人不即不离、亲切而又神秘的感觉。陶诗"带月荷锄归"，儿歌"月亮走，我也走"，都是在说这种感觉。二句看似陈述，其实是再发一问，省略了"为什么"三字。这个问题看似玄妙，其实是有解的：在行人的视觉中，由于近景位移快而远景位移慢，故月亮与远山等物，都会有与人相随的感觉。

"皎如飞镜临丹阙"四句一韵（转仄），也是两个问题。"丹阙"即苏词中的"朱阁"，"绿烟"实指铜镜氧化所生的雾翳。辛弃疾词云："一轮秋影转金波，飞镜又重磨。"（《太常引》）化用于此，而不着痕迹。李白还写过："又疑瑶台镜，飞在青云端。"（《古朗月行》）而这里是说，月亮经过重磨，雾翳灭尽，所以清辉焕发。隐含的问题是：孰为磨镜之人？中国神话没有说，这个问题是无解的。"但见宵从海上来，宁知晓向云间没？"则是另一个问题。月亮明明归于西极（昆仑月窟），为什么总是看见从海上升起？辛词亦有类似问题："可怜今夕月，向何处，去悠悠？是别有人间，那边才见，光影东头？"问得更加有趣，似乎已猜到地体为球形了。

"白兔捣药秋复春"四句一韵（转平），又是两个问题。一个问题是关于玉兔的，另一个是关于嫦娥的。"今人不见古时月，今月曾经照古人。"看似陈述，如张若虚之"人生代代无穷已，江月年年望相似"也可以衍生出问题，如张若虚之"江畔何人初见月？江月何年初照人？"更包含一重哲理意味，即古今是个相对的概念，如孟浩然之"人事有代谢，往来成古今""今人不见古时月"二句与"人攀明月不可得"二句一样，造语有回环之美，均为传世名言。

"古人今人若流水"四句一韵（转仄），不复发问，以许愿结束全诗。前两句的意思是，古人今人共看一轮明月，感想是一样的。古人曾经是今人，而今人也必将作古。所以达人知命，置生死于度外，只有一个态度是对的："唯愿当歌对酒时，月光长照金樽里。""当歌对酒"语出自曹操《短歌行》，说穿了就是指现在，指当下。过去的回不来了，未来的不可猜测，唯一能做的事情，就是把握当下。而过好了每一天，也就过好了一生。"月光长照金樽里"的"长"，指定格了的时间，艾青说得好："（诗的）语言真是可怕，竟常常如此地因生活的美而成为永久。"

总之，诗中表现的人生观是通达的、阳光的。诗人面对明月，面对流逝的时光，不能没有感慨，但这不影响他对生活的肯定，对人生的肯定。全诗主题集中，而思维发散。情致缠绵，而又不坠纤巧。诗人出口成章，而妙语连珠。"人攀明月不可得，月行却与人相随""今人不见古时月，今月曾经照古人"等句，代代流传，不可磨灭。故与《峨眉山月歌》《月下独酌》等诗同样为读者激赏。

（周啸天）

◇月下独酌

　　花间一壶酒，独酌无相亲。举杯邀明月，对影成三人。月既不解饮，影徒随我身。暂伴月将影，行乐须及春。我歌月徘徊，我舞影零乱。醒时同交欢，醉后各分散。永结无情游，相期邈云汉。

　　《月下独酌》是李白诗歌代表作之一，作于天宝三载（744）春。于时诗人供奉翰林，在政治上不能有所作为，因而有很深的孤独感。"月下独酌"四字，本身就构成一种境界。《竹里馆》写月下独坐，是一境界，此诗写月下独酌，是另一境界。

　　此诗将月、酒合为一题，不是对月发问，而是对月独白。这首诗是达到了道的层面的，是充分体现着诗人的人生理念的。人生渴望永恒，而永恒不属于个体生命。人生最怕孤独，最怕举目无亲，所以没有人不渴望友谊和爱情。人只能为快乐而活着，而幸福在于分享，没人分享时，诗人只好拉来假想的对象，尽管聊胜于无——"举杯邀明月，对影

成三人。"举杯邀来天上的明月和地上的影子，和自己凑成了一个"派对"。

"暂"在诗中是个关键词，"及春"是另一个关键词，彼此又紧密联系。因为人生短暂，所以及时努力是必要的，及时行乐也是必要的。这是两个及时，而不是一个。人生多束缚，所以渴望自由，渴望无拘无束。在酒精的作用下，诗人达到了彻底的放松，心理压力得到了释放和缓解，思维非常活跃，举止完全放松，无拘无束，"我歌月徘徊，我舞影零乱"，达到了自由、自如的境界，对什么都不那么在意了。

人既然渴望自由，渴望无拘无束，那就不应该苛刻别人和自己。"醒时同交欢，醉后各分散"就是"我醉欲眠卿且去"（《山中与幽人对酌》）。最好的感情，不是浓得化不开的那种。在你希望朋友"召之即来挥之即去"的同时，也得让朋友"乘兴而来兴尽而返"。在李白看来，君子之交淡若水，而真爱也不必纠缠。

在老子看来，任何事物发展到极致，就会像它的反面，如大智若愚、大巧若拙等，"无情游"也是这样的，这只是事情的表面，是"多情却似总无情"（杜牧《赠别二首》其二）。可以相隔云汉，感觉却很近，恰如俗话所说，"远在天边，近在眼前"。佛教有所谓立一义，随即破一义，破后又立，立后又破，直到彻悟为止。而在这首诗中，一切都不是靠理性的说明，而是形象的、感性的显现，诗人将春花秋月打成一片，物我俱化，形影不离，洋洋乎愈歌愈妙，呈现出一种醉态的诗学思维方式，体现了李白独有的诗歌风格。同时，又比较集中地表现了李白的人生理念，是很达道的一首诗。

（周啸天）

◇下终南山过斛斯山人宿置酒

暮从碧山下，山月随人归。却顾所来径，苍苍横翠微。相携及田家，童稚开荆扉。绿竹入幽径，青萝拂行衣。欢言得所憩，美酒聊共挥。长歌吟松风，曲尽河星稀。我醉君复乐，陶然共忘机。

终南山东起蓝田，西至眉县，绵亘八百余里，主峰在长安之南，唐时士人多隐居于此。李白第一次上长安，终南山是不会不去的。诗中记的这次出游，应是由一位姓斛斯的隐士陪同，当夜即宿其家。

　　李白诗中常言"碧山"，读者每苦不知确指，"碧山"可泛称青山，亦可专指，例如此诗即指终南山。游览竟日，薄暮下山时，兴致尚未全消，这时月亮已升上天空，陪伴着诗人同行，恰如儿歌所唱的："月亮走，我也走，我和月亮手拉手。"在自然景物中，此最有人情味者。诗人写着"暮从碧山下，山月随人归"，心中就有一种亲近自然的况味。到达目的地，松一口气，回看向来经过的山路，已笼罩在一片暮霭中，使人感到妙不可言。此时此刻，最叫人依恋呢。

　　说斛斯先生与诗人同行，是从"归"和"相携"等措辞上玩味出的。到达斛斯之家时，须穿过幽竹掩映、青萝披拂的曲曲弯弯的小路，"苔滑犹须轻着步，竹深还要小低头"，很平常，很有趣。而来开门迎客的，是斛斯家的小朋友。儿童有天然好客的倾向，今俗谓之"人来疯"，他们怕是早就盼着李伯伯的到来，才争着开门的。在斛斯家做客，真是得其所哉呀！

　　主人道："快上酒上菜，我们的客人早饿了呢。"于是就饮酒，就吃菜。"美酒聊共挥"，"聊"字见随便，而"挥"字更潇洒。这是"挥霍"的"挥"，"挥金如土"的"挥"。一口一口地呷酒不可叫"挥"，非"一杯一杯复一杯""会须一饮三百杯"不可叫"挥"。

　　"眼花耳热后，意气素霓生"，就为朋友歌一曲吧，如果没有琴，就请山头的松风伴奏也成。"酒逢知己饮，诗向会人吟"，李白"过斛斯山人宿置酒"之谓也。边喝边唱，不觉斗转星移，不知东方将白。王维对裴迪赠诗道"复值接舆醉，狂歌五柳前"，李白对斛斯山人则道"我醉君复乐，陶然共忘机"，"忘机"本道家术语，谓心地淡泊，与世无争。

　　写眼前景，说家常话，其冲淡与平易不亚于孟浩然诗。冲淡不是清淡，不是淡乎寡味。有味如果汁、如牛奶，才可冲淡。冲淡固然要清水，然仅有清水可以谓之冲淡者乎？此诗所以其淡如水，其味弥长也。

（周啸天）

◇金陵酒肆留别

> 风吹柳花满店香，吴姬压酒劝客尝。
> 金陵子弟来相送，欲行不行各尽觞。
> 请君试问东流水，别意与之谁短长？

这是一首与金陵朋友的留别诗，也是一首充满愉悦气氛和离别深情的诗。

清风吹拂，柳花飘飞，点明暮春时节，正是美好时光。金陵（今南京市）的酒店里飘满了酒香，第一句中的"香"源于第二句中的"酒"。柳花无香，即使有微香，也被浓郁的酒香覆盖；有人释为柳花酒，如竹叶酒，似亦通。"压酒"，米酒酿制将熟时，压榨取酒。春酒初熟，可见江南风物之美，又有美人（吴姬）劝酒，令人赏心悦目。金陵的年轻子弟们前来送别，将行的李白与不行的子弟都尽情畅饮，真乃其乐融融。虽是离别，春天、吴姬、美酒无不美好，兼有子弟来相送，尽情饮酒话别，场景一定热闹。李白本是个热情的、外向的、好热闹的人物，这种饮酒相别的情形在李白一生中经常出现，李白乐此不疲。

因为愉快，所以不舍；因为主客情深，所以留恋。欲表达这种惜别的深情，真不容易，而在浩如烟海的离别诗中写出精警之句尤其不易，但我们的大诗人李白就有这种能耐，请看他随口吟出："请君试问东流水，别意与之谁短长？"拿离情别意与东流水作比，流水不尽，情意也便无穷无尽。又出以询问语气，更觉有味。短篇诗作，结尾最讲余味，以言有尽而意无穷为佳，李白"桃花潭水深千尺，不及汪伦送我情"（《赠汪伦》），以水深比离情，与此有异曲同工之妙。明代谢榛《四溟诗话》云："诗有简而妙者……亦有简而弗佳者……刘禹锡'欲问江深浅，应如远别情'，不如太白'请君试问东流水，别意与之谁短长'。"刘禹锡诗句显得雕琢，不够自然，李白诗句则似乎脱口而出，自在多了。

（张应中）

◇山中与幽人对酌

两人对酌山花开，一杯一杯复一杯。
我醉欲眠卿且去，明朝有意抱琴来。

李白饮酒诗多兴会淋漓之作。此诗开篇就写当筵情景。"山中"，对李白来说，是"别有天地非人间"的；盛开的"山花"更增添了环境的幽美，而且眼前不是"独酌无相亲"，而是"两人对酌"，对酌者又是意气相投的"幽人"（隐居的高士）。此情此境，事事称心如意，于是乎"一杯一杯复一杯"地开怀畅饮了。次句接连重复三次"一杯"，不但极写饮酒之多，而且极写快意之致。读者仿佛看到那痛饮狂歌的情景，听到"将进酒，杯莫停"（《将进酒》）那样兴高采烈的劝酒的声音。由于贪杯，诗人许是酩酊大醉了，玉山将崩，于是打发朋友先走。

"我醉欲眠卿且去"，话很直率，却活画出饮者酒酣耳热的情态，也表现出对酌的双方是"忘形到尔汝"的知交。尽管颓然醉倒，诗人还余兴未尽，还不忘招呼朋友"明朝有意抱琴来"呢。此诗表现了一种超凡脱俗的狂士与"幽人"间的感情，诗中那种随心所欲、恣情纵饮的神情，挥之即去、招则须来的声口，不拘礼节、自由随便的态度，在读者面前展现出一个高度个性化的人物形象。

诗的艺术表现也有独特之处。盛唐绝句已经律化，且多含蓄不露、回环婉曲之作，与古诗歌行全然不同。而此诗却不就声律，又词气飞扬，纯是歌行作风。唯其如此，才将快意之情表达得酣畅淋漓。这与通常的绝句不同，但它又不违乎绝句艺术的法则，即虽豪放却非一味发露，仍有波澜，有曲折，或者说直中有曲意。诗前二句极写痛饮之际，三句忽然一转说到醉。从两人对酌到请卿自便，是诗情的一顿宕；在遣"卿且去"之际，末句又婉留后约，相邀改日再饮，又是一顿宕。如此便造成擒纵之致，所以能于写真率的举止谈吐中，将一种深情曲曲表达出来，自然有味。此诗直在全写眼前景口头语，曲在内含的情意和心思，既有信口而出、率然天真的妙处，又不一泻无余，故能神远。

此诗的语言特点，在口语化的同时不失典雅。"我醉欲眠卿且去"二句明白如话，却是化用一个故实。《宋书·隐逸传》："（陶）潜不解音声，而畜素琴一张，无弦，每有酒适，辄抚弄以寄其意。贵贱造之者，有酒辄设。潜若先醉，便语客：'我醉欲眠，卿可去。'其真率如此。"此诗第三句几乎用陶潜的原话，正表现出一种真率脱略的风度。而四句的"抱琴来"，也显然不是着意于声乐的享受，而重在"抚弄以寄其意"，以尽其兴，这从其出典可以会出。

（周啸天）

◇哭宣城善酿纪叟

纪叟黄泉里，还应酿老春。
夜台无李白，沽酒与何人？

酿酒，技术性很强，同样的原料酿出酒来也有厚薄之分，这说明善酿不易。纪叟就是宣城一家酒店身怀绝技的酿造师傅，他的"老春"是当时的名牌酒。纪叟操此业至老而不辍，可见其技未轻授于人，或者无人可传，一旦死去，也就将"老春"酿造技术带到"黄泉"去了。这对于一生嗜酒的李白，该是怎样一桩遗憾的事啊！因此他不能不"哭"。

"纪叟黄泉下，还应酿老春。"这等于说人间宣城不复有"老春"出售，它已随其故主逝去了；又说纪叟在黄泉下仍操旧业，似乎纪叟与酒关系至切，死亦不愿放弃旧业。这话未免荒唐，而更荒唐的还在最后两句。

诗人的逻辑是：纪叟是为酒而存在的，酒是为李白而存在的。所以纪叟在泉台仍要卖酒，然而李白不在，他又不知卖给何人了。这话极无理而极有趣，明明是李白失去纪叟和"老春"的遗憾，诗中却说成是纪叟和"老春"失去李白的遗憾。到底应该是李白哭纪叟，还是纪叟哭李白，读者一时竟有些分不清了。而诗人正是通过这种诙谐，写出了彼此间的情谊，写出了诗人对纪叟的怀念。

（周啸天）

●储光羲（约706—约763），郡望兖州（今属山东），润州延陵（今江苏常州市金坛区）人。开元进士，官监察御史。因安史乱中陷贼中受职被贬，死于岭南。明人辑存《储光羲诗集》。

◇吃茗粥作

当昼暑气盛，鸟雀静不飞。念君高梧阴，复解山中衣。数片远云度，曾不蔽炎晖。淹留膳茶粥，共我饭蕨薇。敝庐既不远，日暮徐徐归。

这里讲的"茗粥"，也叫"茶粥"，也就是烧煮的茶叶汤。据唐代杨晔《膳夫经手录》说："茶，古不闻食之，近晋宋以降，吴人采其叶煮，是为茗粥。"可知这里的"茗粥"，其实就是茶的一种很早的吃法。而这种吃法，对于清凉解暑，具有很好的功效，这首诗就是描写大热天吃了茗粥以后，那种非常惬意的感觉的。

从全诗的意思看来，作者当是盛夏时节到他在山中的一个朋友那里去，由于天气太热，他的朋友给他解暑，因而吃到了茶粥。作者在诗中为了突出茶粥解暑的神奇效力，主要采用了反衬的艺术手法，先是一层一层地写天气如何炎热难当，来表现后来吃了茶粥以后的清凉。第一层是写时节正当炎夏，白天暑气很盛，这个时候连鸟雀也热得不敢飞了，似乎山中的空气也热得凝固起来。这一形象的描写，说明人就更是酷热难当了。第二层是写自己热得实在受不了，就到高高的梧桐树的树荫底下乘凉，但是这时树荫下面也不凉快，还得再脱下自己的衣服，可见那热的程度了。第三层是希望下雨，也就是"大旱之望云霓"的意思，但是看看天空，真是"赤日炎炎似火烧"，有几片薄薄的白云在天边刚一出现，就偷偷地溜走了，好像也怕这似火的骄阳，哪里还能遮挡得住炎热的强烈的日光呢？通过这三层描写，整个山中盛夏的酷暑，人在这个环境中的炎热难耐，也就非常形象地展示在读者眼前了，我们仿佛也置身其中，感受到了炎夏的暑热，这就为下面的吃茗粥作了有力的衬垫。

就在作者热得难受的时候，他的朋友终于给他端来了茶粥，我们可以想见作者是急不可耐地喝了那等待已久的清凉可口的茶粥；然后吃了茶粥又吃饭菜，菜是山中的野菜——蕨菜和薇菜，都很平常，很切合山中的景象，也说明他的朋友可能是个隐者。这里没有具体写吃茶粥的情况，只是一句带过了。但是因为有了前面的衬垫，读者自然会注意吃了茶粥以后的结果。结果是什么呢？就是诗歌的结尾两句："敝庐既不远，日暮徐徐归。"表面看来，这最后两句似乎也没有说明吃过以后的感觉。但是只要我们仔细品味，就不难发现，在吃茶粥以前的那些炎热景象的描写中，其实暗含着作者极为焦急烦躁的心情，恨不得尽快离开这个地方。现在吃了茶粥，情况可就大大不同了，您看他心情显然平静下来，而且静得悠然自在，想到自己的家也并不很远，那就索性多待一些时候，等到山中暮霭乍起，暝色四合的时候，再慢慢地下山也不迟啊！就在这种心情的变化中，我们已经领略到了茶粥那清热解暑的良好作用了，作者心情的怡然自得，也就自在不言中了。

这首诗可谓婉于措辞，妙于达意，作者构思的巧妙，真是叫人叹服。特别是那些对于山中炎夏的描写，笔墨何等精练，景象何等生动，而写来又从容不迫，显得非常轻灵，好像完全不费力气。作者以田园山水诗著称，笔调自然、质朴、生动，这首诗也处处体现着作者的艺术风格，不仅让人领略了"茗粥"的妙处，也体会了诗歌的艺术美感。

（管遗瑞）

●张谓（？—约778），字正言，河内（今河南沁阳）人。玄宗天宝二年（743）进士及第。约天宝十三、十四载入安西节度副使封常清幕。肃宗乾元元年（758）为尚书郎。代宗永泰初，在淮南田神功幕中任军职。大历二、三年任潭州刺史，后入朝为太子左庶子。大历六年（771）冬任礼部侍郎，典贡举。《全唐诗》存诗一卷。

◇湖中对酒作

夜坐不厌湖上月，昼行不厌湖上山。眼前一樽又长满，心中万事如等闲。主人有黍百余石，浊醪数斗应不惜。即今相对不尽欢，别后相思复何益。茱萸湾头归路赊，愿君且宿黄翁家。风光若此人不醉，参差孤负东园花。

题为"湖中对酒"，意亦不出流连杯酒光景以外，然而读者却能从中感受到盛唐人豪迈的胸襟、乐观通达的生活态度。

诗从湖上风光写起。从全诗看，这显然是一个春天，湖上风光到了最美的时节。白昼里无论是水光潋滟还是山色空蒙，都很宜人。而在月夜，则素月分辉，明河共影，浮光耀金，表里澄澈。诗人抓住昼、夜不同的山光水色，一开始就写出总也看不够的意思，"夜坐不厌湖上月，昼行不厌湖上山"，句中运用重复手法，写出了纵使夜以继日地游览，仍觉相看不厌的旅游情趣。"人间万事细如毛",平日里不免有很多机虑事务,弄得人烦心死了。而面对湖光山色,这烦恼早消去一半。另一半"何以解忧"?则"唯有杜康"。一杯下肚,百虑皆空:"眼前一樽又长满,心中万事如等闲。""又长满",是十分惬意的语气。如逢故人,大得超脱。

紧接着写湖上豪饮和主人的好客。"主人有黍百余石,浊醪数斗应不惜",主人是富有的,同时又非常谦和慷慨。诗中似是他的语气。既称"有黍百余石",口气不小;却又道"浊醪数斗",婉转谦恭。面对这样的东道主,客人还拘谨什么呢,赶紧举杯吧。"即今相对不尽欢,别后相思复何益"两句就像是席间主人劝酒的话,说得那样的恳切、实际而又动人。它没有李白"人生得意须尽欢,莫使金樽空对月"一般的狂放,比较近于王维"劝君更尽一杯酒,西出阳关无故人"那样的深情,但更为平易,更能表现盛唐时代一般人的现实而乐观的人生态度,不失为名言。

最后写饮酒尽兴,当夜止宿于湖畔。当酒过数巡,客人关心天色的早晚时,多情的主人又殷勤相劝,以"茱萸湾头归路赊"为由,劝其当夜投宿湖畔人家。"黄翁家"如何,不得其详。想必是园宅宽舒,风光宜人,同样好客的所在。于是客人一百个放心,对着主人开怀畅饮,一醉方休。"即今相对不尽欢,别后相思复何益",说的是不要辜负相聚共处的时光,此处又言不要辜负大好春光:"风光若此人不醉,参差孤负东园花。"全诗挽结于湖上景色,首尾呼应,缴清题面。

这首湖上饮酒诗,并没有李白诗那样的复杂沉重的人生感喟,也不大重视景物的细致描绘。它通过直抒胸臆的方式,表现出和平时代谐调的人际交往和生活乐趣,虽然放歌纵酒,却一点儿也不颓废,倒使人感觉精神充实。诗人运用的是近乎口语和散文化的语言,其风格是与内容相适应的疏朗自如，潇洒可人。它已尽洗了初唐七古的华丽辞藻，当得起"清水出芙蓉，天然去雕饰"的称誉，体现着一种崭新的美学趣味。

（周啸天）

●颜真卿（709—784），祖籍琅琊临沂，迁居京兆万年（今陕西西安）。开元间进士，为平原太守，历任吏部尚书、太子太师，封鲁郡公，世称"颜鲁公"。

◇五言月夜啜茶联句

泛花邀坐客，代饮引情言。（士修）

醒酒宜华席，留僧想独园。（荐）

不须攀月桂，何假树庭萱。（萼）

御史秋风劲，尚书北斗尊。（万）

流华净肌骨，疏瀹涤心原。（真卿）

不似春醪醉，何辞绿菽繁。（昼）

素瓷传静夜，芳气满闲轩。（士修）

联句其实就是集体创作诗歌的一种方法，参与联句的人按一定的次序一人一句或者一联、一组，组合起来就是一首完整的诗歌。这种诗歌创作的方法起源很早，相传汉武帝元封三年（前108）作柏梁台成，诏群臣联句，"有能为七言诗乃得为上坐"，汉武帝率先作出一句，以下梁孝王、大司马、丞相、大将军、御史大夫等也一人一句，最后组成了二十六句的《柏梁台诗》，句句押韵，也就是后来所称的"柏梁体"。

这就是后代联句之祖。以后晋代的陶渊明也和人作过联句诗，到了唐代联句的人更多，韩愈、孟郊等人把这一诗体的技巧推向了新的高峰。这首颜真卿等人的联句诗，在联句诗体的发展史上具有承前启后的作用，特别是用联句诗来咏茶，更是不可多得的作品。

这次和颜真卿一起联句的有嘉兴县尉陆士修，以及张荐、李萼、崔万，还有著名的诗僧皎然，一共六个人。当时正是明月当空的夜晚，大家都在一起喝茶闲谈，因此限定的题目和内容就是"月夜"和"啜茶"，也就是说，每个人作出的诗句必须和这个内容相关。一人两句，由陆士修开头，他先单刀直入，直接说饮茶，也写到了饮茶间大家说说笑笑的融洽气氛。接下来有说饮茶的，也有说月夜的，也有兼而说之的，总之是大家都各自别出心裁地搜索句子，来表现自己的诗思和才华。其中张荐的两句，后一句提到了皎然，特意对诗僧作了善意的调侃，当然也表示了尊敬，很有巧思。而崔万的两句，也很巧妙，他的意思是要恭维德高望隆的颜真卿的，颜真卿做过殿中侍御史和吏部尚书，他在诗句中却也写到了夜空中的秋风、北斗，这是一语双关，"秋风劲"是说颜真卿的忠直不阿的人品节操，"北斗尊"是说大家对颜真卿的敬重，可谓机智而又得体。这些，都加强了宾主之间的热烈融洽的关系，令人想象得到那种非常喜悦的心情，正洋溢在每个人的心间。最后由陆士修来结束，所以他写道："素瓷传静夜，芳气满闲轩。"很好地表现了大家一起在月夜饮茶联句的情景，显得心情舒畅而又悠闲自得，意味隽永。

从诗中我们可以看出，这种饮茶联句活动，也是文人雅士的一种娱乐活动，茶在其中起了很好的媒介作用，这也是茶的意想不到的功用之一。这次联句大家虽然很轻松愉快，但是作诗的时候，看得出来都是绞尽了脑汁的。这首诗是五言排律，两句为一联，也就是每联诗句除偶句押韵（平声韵，一韵到底）而外，还要合于严格的平仄规定，也要讲究词性的对偶，而且接着上联作诗的人还要讲黏对原则，要一丝不苟，这一切都是很难的。不过好在唐代的进士科要考的也就是五言排律，那时的文人从小就有这方面的严格训练，所以作起来还算顺利，整首诗格律严整，纹丝不乱，而且首尾两联（也就是陆士修的那四句）本来可以不用词性的对仗的，但是也对了，还很工整，可见他们的诗歌技巧的娴熟。自然，因为有那么多的限制，要严格讲究平仄和对偶，就不得不用借代的方法寻找合适的字词，所以诗歌中就出现了许多饮茶的替代词，例如"泛花""代饮""醒酒""流华""疏瀹""不似春醪""素瓷""芳气"等等，又因为是月夜饮茶，也用了"月桂"这个词。这些，给我们今天的理解带来了一定的障碍，这是排律这种诗体本身的局限。

（管遗瑞）

●杜甫（712—770），字子美，原籍襄阳（今属湖北），迁居巩县（今河南巩义西南）。玄宗开元二十三年（735）举进士不第。天宝间困守长安十年，天宝十四载（755）授河西尉不赴，改右卫率府兵曹参军。安史之乱发，长安陷落，身陷贼中。至德二载（757）自贼中奔赴凤翔行在，授左拾遗。乾元元年（758）贬华州司功参军，次年弃官赴秦州，经同谷，到成都，于西郊建草堂。广德二年（764）剑南节度使严武荐为检校工部员外郎。永泰元年（765）离成都，至夔州（今重庆奉节）。大历三年（768）出三峡，辗转湘江，死于舟中。有《杜工部集》。

◇醉时歌

　　诸公衮衮登台省，广文先生官独冷。甲第纷纷厌梁肉，广文先生饭不足。先生有道出羲皇，先生有才过屈宋。德尊一代常坎坷，名垂万古知何用！杜陵野客人更嗤，被褐短窄鬓如丝。日籴太仓五升米，时赴郑老同襟期。得钱即相觅，沽酒不复疑。忘形到尔汝，痛饮真吾师。清夜沉沉动春酌，灯前细雨檐花落。但觉高歌有鬼神，焉知饿死填沟壑？相如逸才亲涤器，子云识字终投阁。先生早赋《归去来》，石田茅屋荒苍苔。儒术于我何有哉？孔丘盗跖俱尘埃！不须闻此意惨怆，生前相遇且衔杯。

　　诗题作《醉时歌》，不完全同于醉歌。既曰醉时歌，一定还会有醒时歌。醉与醒是一对矛盾，理解也有分歧。屈原说"众人皆醉我独醒"；李白说"但愿长醉不复醒"，又说"仙人殊恍惚，未若醉中真"；王绩则说"眼看人尽醉，何忍独为醒"。笔者觉得"醉"往往是一种借口，一种掩饰。醉有真醉，有佯醉，有酩酊，有微醺。不过，有一点是肯定的，醒时未敢出口的话，醉时却可以斗胆说出来，痛快淋漓。且酒有酒精度，是燃烧物，能够把饮者的情感与热血燃烧起来。杜甫的《醉时歌》就是一首燃烧的歌，一首既清醒又沉醉的歌，一首发泄愤懑、讽时刺世的歌。

　　《醉时歌》作于天宝十三载春（754），地点在长安，或在郑虔家中，或在长安某一家小酒楼。这是一次值得纪念的二人对饮。乍一看，是两个老朋友、忘年交（杜甫四十出头，郑虔较杜甫长二十余岁）在发酒疯，酒酣耳热，高歌痛饮，睥睨一切，旁若无人。"得钱即相觅，沽酒不复疑。忘形到尔汝，痛饮真吾师。"两人平辈论交，尔汝相称。"尔汝"即直称你我（典出《文士传》："祢衡有逸才，与孔融为尔汝交。"两人年龄差距也是二十几岁）。忘年忘情忘形，比当年杜甫与李白在洛阳相遇时，"醉眠秋共被，携手日同行"，更显得不拘形迹，亲密无间。诗从"即相觅""不复疑"到"真吾师"，酒逢知己，千杯不多，大呼小叫，相互佩服对方的酒量与豪气。这样亦师亦友、不分你我、肝胆相照的对饮，简直就是饮酒史上的经典。可与比美的另一次豪华版，则是在两年前的洛阳，李白应邀到友人元丹丘的颍阳山居做客，与岑勋一起三人豪饮，李白《将进酒》一诗记录这一空前绝后的盛事。把李杜这两首饮酒诗并读，李白是阔排场，杜甫是穷开心；李白是一掷千金，杜甫是倾囊搜箧；李白是"会须一饮三百杯"，杜甫是"但觉高

歌有鬼神"；李白是五花马千金裘销万古愁，杜甫是一盏灯两个影衔眼前杯；却一样豪放，痛快，放浪形骸，淋漓尽致。

　　与杜甫共饮同醉的郑虔是诗的第二主角，即"广文先生"，本诗原有注："赠广文馆博士郑虔。"郑虔是当时京师有名的学者，唐玄宗誉他为诗、书、画三绝。广文馆属国子监（太学），相当于如今的研究院，置博士四人，掌管国子监学生准备考进士的事。诗的前四句写郑虔"官独冷""饭不足"的窘困，接着四句写他"道出羲皇"（伏羲等三皇）、"才过屈宋"的品学修养，并引发对普遍存在的"德尊一代常坎坷，名垂万古知何用"的牢骚，激愤之情，溢于言表。又四句"杜陵野客"是介绍自己乃一介贫士，短衣破褐，未老先衰，每天靠买太仓廉价的五升米过日子，相当于如今的低保户。这样性情怀抱相同的一双穷酸，一对"国宝"，竟然成为莫逆的诗友文友，而且成为酒友昵友，经常相聚醉乡，相称尔汝，谈诗论文，讽喻古今，褒贬时事，指点江山。有些话是朋友间说笑，揶揄调侃，无伤大雅；有些话或有碍时禁，唐突前贤。《醉时歌》则无碍，童言无忌，醉言在一定范围内也无忌。诗中的牢骚涉及司马相如、扬雄（子云）、陶潜三位名人，一个因贫困当酒保洗餐具；一个因政治迫害跳楼（投阁）几乎摔死；另一个则因"不为五斗米折腰"而辞官归隐。借田园、茅屋与苍苔三物喻他们三人的生存环境与无所作为。杜甫、郑虔与他们一样崇尚儒学，且身体力行，不也是一无所有、一无所成！此所谓"借他人之酒杯，浇自己之块垒"。不宁唯是，最令人感到石破天惊之句是"孔丘盗跖俱尘埃"，这不仅是愤愤，而且是戚戚了，所以结尾才有"惨怆"之句。

细读此诗，总觉得有一股很强的气势贯穿始终。是怨气、愤气、牢骚不平之气、积郁难伸之气，借酒浇愁之气；又有意气、豪气、不甘沉沦之气、挥斥方遒之气、感动鬼神之气。两种气高下相搏，气势相激，又与郑虔气味相投，半生相知，故诗的结构开阖自如，收放随意，有杜甫的独白，也有与郑虔的对话，有细语，有高歌，有忘情开怀的狂叫，也有拍案捶胸的愤懑，更有忘形尔汝的痛饮……沉郁顿挫，莫过于此！笔者最为欣赏的是篇中"清夜沉沉动春酌，灯前细雨檐花落"两句（明王嗣奭《杜臆》注："檐水落而灯光映之如银花。"）。在如此纵横排阂、气势宏放的诗篇中，不能没有这般精细刻画、美妙绝伦的环境与意境。不仅是以静衬动，以小驭大，以精致调谐狂放，以唯美冲淡唯物，而且这才是文人学者的对饮，这才是真正善饮者的品位，这才是杜甫的诗——"人间哪得几度闻"的好诗！

王嗣奭云："此篇总属不平之鸣，无可奈何之词，非真谓垂名无用，非真谓儒术可废，亦非真欲孔、跖齐观，又非真欲同寻醉乡也。公（咏怀）诗云：'沉饮聊自适，放歌破愁绝。'即可移作此诗之解。"

三年后，至德二载冬，唐肃宗由凤翔回京，杜甫随扈。在处分被俘授伪职（未履任）的官员中也有郑虔，贬台州司户参军。杜甫赶去饯行，赠诗云："万里伤心严谴日，百年垂死中兴时……便与先生应永诀，九重泉路尽交期。"（《送郑十八虔贬台州司户伤其临老陷贼之故阙为面别情见于诗》）那是后话了。

（方牧）

◇巳上人茅斋

巳公茅屋下，可以赋新诗。

枕簟入林僻，茶瓜留客迟。

江莲摇白羽，天棘梦青丝。

空忝许询辈，难酬支遁词。

杜甫一生服膺儒家，历来被看作体现儒家道德和诗教的代表人物。但是在杜甫生活的开元、天宝年间，佛教的南宗禅迅速地由南而北兴起并传播开来，这在当时是一种新的时代意识，杜甫作为一个大诗人，他的思想敏锐而开阔，不能不给予关心和了解。虽然佛教以至禅宗思想并没有改变他信守的人生基本原则，但是在他的生活、思想和创作上却也留下了一些印迹。这首诗就是一个例子。

据黄鹤注：这首诗"与洛兖所作诗先后，当是开元二十九年间"（《杜诗详注》引）。开元二十九（741）年，杜甫三十岁，这正是他创作的早期时候，当时他在东都洛阳，访问了高僧巳上人。上人，佛教称具备德智善行的人，后来用作对僧人的敬称。从题目上看，就表现了杜甫对这位高僧的尊敬之意。

　　唐代许多僧人，都有一定的文化修养，不少人善于写诗，也就是诗僧，好多文人都喜欢和他们交往。从这首诗的起联看，这位巳上人也应该是一位诗僧。因为诗歌开宗明义："巳公茅屋下，可以赋新诗。"巳上人虽然住在简陋的茅屋里，但是却非同一般，因为可以赋新诗。这正是杜甫来拜访他的目的，可以进行诗歌创作上的交流，向巳上人学习诗歌创作的方法，言语之间表示着杜甫对这位高僧的敬仰之情。这位巳上人对杜甫也很热情，在幽静的地方准备了枕簟请他休息，还献上好茶和瓜果招待他，留他在这里多待一些时间。这里的环境也很好，河里的白莲花正在盛开，清风吹来像摇动着的羽扇。这里是用了《华严会玄记》的典故："青松为麈尾，白莲为羽扇。"天门冬（即天棘）也正牵着青藤，叶细如青丝。这两种植物用在这里，也很恰当，因为佛教以莲花象征高洁，寺院里的庭栏里也多种天门冬以供人观赏。这既是写实，也是根据佛教的习惯，对它的环境加以赞美。最后还用了《高僧传》的故事："支遁（东晋著名高僧，善作诗）讲《维摩经》，遁通一义，询（许询，与支遁同时代的著名玄言诗人）无以厝难。询设一难，遁亦不能复通。"这是以许询比自己，以支遁比巳上人，称赞巳上人学识渊博，自愧远远赶不上。这里有杜甫自谦的成分，但是恐怕也是实情，因为杜甫一直以为"诗是吾家事"，把毕生的精力放在写诗上，对于佛教经典当然没有高僧钻研得深。

　　清人浦起龙在《读杜心解》中，对这首诗有很精当的总体解说，他说："须识此诗首尾一贯。巳公当亦能诗者，公盖与之酬和而作也。'可以赋'，两人并提，与结联呼应。'枕簟''茶瓜'，点事也。'白羽''青丝'，固是写景，亦以映带上人麈扇捉拂风致也。中四，都是助发两人诗兴处。故七、八，双绾应前。若以'赋新诗'单看作公自赋，则结语为突出矣。"他是说，整首诗写的是杜甫拜访已上人，是两人一起作诗，共同切磋诗艺，如果认为只是杜甫一个人在"赋新诗"，那就片面了。浦起龙的见解是很正确的。杜甫此行拜访已上人，当然也是和佛教的具体接触，但是实际却并不在于要认真探讨佛理，而真正注意的却是在写诗。于此，也可见杜甫所说"转益多师是汝师"并非虚言，而是实实在在这样做的，这正是杜甫成为集大成诗人的重要原因。

（管遗瑞）

◇乐游园歌

乐游古园崒森爽，烟绵碧草萋萋长。公子华筵势最高，秦川对酒平如掌。长生木瓢示真率，更调鞍马狂欢赏。青春波浪芙蓉园，白日雷霆夹城仗。阊阖晴开誅荡荡，曲江翠幕排银榜。拂水低回舞袖翻，缘云清切歌声上。却忆年年人醉时，只今未醉已先悲。数茎白发那抛得？百罚深杯亦不辞。圣朝亦知贱士丑，一物自荷皇天慈。此身饮罢无归处，独立苍茫自咏诗。

写宴饮的诗歌，一般都写得欢快热烈，因为饮酒本来就是很痛快的事情，饮酒要追求的情趣也就在这里。但是杜甫的这首诗，既写了热闹的场面，同时也写了自己对人生、对前途的感慨，诗歌中低回着一种沉痛伤感的情绪，写法别是一格。

这首诗写于唐玄宗天宝十载（751）。诗题下作者自注道："晦日贺兰杨长史筵醉中作。"确切地说，这首诗作于天宝十载的正月三十日，因为晦日就是阴历月末的这一天，而唐代的正月晦日正是一个节日，达官贵人、文人雅士都要出城临水设宴，来祓除不祥。杜甫参加的是杨长史的筵席，诗中的"公子"就是指杨长史。筵席的地点是在乐游园，乐游园就是乐游原，为汉宣帝所建，唐时仍然是皇家贵戚的园林，在长安的东南郊。诗歌的头四句就是总写宴会的地点和环境的，这里地势高敞，林木森森，烟笼雾罩，芳草萋萋，面对着八百里秦川，一眼望去平坦如掌——这真是一个设筵的好地方啊！

接下来八句，诗人就写了宴会的具体情况。大家欢聚一起，用长生木做的瓢来舀酒，喝起来很是真率；还有鞍马表演，大家观看得欣喜若狂。芙蓉园里春波荡漾，连皇帝也在仪仗队的簇拥下前来游赏。宫门在晴天丽日下大大开着，游宴者设的华丽帐幕一个连着一个。那舞蹈演员表演的姿态多么优美，清脆的歌声也直上云天。这一切，表现出了乐游园晦日游宴的极其盛大的场面和非常热闹的景象，大家的情绪也高涨到了极点。但是，就在此时诗歌突然一跌，由乐而悲，诗情来了一个大大的转变。诗人写道：想起自己过去年年痛快地醉酒，现在是有酒也不能醉了，不觉悲从中来。如今年岁老大而仍然一事无成，我虽然正逢圣朝，但却久居贫贱，想起来真是深感愧耻啊！现在我是酒后没有一个安身之所，只有独自在苍茫的暮色中，吟咏自己的诗歌了！

杜甫为什么在春日美景中游宴，开始是一片高兴的心情，而后来却不胜悲伤了呢？原来杜甫为了实现他的"致君尧舜上，再使风俗纯"的美好的政治愿望，多年前就来到京城长安，希望通过进士考试进入仕途，但是因为奸人当道而落了空，只得困守长安，衣食住行都非常艰难。后来，他给玄宗献《三大礼赋》，被命待制集贤院，但是也仅得"参列选序"，没有授予实官，他的理想和抱负难以实现，所以在晦日游园中乐极生悲，并且写出了"圣朝亦知贱士丑（按此处'丑'是耻的意思）"的愤激语，来表达自己满怀愤懑的心情。从这里，我们也可以看出杜甫生活和精神的一个方面。明白了这些，我们就不难理解为什么诗歌中会突然有此一跌，这种诗情的转变自有其内在的原因和逻辑，而且"却忆"二字也运用巧妙，把前后自然地连接在一起，诗歌也就浑然一体了。杜诗的基本风格是沉郁顿挫，这首他较早时期所写的诗歌中，从内容和形式上，我们也可以分明地看出它的特色来。

（管遗瑞）

◇重过何氏五首（录一）

落日平台上，春风啜茗时。
石栏斜点笔，桐叶坐题诗。
翡翠鸣衣桁，蜻蜓立钓丝。
自今幽兴熟，来往亦无期。

这是杜甫写的组诗《重过何氏五首》的第三首。诗作于唐玄宗天宝十三载（754）的春天，地点是在当时的京城长安何氏园林。在这之前，大约是在天宝十一或十二载的时候，作者曾经和广文馆博士郑虔一起游赏过这个地方，写了《陪郑广文游何将军山林十首》，据此可知这里的"何氏"也就是何将军。何将军其人名未详，据陈冠明、孙愫婷

《杜甫亲眷交游行年考》，"天宝间，为诸卫将军。郑虔故友"。何将军的园子在长安之北，园中有山，故言山林。

这是一首五言律诗。这首诗写一个春日的傍晚，作者在何氏园林的平台上饮茶的情景。整首诗歌写得很精致，简直可以绘成一幅雅致的"饮茶题诗图"了。可见茶在当时已经是很重要的饮料了，在游赏园林的时候，总是少不得的。

开始一联就直接写到饮茶，但是诗人把季节和茶联系起来，就很富有情趣了。正当春和景明的美好季节，太阳正从平台上落下，绚烂的晚霞照着整个园林，这时一阵阵春风拂面而来，正是饮茶的极好时光啊！看来杜甫对饮茶是很有讲究的，好茶还要有好风景，两者相得益彰，这才是最佳的境界啊！他似乎饮得有些陶醉了，但却又是很清醒的，于是来了诗兴，他就斜斜地倚靠在石栏上，在桐叶上题起诗来。再环顾左右，翡翠鸟在晒衣的架子上鸣叫，蜻蜓静静地立在钓丝上。这一切，何等悠闲美好，所以他最后说："自今幽兴熟，来往亦无期。"他表示，从今日起已经熟悉了这个地方如此美好的优雅景致，今后常来游览就没有定期了，意思是说自己今后一定要经常来游赏。可见这个地方环境的清雅和幽静，对诗人的吸引力真是太大了啊！

这首诗是杜甫较早时期的诗歌，它在格律的谨严上和描写的细致方面，已经达到了相当完美的程度了。首联可以不用对偶，但是却对得相当工整，这种对起散结形式也使得整首诗歌在精严中有流畅的感觉，意兴悠远。"石栏斜点笔"的"斜"字，用得很传神。王嗣奭在《杜臆》中说："砚在石栏而身坐台上，故须斜点笔。点笔，以笔濡墨也。"这个"斜"字，生动地传达出了杜甫当时身心舒畅，闲散而又悠然自适的体态和心情，用得非常精当。还有"翡翠鸣衣桁，蜻蜓立钓丝"这一联，历来受到人们的激赏。刘辰翁说："闲趣画境，并极自然。"李子德说："鸣衣桁，立钓丝，正写'熟'字意，见鱼鸟相亲相忘之乐。"
这一联使我们联想到齐白石的花鸟写意画，翠绿色的翡翠鸟，红色的蜻
蜓，诗情画意都在其中了，多么让人赏心悦目！苏轼说王维"诗中有
画，画中有诗"，这自然是正确的，但是说杜甫也"诗中有画"，也应
该是正确的吧！

（管遗瑞）

◇遭田父泥饮美严中丞

　　步屧（xiè）随春风，村村自花柳。田翁逼社日，邀我尝
春酒。酒酣夸新尹，畜眼未见有。回头指大男，渠是弓弩手。
名在飞骑籍，长番岁时久。前日放营农，辛苦救衰朽。差科死
则已，誓不举家走。今年大作社，拾遗能住否？叫妇开大瓶，
盆中为吾取。感此气扬扬，须知风化首。语多虽杂乱，说尹终
在口。朝来偶然出，自卯将及酉。久客惜人情，如何拒邻叟。
高声索果栗，欲起时被肘。指挥过无礼，未觉村野丑。月出遮我
留，仍嗔问升斗。

　　饮酒有不同的境界。几个文人雅士彬彬有礼，细斟慢酌，款款交
谈，这自然是一种很好的雅聚。但是，一般下层民众不拘繁文缛节，大
块吃肉，大碗喝酒，语言粗率，性情豪爽，虽然有时看来于礼有悖，但
是真情也自在其中，这种饮酒所得到的精神上的彻底放松和淋漓痛快，
就是文士们很难体会的了。不过，杜甫碰巧体会了一次。

这是唐代宗宝应元年（762）春天，因为杜甫的好友严武以朝廷御史中丞的身份从京城长安来成都任剑南节度使兼成都尹，对杜甫多有照顾，五十岁的杜甫住在成都西郊草堂，倒也比较安静。一天早晨，风和日丽，他信步走出家门到村子里散步，碰见了一位熟识的老农，一定要强拉他到家里喝酒，杜甫觉得盛情难却，也就到老农家去了。这一喝，从早上太阳出来，一直喝到月上东山，老农还不放他回去。后来杜甫写了一首诗来记叙这件事情，就是这首著名的《遭田父泥饮美严中丞》。这首诗生动地写出了一位老农在殷勤招待作者喝酒时那种热情、憨厚、质朴和粗豪的性格，塑造了唐代农村一个普通农民的生动形象，读来非常感人。

这首诗之所以感人，主要是因为它生动形象的人物描写，真是达到了栩栩如生、呼之欲出的程度。作者没有静止地写老农的外表形象，比如身材、脸相、穿着等，而是集中笔墨写老农的语言和行动，通过言语、行动来活脱脱地自然显现老农的性格。先是老农主动"邀我尝春酒"，等到酒酣之时，老农就打开话匣子，滔滔讲说起来了，于是诗中以主要篇幅专门记述了老农的语言，这就像我们今天写新闻特写记述人物的讲话一样，原原本本，真实具体，人物的思想性格也就自在其中了。诗中写老农在说话时"回头指大男"，接着又"叫妇开大瓶，盆中为吾取"，"高声索果栗，欲起时被肘"，"月出遮我留，仍嗔问升斗"。这一连串的行为动作，大都为了缠着诗人喝酒，也就是"泥饮"，显然有些"指挥过无礼"了，粗豪的性格跃然纸上。但是诗人却并不责怪他，因为自己多年流落异乡，倍感这种真挚友情的难得，所以也并没有觉得"指挥过无礼"就一定不好，因此也就一直留了下来。应该注意的是，这位老农虽然性格真率、粗豪，说话很多又有些"杂乱"，但是他一再夸说新来的成都尹严武，一方面当然是新尹给他办了一件实在的好事，在春耕大忙季节把大儿子从军营里放还回家，帮他从事生产劳动，使他非常感激；另一方面，他既然知道杜甫是"拾遗"，当然也知道杜甫和严武的亲密关系，当着杜甫的面也就要赞美严武了，这也可以叫作"顺水人情"吧。可见这位老农是懂得人情关系的，在粗豪中也有聪明和机智的一面。人物形象总是多方面的，这种细致入微而又多角度的描写，就使人物形象有了立体感，真实生动而又特别形象化。

　　人物形象有了生动的表现，"泥饮"的过程也就清清楚楚了，而且"美严中丞"的意思，也自然包含其中，真可谓一箭双雕。可见杜甫在构思这首诗歌的时候，也真是下了一番功夫，在质朴自然的记叙中，体现出独运的匠心。通过这次不期而遇的"泥饮"，他贴近基层，体会了一次有别于寻常和文士们共饮的特殊的情趣，杜甫对当时农村的农民，也有了进一步深厚的感情，这为他作为一位人民诗人也加深了思想基础。

（管遗瑞）

●岑参（约715—770），江陵（今湖北省荆州市荆州区）人，郡望南阳（今属河南）。玄宗天宝三载（744）进士及第，天宝间曾两度出塞，充任安西、北庭节度使府掌书记、节度判官。肃宗时历任右补阙、起居舍人、虢州长史等职。代宗大历二年（767）任嘉州刺史，后客死成都。有《岑嘉州诗集》。

◇戏问花门酒家翁

老人七十仍沽酒，千壶百瓮花门口。
道傍榆荚仍似钱，摘来沽酒君肯否？

这首诗当作于玄宗天宝十载（751）。时安西节度使高仙芝调任河西节度使，岑参和其他幕僚随之来到凉州（今甘肃武威）城。见当地花门楼口有一位老人卖酒，诗人一定是见他性格和善开朗，故有此一番打趣，后来又口占一绝以记其事。

"老人七十仍沽酒"，一个"仍"字，有"超期服役"的意思，这是引起诗人关注的一点。"花门"即花门楼，乃凉州馆舍名。"千壶百瓮"，是说老人照管的货物很多，照料得过来吗？这是诗人关注的第二点。于是，他就凑上前去了。

"道傍榆荚仍似钱"二句，是诗人打趣老人的话。也许老人说了一句有漏洞的话，比方说，客人掏钱出来拍在桌上道，你看清楚啊，老者随口说：只要像钱就可以。这就给诗人一个话把儿，他接得很快："你看，路边榆荚像钱啊，摘来沽酒君肯否？"原来榆树枝条间所生榆荚，形状似钱、色白成串，俗称榆钱。这番戏谑的结果，当然是一笑了之。

严格地说这是一首打油诗，是诗人心情愉快的产物。其风趣接近李白的《哭宣城善酿纪叟》，诗云："纪叟黄泉里，还应酿老春。夜台无李白，沽酒与何人？"只不过李白的心情没有那么愉快，因为他痛失了一位"酒家翁"。唐人杜确说岑参"每一篇绝笔，则人人传写，虽闾里士庶，戎夷蛮貊，莫不讽诵吟习焉"（《岑嘉州集序》）。原因之一，是岑诗接地气，雅俗共赏，难能可贵。

（周啸天）

●皇甫冉（718—约770），字茂政，润州丹阳（今属江苏）人，天宝十五载（756）进士。历官无锡尉、左金吾兵曹、左拾遗、左补阙等职。有《皇甫冉诗集》。

◇送陆鸿渐栖霞寺采茶

采茶非采菉，远远上层崖。
布叶春风暖，盈筐白日斜。
旧知山寺路，时宿野人家。
借问王孙草，何时泛碗花？

陆鸿渐就是陆羽，鸿渐是他的字。陆羽是我国唐代著名的茶叶专家，人称"茶圣"。《新唐书》和《全唐文》中，有他的传和自传。但是由于传记简略，语焉不详，加之过去对陆羽的研究不够，因此长期以来人们对陆羽生平的了解仍不具体。但是陆羽交游很广，当时的诗僧皎然和颜真卿、皇甫冉、皇甫曾、李冶、刘长卿、权德舆、戴叔伦、孟郊等人都有诗歌赠陆，这也是我们今天进一步了解陆羽的重要的第一手资料，所以皇甫冉这首诗歌在史料上也弥足珍贵。这首诗歌的题目明确记载着"送陆鸿渐栖霞寺采茶"，而栖霞寺在今南京市太平门外的栖霞山上，这就说明陆羽的确到过南京的栖霞寺。《上江两县志》中记载，栖霞寺中有品外泉，释文说："品外者，为陆羽解嘲也。"皇甫冉的诗歌也为这条记载提供了有力的旁证。所以说，这首诗歌在研究陆羽以及我国的茶史上也具有重要的意义。

皇甫冉是唐代有名的诗人，润州丹阳人。玄宗天宝十五载（756年）登进士第，在朝廷和地方都任过官职。他写诗长于写景抒怀，词采清丽，情意深婉。高仲武在《中兴间气集》中说他"巧于文字，发调新奇，远出情外"。我们从这首诗来看，这个评价也是恰当的。

这首诗表现了诗人对老朋友陆鸿渐深深的送别之意。陆鸿渐就要到栖霞寺采茶去了，不知什么时候才能相见，诗人依依不舍，字里行间充满了关切、体贴之情。一、二两句直书其事，点出离别。因为陆鸿渐此次不是去采普通的草（即莱），而是采茶，那就要到很远的地方——栖霞寺去，不仅如此，还要爬到一层又一层的悬崖峭壁上去才能采到。这虽是平直道来，但是诗人对朋友的安全的担心，对他的关心和依依不舍，就已经流露在字句之中了，体现了很深的情意。中间四句，是由此而引起的联想，想象陆鸿渐在和暖的春风中看见茶叶已经舒展开叶片，到傍晚就采得了满满一筐；山上的道路虽然是熟悉的，但有时还是要借宿在当地老百姓的家里。这一句句看似写景叙事，其实都是表示对老朋友的牵挂，深情都在明丽如画的景色中了。最后两句："借问王孙草，何时泛碗花？"意思是，请问您采来的茶叶（这里王孙草指茶），什么时候才能够泡到碗里（泛碗花是指茶汤的水沫）喝到呀？这里有些微调侃之意，表现了与老朋友的亲密和谐关系，但是更多的是期盼：期盼一切顺利，期盼安全归来，期盼到时候再一起喝茶，畅叙友情。诗人的深切真挚的感情，在诗歌的末尾表现得更加集中，更加强烈，这是整首诗歌的深情的自然流露，读来令人深深感动。

（管遗瑞）

●皇甫曾（？—785），皇甫冉弟，字孝常，润州丹阳（今属江苏）人，天宝十二载（753）进士。代宗前期任殿中侍御史，因事贬舒州司马。后闲居丹阳。大历末任阳翟令。

◇送陆鸿渐山人采茶

千峰待逋客，香茗复丛生。
采摘知深处，烟霞羡独行。
幽期山寺远，野饮石泉清。
寂寂燃灯夜，相思一磬声。

这首诗的作者是皇甫冉的弟弟，但是他比他的哥哥还早登进士第三年，也在当时的中央和地方做过官。这首诗所送的人也是陆鸿渐，看来他们兄弟和陆鸿渐的关系都很好。题目上明标着"山人"，是把陆鸿渐看作隐士的，但是题目上没有说送往哪里，大约此诗和皇甫冉的那首作于同时，也应该是送往南京栖霞寺的吧！

送往哪里在这里并不重要，重要的是怎样来表达送人的一番情意。皇甫冉的送诗主要是表达了对即将进山采茶的陆鸿渐的关心和牵挂，这首诗当然也表达了这个意思，但是从这首诗的字里行间可以看出，作者表达得更多的倒是对陆鸿渐的进山采茶的神往甚至羡慕，把外出到深山采茶，看作是很美好的一件事情，仿佛作者也想跟着一起去。这是在内容上和皇甫冉的送诗不同的地方。由于内容的差异，因此写法也就不一样，明显地表现出作者自己的风格。

皇甫冉的诗歌一开始是平平叙起，起得从容舒缓，这首诗却是起得很陡健："千峰待逋客，香茗复丛生。"这里不说送，而是说那遥远的重峦叠嶂正在等待、迎接山人（逋客就是避世隐居的人，这里指陆鸿渐）的到来，因为那里有着很好很多的丛生的茶叶正在等待着您去采摘呢。劈头就从对面说起，诗从彼岸飞来，给人一种惊雷乍起的感觉，起得很是新颖不落俗套。接下来中间四句也是写想象中的陆鸿渐的行踪，这里明白地说"烟霞羡独行"，就是说真是很羡慕您能够独自到那风景绝佳的地方，一个人饱览无限的大好风光呀！言语之间给人一种悠然神往的感觉。"幽期山寺远，野饮石泉清"，这两句就想得更加具体了：因为是进入深山，您要住在那清静悠远的山寺了，这种环境一定能给您超凡出尘的美好感觉啊！在野外饮水，喝着那清洌甘甜的山泉，您更有着格外清新的感觉吧。这些描写，丝毫没有送行时那种依依不舍的感伤之意，相反倒是处处把此行写得十分美好，极力形容一个人单独出游时那种独来独往，飘然潇洒的情怀，非常乐观愉快。看来作者和陆鸿渐应该有着基本的共同点，那就是向往隐居，也喜欢无拘无束地云游天下，所以他从心里喜欢老朋友陆鸿渐的这种生活方式。

但是，这毕竟是送老朋友远去，心里还是牵挂的，诗的最后一联就是表达今后的思念之意。不过这里仍然没有从正面来说，而是也从对面说起。"寂寂燃灯夜，相思一磬声。"这里还是写陆鸿渐远居山寺的情景，和前面的诗意相照应。他想象那时他会住在那白云深处的山寺之中，在静静的夜里孤灯独对，此时悠扬的磬声响起，思绪也会随着磬声飞扬，更加思念朋友。诗人仿佛也听见了那遥远却清越在耳的磬声，两人的相思随着磬声在山间回荡，在夜色中弥漫，无穷无尽！这一结尾写得非常巧妙，不仅和开头的一联紧密呼应，使全诗显得结构完美，而且把那相思的情意消融在具象化的磬声中，让人自去体会，这种曲折婉转而又含蓄不尽的结尾，给人留下了多么悠长的韵味！

（管遗瑞）

●皎然（约720—约795），诗僧，字清昼，本姓谢，自称为谢灵运十世孙。湖州长城（今浙江长兴）人。有《皎然集》。

◇饮茶歌诮崔石使君

越人遗我剡溪茗，采得金芽爨金鼎。素瓷雪色飘沫香，何似诸仙琼蕊浆！一饮涤昏寐，情思爽朗满天地。再饮清我神，忽如飞雨洒轻尘。三饮便得道，何须苦心破烦恼。此物清高世莫知，世人饮酒多自欺。愁看毕卓瓮间夜，笑向陶潜篱下时。崔侯啜之意不已，狂歌一曲惊人耳。孰知茶道全尔真，唯有丹丘得如此。

这首诗歌的作者是唐代著名的诗僧皎然。他的诗歌写得很好，格调清淡闲适，富于深厚的意境和情趣，《宋高僧传》说他"文章俊丽，当时号为释门伟器"。他还有诗歌理论著作《诗式》，被人们推为古代诗歌理论著作的典范。皎然和"茶圣"陆羽是忘年之交（他比陆大十多岁），关系很好，交往也很多。因此他对饮茶也很爱好，并且很有研究，第一个提出了"茶道"的概念。这首诗就是写"茶道"的，笔势飞扬而又浑然天成，体现了他在《诗式》里提出的"状飞动之趣，写真奥之思"的诗旨。

　　我们且看他如何来写这"茶道"。

　　诗歌的前四句先写具体可见的茶叶，主要是赞誉剡溪茶清郁隽永的香气，甘露琼浆般的滋味。这次诗人饮茶，是和崔石使君（崔石约在唐德宗贞元初任湖州刺史，时皎然居湖州妙喜寺）一起对饮的。剡溪茶产于浙江嵊县（今嵊州市），是越地的朋友送给他的，可见来历不凡。他对这难得的茶中佳品也是宝爱有加，说它是"金芽"（鹅黄色的嫩茶），又用金鼎来烹煮，极言可爱。茶汤倒在洁白的瓷碗里，飘着诱人的香味，在他看来，那多么像神仙饮用的琼浆玉液呀！这些形象化的、生动具体的描写当中自然也带着夸张的意味，但却给人以非常亲切的感觉，仿佛把人带到了那个饮茶的环境里了。

　　这种朋友赠送的剡溪茶这么名贵，那饮了以后的感觉又是怎样的呢？诗歌接下来就深入一层，通过一个个生动的比喻，来阐明进入"清高"境界的"茶道"的轨迹。首先是"一饮涤昏寐"：第一杯茶喝过，提神醒脑的作用得到了发挥，那种昏昏欲睡的昏昧状态一扫而空，让人一下子变得情思爽朗起来，而且弥漫到了天地之间，使心胸非常开阔。其次是"再饮清我神"：饮罢第二杯，更加觉得神清气爽了，那种感觉就像燥热的夏天忽然飞来一场大雨，荡涤了尘灰，驱除了暑气，令人通体清爽，浑身安静了。再次是"三饮便得道"：这里的道，就是禅家所说的禅定以后那种物我两忘，个人与自然融为一体的不可言说的美妙境界。到了这种境界，哪里还有烦恼呢？所以紧接着说"何须苦心破烦恼"，喝了茶烦恼自然就没有了，何必还要苦苦修炼来破除呢？在这里，诗人已经把饮茶和禅宗的修炼水乳交融地融合在一起了，茶耶禅耶，两者浑然一体，简直不可分辨了——到了这种神妙的境界，那就是饮茶的最高境界"道"了。诗人在这几句诗中，通过一层层的譬喻，生动具体地阐明了他的"茶道"，这比那种理论上的辨析和逻辑上的推理，不知生动形象了多少！这正是诗歌的妙处，也是诗人的高妙处。

接下来诗歌又峰回路转，另入新境——"此物"四句，是拿饮酒来和饮茶相比，表现饮茶的"清高"：在诗人看来"饮茶"是很"清高"的，那些嗜酒之徒不过是借饮酒来自我麻醉，求得片刻的解脱罢了，甚至醉后有时也是很可笑的。这里他又拿毕卓来和陶潜作了具体的对比。毕卓是晋朝新蔡鲖阳人，字茂世，平生嗜酒成性。据《晋书·毕卓传》：毕卓"为吏部郎，常饮酒废职，比舍郎酿熟，卓因醉夜至其瓮间盗饮之，为掌酒者所缚，明旦视之，乃毕吏部也，遽释其缚。卓遂引主人宴于瓮侧，致醉而去"。您看这个堂堂的毕吏部，为了喝酒荒唐到什么程度，真叫人哭笑不得了！而陶渊明呢，他平生厌弃官场，后来弃官隐居，"采菊东篱下，悠然见南山"，何等清高！言下之意，诗人对陶渊明的"清高"是非常向往的。而茶的"清高"，正好也可以折射出人品的"清高"——当然，陶渊明也是酒徒，他喝酒之后的可笑也不比毕卓好到哪里去。但这毕竟是写诗，所以这里就略而不计，只取其"清高"的一面，来突出饮茶的妙处了。

最后正面提出了"茶道"。诗人看崔石使君饮茶也已经进入佳境，不禁引吭高歌起来，那兴致之高可以想见了。他不禁问道：您哪里知道，正是"茶道"使您保持了自然的本性，能够达到丹丘（神仙所居之地，昼夜长明，这里指神仙）那样的神仙境界啊！这里是对崔石使君的调侃，它表现出二人之间的亲密关系，但也是郑重宣布他的"茶道"的美妙作用，为本诗作了水到渠成的结束，也让人引起了深长的遐思。

全诗围绕"茶道"，作了多方位、多层面的细致描写，一步步引人入胜。读罢皎然的这首诗，我们不禁掩卷而想：要进入他的"茶道"，一是要有很好的茶叶，二是要有很好的亲密朋友，三是要有清静美好的环境，然后慢慢饮来，仔细品尝，这样才能渐入佳境，最后达到物我浑然、虚静空明的美好境界。

（管遗瑞）

●钱起（约720—约782），字仲文，吴兴（今浙江湖州）人。玄宗天宝十载（751）登进士第。官至考功郎中。"大历十才子"之一。有《钱考功集》。

◇与赵莒茶宴

竹下忘言对紫茶，全胜羽客醉流霞。
尘心洗尽兴难尽，一树蝉声片影斜。

这首七言绝句是写诗人和朋友赵莒一起举行茶宴的。看来诗人很喜欢饮茶，您看他描写饮茶情景，描写饮茶之后的感觉，真是喜不自禁，让读者也禁不住悠然神往了。

起句"竹下忘言"是用了《晋书·山涛传》的故事："（山涛）与嵇康、吕安善，后遇阮籍，便为竹林之交，著忘言之契。"这里诗人是把自己和朋友赵莒比作晋代"竹林七贤"中的人物了，彼此交游而心领神会，完全不需要言语，就非常默契，说明他们是极好的朋友。那么他们现在是在竹下做什么呢？原来是对饮"紫茶"。这里的紫茶，叫作紫笋茶，是一种很名贵的茶叶。忘言相对之际，他们把这紫笋茶饮得如痴如醉，所以紧接着就说："全胜羽客醉流霞。"饮得完全胜过了那些道士们喝那流动如彩霞的仙酒了。这里是用对比的方法，来衬托这种紫笋茶的美好，也说明诗人的嗜好不在喝酒，而是在饮茶。

第三句就具体说明了饮茶的好处。这样饮茶，是能够洗尽"尘心"，亦即荡涤那些世俗的、鄙吝的思想，叫人身心超越，通体轻松愉快，真有飘飘欲仙之感。而这种美好的境界，这种兴致，就真是一言难尽了！这里把"洗尽"和"难尽"对举，又一次表明了诗人对于饮茶的爱好和兴趣。正因为这样，他们就一直静静地饮着，直到日影西斜，只听见那高树上传来一阵阵的蝉声。"蝉噪林逾静"，此时暮霭四起，这竹下更加安宁静谧了，他们想来已经饮得进入佳境，正在自我陶醉哩！

据说，茶有清心、醒脑的作用，也有使饮者内心超脱，去除一切烦恼的佳妙效果，这是一种很高的境界。这首诗就是写这种境界的。从诗中的具体形象的描写中，我们仿佛也领略了这种境界。"竹下"表示一种高雅，苏轼后来就说过："宁可食无肉，不可居无竹。无肉使人瘦，无竹令人俗。"而"忘言"，更是一种有如禅家的出世的境界。还有"蝉声"，也是一种高雅的象征，因为据说蝉是饮清露而生的，不染尘心。全诗就是这样，通过这些具体可感的事物，来表现饮茶时的雅人深致，所以读来生动形象，能够给人以很深的启迪。

（管遗瑞）

●顾况（约730—806后），字逋翁，号华阳山人，又号悲翁，唐苏州海盐（今属浙江）人。肃宗至德二载（757）进士及第，曾官著作佐郎，以作诗嘲诮权贵贬饶州司户参军，后归隐茅山。有《华阳集》。

◇山家

板桥人渡泉声，茅檐日午鸡鸣。
莫嗔焙茶烟暗，却喜晒谷天晴。

这是一个以制茶为业的山上人家，却也并不在深山，而是在临近山下渡口的浅山脚下，可以看见河沟上的小桥，看见有人在渡河，也能够听见山上泉水的响声。这里背山临流，风景淡远、清幽，真是一个宁静的好去处。作者以简练的笔墨，一开始就勾画了山家的地理环境，作了形象的交代。那么山家的居处怎样呢？走近一看是茅屋，这是典型的山上民居特色。此时正当日午，阳光照在院子里，鸡正在鸣叫。公鸡在正午时候要打鸣，这里写得非常真实贴切。这时家里正在焙茶，燃烧柴草的烟气弥漫了整个小院，浓烟有点呛人；院子里正晒着刚刚收获的金黄的稻谷（这也交代出正是金秋时节）。这就是山家小院的情景，如果这样平直叙述，自然也可以交代清楚，但却少了诗意。富有巧思的诗人在两句之间加了"莫嗔""却喜"四个字，就顿然活泼起来。这仿佛是山家主人的说话：客人您不要责怪这浓烟呀，您看满院的稻谷趁着好天气晒着，我们正高兴着呢！这就很有情趣了，生动地写出了山家茶民的纯朴、风趣而又开朗的性格，自然也表达出作者看见这一切，从心底流露出来的喜悦之情。

诗的开始两句，仅仅用了六个名词（或名词性词组），就很自然生动地写出了山家的环境和茅屋的景象，笔墨经济而又耐人咀嚼。这使我们想起后来元代马致远《天净沙·秋思》的著名句子："枯藤老树昏鸦，小桥流水人家，古道西风瘦马。夕阳西下，断肠人在天涯。"这是历来传诵的名曲，将表现羁旅愁思的一些名词组合在一起，完全采用白描手法，旅思愁情便从景象中自然生发出来，非常生动形象。王国维说它："寥寥数语，深得唐人绝句妙境。"显然，马致远学习的唐人绝句，也应该包括这首诗歌吧，可见它的创造性和对后来的深远影响。

还应该说明的是，唐代的山区农村经济，主要是一种自给自足的自然经济。诗中的农家就是这样，他们采茶、焙茶（可能也种茶），也养殖家禽，但真正的主业还是种植稻麦一类的粮食作物，所以山家主人看见满院晒着的黄澄澄的稻谷，就掩饰不住那喜悦了。从这个意义上说，这首诗歌也给我们提供了唐代山区茶民的生活状况，对于认识那个时代，具有重要的意义。

（管遗瑞）

●灵一（728—762），诗僧，姓吴氏，广陵（今扬州）人，居余杭宜丰寺。与朱放、张继、皇甫曾诸人为尘外友。

◇与元居士青山潭饮茶

野泉烟火白云间，坐饮香茶爱此山。

岩下维舟不忍去，青溪流水暮潺潺。

这是写和尚和居士相对饮茶的一首小诗，写得清新可喜。居士，梵语的音译是"优婆塞"，意思是在家奉佛的男子。

诗人是很爱饮茶的，看来他在云游之际也时时不忘喝茶。现在他来到青山潭，元居士热情地接待了他。他们在白云缭绕的山间，舀来清洌的山泉，开始煮起茶来，相对共饮。这样的香茶使诗人饮得神清气爽，而且爱屋及乌，连这青山也觉得更加可爱起来了。不是吗？他在潭边的岩下把小船系好，舍不得离开了。此时，渐近黄昏，山里升起烟岚，听见青溪的流水在暮色中泠泠有声，一声声沁人心脾。此情此景，该是令人觉得何等清静虚灵啊，诗人的心境也该和这山中的溪水一样，清新流动，活泼畅快。

据说，出家人是不三宿桑下的，为的是怕时间久了生了留恋之意，因此时时警醒自己要超脱于情感，对一切都淡然处之。但是我们看灵一的这首诗，对于茶，对于青山白云，对于青溪的潺潺流水，多么一往情深，一字字、一句句都写得情真意挚，他也真是一位深于情的出家人！而这一切，都是饮茶的结果，看来饮茶可以得到精神的解脱而忘怀世事，高蹈远引，但是也可以因为饮茶而更加热爱自然，热爱朋友，热爱生活。这首小诗描写的，就是后一种情况的一个美好的例子。

（管遗瑞）

●陆羽（733—约804），字鸿渐，又号东冈子、桑苎翁，竟陵（今湖北天门）人。一生嗜茶，精于茶道。有《茶经》。

◇歌

不羡黄金罍，不羡白玉杯；不羡朝入省，不羡暮入台；惟羡西江水，曾向竟陵城下来。

这首诗歌是陆羽写的。后代人们对陆羽非常敬仰，称之为"茶神""茶圣"。他的诗歌也作得很好，可惜大多已经散佚，《全唐诗》只保存了他两首完整的诗和一些联句、残句。这里选的是其中一首。《全唐诗》在诗下有一条简明的注释："太和中，复州（按即竟陵）有一老僧，云是陆弟子，常讽此歌。"看来这首诗也是后人根据陆羽的学生的歌唱、背诵记录下来的，可见当时人们对他的景仰，也可见这首诗歌在那时流布之广泛。

在内容上，这首诗说的是陆羽浮云富贵、敝屣王侯的人生态度和一心隐居于乡野、醉心于茶事的高尚情操。这是一种非常可贵的品格！

在艺术上，这首诗歌也很有值得称道的地方。第一是诗歌采用借代和隐喻的手法，来形象地表现自己的思想。第一、二句说的是不羡慕财产的富有，但是他没有直说，而是用"黄金罍（酒杯）""白玉杯"

来代指。这里代指得很贴切，因为这些东西正是富豪之家特有的饮具，是奢华的象征。第三、四句是说不羡慕高官，但是也没有直说，而是用"朝入省""暮入台"来代指朝廷的要员。"省"是官署名，尚书、中书、门下等官署都设于禁中，叫作省。"台"也是官署名，御史台、兰台都是朝廷的重要办公机构。这里说不想到你那个什么"省""台"来，就是表示和朝廷的不合作态度，是对于官场的厌弃。这四句排比的"不"字句，把自己的立场表示得清清楚楚，斩钉截铁，不可动摇。

第二个值得称道的地方，是诗歌采用跌宕的手法，形成强烈对比，进一步非常鲜明地表达了自己的志向。前面四个"不"字句，排宕而下，造成了强有力的气势，而到最后以"惟羡"两个字领起，极为肯定地说，我只羡慕我这家乡的清清的西江之水，它静静地流淌在竟陵城下，比起那个什么"黄金罍""白玉杯"，还有什么"省""台"来，这才是真正可爱，真正值得留恋的地方啊！这里的"西江水"，意思有两层：一是指家乡，隐居之处的山清水秀的美好地方；二是指用西江清清的活水，来烹煮自己手制的茶叶，把自己的茶叶事业进行到底！这一跌宕，就像浩浩奔流的长江大河突然遇见了断层，一泻直下，奔腾咆哮，其势不可阻挡。"不羡"与"惟羡"对比，何等鲜明，何等强烈，这无异于是作者的一份气贯长虹的政治宣言，让我们至今读来也还非常感动！

然而更加令人感动的是，作者不是那些沽名钓誉的市侩，也不是那些口是心非的伪君子，而是说到做到，一生隐居，一生专心致志地从事于他的茶叶事业，并且取得了举世瞩目的重要成果，真是令人高山仰止，肃然起敬！真情出好诗。诗歌的最终感染力不在藻饰，而在情感，这首诗可谓语浅情深，作者以他的浓挚的真情，感动着过往的人们，感动着今天的我们，也必将感动着千千万万的后之来者！

（管遗瑞）

●韦应物（737—约791），唐京兆万年（今陕西西安）人。出身关中望族，玄宗天宝十载（751）以门资恩荫入官为三卫郎。肃宗乾元元年（758）进太学，折节读书。代宗广德元年（763）为洛阳丞。大历九年（774）为京兆府功曹。德宗贞元中曾任左司郎中，世称韦左司。在此前后曾任滁州、江州、苏州刺史，世称韦江州、韦苏州。有《韦苏州集》。

◇喜园中茶生

洁性不可污，为饮涤尘烦。
此物信灵味，本自出山原。
聊因理郡馀，率尔植荒园。
喜随众草长，得与幽人言。

韦应物是中唐著名诗人，他好佛事，也好饮茶，这首诗是表现他在公余之暇种植茶树情形的，可见他的超逸出尘的个性。他曾先后在滁州、江州和苏州做过刺史，这首诗就是其在任时的作品。

据《唐国史补》卷下："韦应物立性高洁，鲜食寡欲，所居焚香扫地而坐。"可见韦应物的个性是很好洁的。诗歌的前四句就表达了他的这种性格，他认为饮茶是为了涤除尘烦，亦即洗去心中的郁闷，使高洁的性格不受污染。而茶叶之所以有这种功效，之所以是美味，是因为茶树生长在山冈原野，那里清新洁净，没有外来的污染。茶也的确具有驱除胸中烦闷的作用。陆羽在《茶经》卷上中说过："茶之为用，味至寒，为饮最宜精行俭德之人，若热渴凝闷，脑疼目涩，四肢烦，百节不舒，聊四五啜，与醍醐甘露抗衡也。"这就是他要在工作之余亲自种植茶树的原因了。

后半首四句就直接写种植茶树的情况。他在治理一个郡（汉代的行政单位，这里是指唐代的州）的业余时间，就随随便便地在官署的荒园里种植了茶树。这里的"聊因""率尔"，都表现出诗人一种漫不经心的态度，写得很轻松自然。唯其如此，"有意栽花花不开，无心插柳柳成荫"，他的茶树才能自然生长；也唯其如此，才能表现出佛家那种不执着人生，一切任运随缘的人生态度。也许正是这样随其自然吧，他手种的茶树居然一天天很好地生长起来了，诗人的心情是很惊喜的。"喜随众草长，得与幽人言"，他欣喜地看着新生的茶树，就像看着一个个成长起来的孩子一样，能够和自己相对说话了——这里使用了拟人化的艺术手法，赋予茶树以人的品格，由此诗人的喜悦之情就表现得格外生动形象。今后，他可得精心照料这些新生的茶树，就像呵护自己的孩子一样，让他们好好生长，陪伴自己这个"幽人"一起生活，永远保持高洁的品格！

韦应物的诗歌以描写田园山水、讴歌隐逸为多，长于五言，技巧纯熟，总体风格是闲淡简远。《四库全书总目提要》说他的诗"源出于陶而溶化于三谢，故真而不朴，华而不绮"。这些，都可以帮助我们理解这首诗歌。至于饮茶，禅家都很喜欢，据说和禅意相通，这首诗讲的是种茶而说到底讲的还是饮茶，他在诗中表现的那种希望涤去尘烦，保持高洁的、轻松淡远的人生态度，自然也是禅意的表现。然耶否耶，读者可以在细细品味之后，作出自己的判断。

（管遗瑞）

●卢纶（约742—约799），字允言，河中蒲（今山西永济）人。
"大历十才子"之一。天宝末举进士不第。安史乱中避地鄱阳，与吉中孚
为林下之友。代宗大历初宰相元载取其文以进，授阌乡尉，迁集贤学士。
官至检校户部郎中。有《卢纶诗集》。

◇新茶咏寄上西川相公二十三舅大夫二十四舅

三献蓬莱始一尝，日调金鼎阅芳香。

贮之玉合才半饼，寄与阿连题数行。

俗话说："新茶是个宝，陈茶是包草。"酒，是陈的好，而茶，却
是新的好。卢纶这首诗，就是夸赞他自己的新茶的金贵的。

题目上的这两位"舅"，都是他的妻子的兄弟。一位是二十三（古
代一个大族按同辈的排行）舅，即韦皋，贞元元年（785）为剑南西川
节度使（治所在今成都），十二年（796）二月，加同中书门下平章
事，就是宰相的级别了（当时很多节度使都加了这个官衔，虽然没有在
朝中任职，但表示等同于宰相的地位。这些节度使也就是后来所称的
"藩镇"的控制者，他们自以为位同宰相，就割据一方，自行其是，
与中央分庭抗礼，最后造成了唐朝的灭亡），所以称相公。另一位是
二十四舅，即韦肇，据《册府元龟》记载，韦肇为剑南西川运粮使、检

校户部员外郎，贞元十二年加兼御史大夫。二十四舅，原作二十舅，据《万首唐人绝句》改。卢纶的这两位舅，地位都很显赫，他和他们保持着很密切的关系。新茶一出来，卢纶就写了这首诗和茶叶一并寄去。

诗中开始说，他这个新茶，是制茶的人经过三次给皇宫进献以后，自己才得到一点尝尝新的。蓬莱指蓬莱宫，原名大明宫，唐高宗时扩建，改名蓬莱宫。第二句说，因为是很珍贵的新茶，所以自己是用金鼎来烹煮的，品味它时散发出诱人的芳香。接下来，他说我也只有半饼，用玉做的盒子装着，现在就连同我的这几行书信，一并给你们兄弟俩寄来。这里要明白的是，唐宋时的茶和我们今天的散茶不同，总是把名贵的茶制成饼状的。据宋欧阳修《归田录》卷二说："茶之品莫贵于龙凤，谓之团茶，凡八饼重一斤。"诗里所说的也是饼状的团茶，和后来欧阳修记载的应该是一个种类。另外，"阿连"，据《南史·谢灵运传》，谢灵运很喜欢他的族弟谢惠连，称之为阿连，两兄弟都很有文才。诗中用这个典故，是作为对他的两个舅的美称。短短四句诗里，包含着深厚的兄弟情义，读来觉得很有亲切感。

此外，因为他的二十三舅韦皋是宰相级别，第二句中的"日调金鼎"也是对韦皋的恭维。"调金鼎"是调和鼎中之味的意思，比喻治理国家，也比喻宰相的职位。所以第二句是语义双关。卢纶大历初屡试不第，后由人推荐才得出仕，只做到检校户部郎中，职位比较低。他曾经得到他的另一位舅韦渠牟（在朝廷任秘书郎、内供奉、谏议大夫等职）的关照和推荐，在贞元十三四年间，由唐德宗召入内殿，令和御制诗，得到荣宠，但不久也就病逝了。中国古代是官本位的社会，就是在亲族、亲戚之间，也对职位非常看重，凡是对官位高的人就格外尊重，所以我们就不难理解诗人为什么要郑重其事地寄新茶去，而且在诗里还要通过运用典故来委婉地恭维了。

自然，这样金贵的新茶，诗人寄去倒不完全是自己夸赞，而是为了兄弟、亲戚之间的情意。当他的两位舅收到茶叶以后，既能够品味到团茶散发的芳香，也更能够从茶里品味到诗人的温馨的兄弟情谊，真是一举两得了。

（管遗瑞）

●孟郊（751—814），字东野，湖州武康（今浙江德清）人。少隐嵩山，唐贞元十二年（796）登进士第，十六年任溧水尉，后辞官。曾任河南水陆转运从事，试协律郎。宪宗元和九年（814）迁兴元军参谋，试大理评事，赴任时暴死途中。友人张籍等私谥贞曜先生。有《孟东野诗集》。

◇凭周况先辈于朝贤乞茶

道意勿乏味，心绪病无悰。蒙茗玉花尽，越瓯荷叶空。锦水有鲜色，蜀山饶芳丛。云根才剪绿，印缝已霏红。曾向贵人得，最将诗叟同。幸为乞寄来，救此病劣躬。

这首诗的作者孟郊，是中唐的著名诗人，和韩愈交情很厚，他的诗和贾岛齐名，后来苏轼评他们的风格是"郊寒岛瘦"。他也曾经做过小官，但是很不得意，一生为穷愁所困，所以诗歌中经常流露出寒俭气。

这首诗是"以诗代书"，也就是写一首诗歌代替书信，寄给他的先辈周况，请他向当时朝中的贤达们索要茶叶。"凭"，在这里是通过、倚靠的意思。周况于元和末年登进士第，官至四门博士，是韩愈的侄婿，也能诗。文人之间"以诗代书"在那时是一种风尚，标志着文人风雅。题中说"乞茶"，向人要东西，已经是寒俭气的表现了。同时也说明那时的好茶是不容易得到的，精品茶叶非常贵重。

诗歌中间写到的意思，寒俭气就更浓了。他一开始就诉苦：自己已经对下棋（诗中的"道"指棋局中的格道，代指棋）缺乏兴味了，成天病恹恹的提不起精神。要想喝茶提提神吧，家里的茶已经没有了。"蒙茗玉花"本来是当时四川雅安蒙顶山的名茶，这里指茶；"越瓯荷叶"是当时越窑生产的荷叶形的瓷器茶碗，这里也指茶具。一"尽"一"空"，见得家中的茶一点也没有了，所以要"乞茶"。这四句是写"乞茶"的原因。

紧接着"锦水"四句就说，听说西蜀的成都和附近的山上，都种着好茶树，目前正是采摘茶叶的时候，想来已经焙制好了吧？可见那时，四川的茶叶就很有名，种植茶树，采摘茶叶，焙制香茶，销售茶叶，已经有了一条龙式的生产线了。四川的茶叶有着悠久的历史，也有着很成熟的制作工艺，从这首诗里，也得到了清晰的印证。诗人又继续说了，我曾经向贵人要过这种茶，我也和您（周况）一样，很喜欢饮这种茶。希望您能够帮我要一点，来救救我这病得不轻的身体吧！这末尾的两句，就不仅是一般的索要，而是形同哀求了，想来周况看了这封特殊的书信，不免要动恻隐之心，总要想尽办法帮他"乞"得的，不然，就这样，诗人怎么活得下去呀！这首诗歌表现的寒俭气，很能代表孟郊的风格，但是他写得辞意恳切，倒也是很能打动人心的哩！

看来，诗人是一个嗜茶如命的人。从他的诗里描写的具体情况来看，他也是一个品茗高手，这一点就鲜为人知了，也许是为诗名所掩的原因吧！据记载，他和"茶圣"陆羽过从很密，或许他的鉴赏水平是得到高人指点而逐步提高的，这一段很有意义的历史故事，也是中国饮茶史上的一段佳话了。

（管遗瑞）

●裴度（765—839），字中立，河东闻喜（今属山西）人，贞元进士，宪宗时名相。

◇凉风亭睡觉

饱食缓行新睡觉，一瓯新茗侍儿煎。
脱巾斜倚绳床坐，风送水声来耳边。

关于喝茶，鲁迅说过："有好茶喝，会喝好茶，是一种'清福'。不过要享这'清福'，首先就须有工夫，其次是练习出来的特别的感觉。"裴度这首七绝，就是讲自己如何享受这喝茶的"清福"的。按说，他老人家应该是没有这样的"清福"可享的。因为他从小刻苦读书，废寝忘食。后来，贞元五年（796）举进士及第，再后来当官，一步步兢兢业业地当上去，一直当到宰相，他是中唐重要的政治家、文学家，要开会，要起草文件、批阅奏章，甚至还要挂帅领兵打仗（唐宪宗元和年间，淮西藩镇吴元济反，朝廷派军队讨伐，四年不克。元和十二年七月，裴度以宰相而兼彰义军节度使、淮西宣慰处置使，亲自督师征讨，十月生擒吴元济，平定了淮西叛乱），真是日理万机，那工作的繁忙是可以想见的了。不过，也许就是太忙的缘故吧，他也就急流勇退，晚年在政治上不复以进退为意，在东都洛阳建起了私人别墅绿野堂，尽

林园赏玩之趣。这个时候，他已经算是退休领导干部了，才有了机会开始享享"清福"。而喝茶，就是"清福"之一。这首诗，也就是写在能够享"清福"的晚年的。

诗歌把这种"清福"写得非常具体生动，主要表现在对人物行为动作的精细的描写刻画上。从题目上我们可以知道，他活动的地点是在他别墅的一个亭子——凉风亭里；"睡觉"的"觉"，是觉醒的"觉"，也就是睡醒的意思。他显然是才吃过了午饭，吃得饱饱的，鼓腹而行，缓缓地走向凉风亭。"饭后百步走，能活九十九"，他是很讲究养生之道的哩！然后在亭子里睡午觉，一觉醒来，万千潇洒，侍儿已经把刚刚煎好的一壶新茶端过来了，侍候得多么周到！这时，他脱掉帽子，尽量放松，斜斜地坐靠在躺椅上，一阵阵凉风吹来，清凉惬意，也带来了别墅里溪流的潺潺的水声，轻轻地、若有若无地响在耳边。也许，这比我们今天茶楼里播放的低低的轻音乐还更好听哩！此时的他，完全没有公务的打扰了，闲工夫有的是，一边啜着新茶，一边随意地想着什么，也许是什么也不想，就这样静静地半躺半坐着，把自己融进在这美好的自然之中了。

这就是他的"清福"。诗中用"饱食缓行"来形容饭后的满足和散步的从容，很能传神。喝茶时"脱巾斜倚绳床坐"的姿势，以及凉风送来水声的侧耳倾听的神态，都一一显示出诗人的安详、雍容和怡然自得。可以看出，他的感觉是很美好的。诗歌也在从容不迫中，用精微细致的笔触，恰到好处地表现了这种美好的感觉。这也就是鲁迅说的"特别的感觉"之一吧！

（管遗瑞）

●张籍（约767—约830），字文昌，苏州（今属江苏）人，后移居和州乌江（今安徽和县东北）。唐德宗贞元十五年（799）登进士第。历任太常寺太祝、国子助教、国子博士、水部员外郎、主客郎中、国子司业。世称张水部、张司业。有《张司业集》。

◇送旷师

九星台下煎茶别，五老峰头觅寺居。
作得新诗旋相寄，人来请莫达空书。

和尚大多喜欢喝茶，因此张籍这首送别旷师的小诗，也就从喝茶写起，表现了诗人与这位和尚的友好关系。

张籍是中唐以乐府歌行著称的诗人，不过他的小诗也写得轻松流利，很受人赞赏。后来王安石就说过："看似寻常最奇崛，成如容易却艰辛。"（《题张司业集》）这两句诗是很能说明张籍在诗歌创作中的甘苦的。

张籍作为一个很有声誉的诗人，他也喜欢与和尚交往。因为这位旷师和尚也是一位诗僧，能够和当时的官员、文人唱和。这次送别，张籍在九星台下给他饯行，当然不是喝酒，而是烹煮了香茶来款待他，对于和尚这也算是热情的款待了。九星台就是九仙台，在江西峡江玉笥山北送仙峰上，据说秦时孔丘明等九人在此避乱，以后在这里升仙。这句是点明了送别的地点。第二句是说晊师要去的地方是庐山的五老峰，诗中说"觅寺居"，可见晊师这次是云游，将暂时寻找合适的寺庙寄居在庐山五老峰。这两句是从送的方面来说的，表现送别之意。

按常情，后两句本来应该说如何一路平安的。但是这里省略了，忽然从晊师要去的庐山五老峰说起，说您到了那里，作了新诗就要赶快给我寄过来呀，来人送信的时候可不能是一张白纸哟！这是很诙谐幽默的叮嘱，看来念念不忘的好像只是作诗，自然，作诗是他们交往的重要内容，但是这一叮嘱也表示了对晊师的一路关切之心，以及对他的相思之意。"作得新诗""旋相寄"，都曲曲地传达出一种急切的心情；"请莫达空书"，更是想尽快地知道他的具体情况，关心之意溢于言表。而且，这也是"诗思从彼岸飞来"，转换角度，从送别说到寄诗过来，这一往一来，诗情在起伏变化之中，表现得多么婉转曲折！诗歌的巧妙之处也就在这里，避免了一般化的平直的表现方法，把意思包含在委婉含蓄之中，使情感表达得更加深切，这正是诗人艺术匠心的体现。

"成如容易却艰辛"，信然！

（管遗瑞）

●刘禹锡（772—842），字梦得，匈奴血统，祖上于北魏孝文帝时改汉姓，入洛阳籍。唐贞元九年（793）与柳宗元同榜登进士第，同年又登博学宏词科。永贞革新时为屯田员外郎，后贬朗州（今湖南常德）司马。元和十年（815）召还长安，复出为连州（今属广东）刺史。宝历二年（826）还洛阳。开成元年（836）以太子宾客分司东都。与白居易颇多唱和，编为《刘白唱和集》。有《刘梦得文集》。

◇西山兰若试茶歌

山僧后檐茶数丛，春来映竹抽新茸。宛然为客振衣起，自傍芳丛摘鹰嘴。斯须炒成满室香，便酌砌下金沙水。骤雨松声入鼎来，白云满碗花徘徊。悠扬喷鼻宿醒散，清峭彻骨烦襟开。阳崖阴岭各殊气，未若竹下莓苔地。炎帝虽尝未解煎，桐君有箓那知味。新芽连拳半未舒，自摘至煎俄顷馀。木兰沾露香微似，瑶草临波色不如。僧言灵味宜幽寂，采采翘英为嘉客。不辞缄封寄郡斋，砖井铜炉损标格。何况蒙山顾渚春，白泥赤印走风尘。欲知花乳清泠味，须是眠云跂石人。

在唐代，茶叶虽然是以蒸青团茶为主，但那个时代也出现了炒青。刘禹锡这首诗中说到"斯须炒成满室香""自摘至煎俄顷馀"，就是讲的这种炒青茶。诗歌详尽地描写了茶叶从采摘到炒成、烹煮的整个过程，以及这种炒青的好处，不仅诗歌写得生动，而且也是我们了解唐代制作炒青的珍贵资料。

这里的西山，在江苏苏州。据《古今图书集成·方舆汇编·职方典》卷六八一苏州府物产考："茶多出吴县西山，谷雨前采焙，争先腾价，以雨前为贵也。又虎丘西山地数亩，产茶极佳，烹之色白，香气如兰，但每岁所采不过二三十斤，止供官府采取，吴人尝其味者绝少。"可见西山的茶是很珍贵的。兰若是寺庙，但是这首诗讲的是苏州的哪个寺庙已经无可查考了。刘禹锡曾经在苏州做过刺史，这首诗大约作于大和六年至八年（832—834）之间。

诗歌的第一大段，即前面十句，形象地描写了苏州西山炒青的制作情况。从描写的内容看，是诗人到寺庙去拜访和尚，和尚为了招待客人，立即到后檐的茶园采摘刚刚冒出新芽的"鹰嘴"，并且立即炒、煮，那煮出来的效果真是太好了："骤雨松声入鼎来，白云满碗花徘徊。"鼎中茶水的沸腾声，如同松涛乍起；冲到碗里，茶的雾气就像白云一样缭绕，泡沫宛如花一样在碗中浮动。诗句通过比喻，生动形象地描写了炒青烹煮以后的美妙效果，所以贺裳在《载酒园诗话又编》中兴奋地说："令人渴吻生津。"诗人刚一闻见那扑鼻而来的香味，隔宿犹存的酒意就顿然消散了，胸中的烦恼也一扫而空了。这一段，细细描写整个过程，但是笔墨又很简练传神，诗人的赞美之意洋溢在字里行间。

第二大段也就是接下来的八句，诗歌宕开一笔，从茶树生长的地方写起，就是宋子姕《东溪试茶录》里说的："茶宜高山之阴，而喜日阳之早。"但是神农氏的炎帝虽然尝过百草，而饮茶是起于后世的，所以他不知道这种煎烹的方法；就是后代陶弘景的《本草序》里说到的桐君,他著的《采药录》也只"说其花叶形色",而不知道味道。言下之意是,这种现采现炒的办法,是今天的新创,所以他再次说到"新芽连拳半未舒,自摘至煎俄顷馀",赞叹这种新方法的佳妙,既快又好。通过这种方法制成的炒青,香味连木兰沾露也赶不上,颜色比那瑶草临波还要碧绿,真是美不可言。这一段着重赞美了炒青方法的创造,诗人对和尚们的制茶技艺给予了高度的评价,表示了景仰。

第三大段就是最后的八句,作者变化手法,通过和尚的口吻,介绍了炒青的特点,也是进一步赞美了炒青的佳美。和尚说,它的最大特点就是要在我们寺庙这样幽寂的地方,用刚刚采来的新芽招待嘉宾,这才能吃出它的美味。如果寄到您的郡斋,时间久了,又是用普通的井水和铜炉来烹煮,那就鲜味大减了。何况像四川那么远的蒙顶茶,还有浙江湖州顾渚山的紫笋茶,做好了远远地送来,经过长途风尘运输,茶叶也要受损,那也没有新鲜味了。所以,和尚最后说:"欲知花乳清冷味,须是眠云跂石人。"要想真正领略到这炒青的清凉味道,还得像我这样眠于云间、坐在石上的山区种茶人才行!诗歌到这里戛然而止,这几句看来是和尚说的话,其实是诗人的意见。这里不仅是借和尚之口,赞美这山中"幽寂"之地的茶叶如何美好,更重要的是诗人对幽栖隐居于山野的人,寄予了深深的理解。因为,作者自从参加王叔文集团的政治革新,遭到贬官外放的打击以后,对于污浊的朝廷政治,也有了厌弃的感觉,他到苏州做刺史,也是戴罪之身,这首诗在一定程度上表现了他对隐居的向往,也含蓄地表明了他的政治态度。

但是这首诗主要还是直接描写了炒青的创新制作情况,它的价值,一在于提供了炒青的珍贵资料,二是它的生动形象的描写,具有很高的诗歌艺术水平。这两者天衣无缝地结合在一起，使得这首诗在茶叶史和诗歌史上，都具有无可替代的重要地位。

（管遗瑞）

●白居易（772—846），字乐天，晚号香山居士，下邽（今陕西渭南北）人。先世本龟兹人，汉时赐姓白氏。唐德宗贞元十六年（800）登进士第，十九年中书判拔萃科，授秘书省校书郎。宪宗元和十年（815）一度被贬为江州司马。晚年以太子宾客分司东都，武宗会昌二年（842）以刑部尚书致仕。有《白氏长庆集》。

◇与梦得沽酒闲饮且约后期

少时犹不忧生计，老后谁能惜酒钱。
共把十千沽一斗，相看七十欠三年。
闲征雅令穷经史，醉听清吟胜管弦。
更待菊黄家酝熟，共君一醉一陶然。

这首诗作于文宗开成三年（838），白居易时以太子少傅分司东都，刘禹锡也以太子宾客分司东都，都住在洛阳，时作文酒之会。这首诗就是写他们约会饮酒情形的，可以见出当时的文人风雅，也表现了他们的深厚情谊。

开始两句以工对唱叹而入，说年轻时候生活艰窘尚且不忧虑生计，而况到现在老了，还吝惜什么酒钱呢？出语豪爽，与一向以"诗豪"著称的刘禹锡性情一样，二人意趣相投，意思是要经常一起多多饮酒，透

露出及时行乐之意，揭出一篇主旨。第二联紧接着说为什么要多饮酒，是因为"相看七十欠三年"，他们都已经六十七岁了，来日无多，有一种紧迫感，表现对晚年光阴的无比珍惜，也是对他们友谊的重视。不仅要多饮酒，还要饮好酒。"十千沽一斗"，是用了三国魏曹植诗歌《名都篇》中的典故："我归宴平乐，美酒斗十千。"一斗酒值十千钱，是极言其酒之价高而味美。曹植诗中的"名都"就是指洛阳，"平乐"是台观名，汉明帝所建，也在洛阳西门外。这个典故用在这里特别切合他们所处的地点，而且"十千沽一斗"与"七十欠三年"又正好成为数字对，天造地设，非常工稳而又自然。"共把""相看"，更显得他们二人的相亲相近，友谊非同一般。这两句真是神来之笔，诗趣盎然，可见诗人善于斟酌推敲而又不露痕迹的艺术功力。

　　后半部分接写他们饮酒时，那种富于文化气息的清雅情形。第三联先写行令。"雅令"就是文雅的酒令，前面用"闲征"来形容，就是从容不迫、缓缓进行，表现文雅的风度。"穷经史"就是广征博引经史内容，以为酒令，更显出他们渊博的学问。然后写酒醉之时，就吟唱他们的诗歌，这胜过了急管繁弦的音乐和歌儿舞女的唱歌跳舞，一切都在有节制的温文尔雅中进行，可见"醉"也仅仅是微醺而已，整个相约饮酒的活动显得非常高雅。所以诗人很喜欢这种形式，最后相约再饮。"家酝"是指自家酿的好酒，以区别于市上卖的质量不高的酒。说等到秋天菊花开放、金黄烂漫的时候，再请您来喝我家的好酒，一同赏菊，一同陶然而醉吧！这里是用了东晋陶渊明"采菊东篱下，悠然见南山"的典故，隐然以陶自比，要过陶渊明那样的隐居生活，留下了丰富的韵味。全诗语言流利，技法圆熟，操纵自如，清空一气，在平淡中含奇警，在浅易中有蕴藉，表现了白居易晚年七律的独特个性。

（管遗瑞）

◇琴茶

兀兀寄形群动内，陶陶任性一生间。
自抛官后春多梦，不读书来老更闲。
琴里知闻唯渌水，茶中故旧是蒙山。
穷通行止常相伴，谁道吾今无往还？

一边喝茶，一边听琴，这也是休闲的一种好方式。这首诗就是写这种生活情况的。

白居易的这首七言律诗，作于唐敬宗宝历二年（826）。这一年，他五十五岁，因为久患眼病，请求朝廷免去了他的苏州刺史职务，开始过起闲散的退居生活。闲暇无事，他不禁想到，人生不过是昏昏沉沉地在各种人之间活动，与其如此，自己不如选择个人的生活方式，任运随缘、安安静静地独自过日子，这才能和乐地度过一生呢！于是，他退居以后就经常喝酒睡觉，甚至连书也不看了，觉得老来真是很清闲啊！

不过这种离群索居、块然独处的生活，也毕竟有些乏味，还是要找点事情来做才行。他选择了两件事：一件是听琴，他最喜欢的是《渌水》这种琴曲，就经常请人来弹奏欣赏。还有一件事，就是喝茶。这里的"蒙山"，就是指的蒙山茶，是四川邛崃山脉中蒙山顶上出产的茶，称蒙顶茶，在唐代是一种极为贵重的茶。诗中说"故旧"，一则表示自己素来喜欢这种茶，过去就经常喝，可见对这种茶的特别钟爱；二则对茶以"故旧"相称，也是把茶拟人化了，好像这茶叶也有了感情，和自己成了很好的老朋友了。如今，他一边听着琴，那叮叮咚咚的琴声，就像是欢快的溪流的歌唱，那么悦耳；还一边喝着茶，那茶叶的碧绿，茶汤的清香，和着琴声，是多么爽心悦目。这真是美妙的生活啊！看来他是非常满意这种以琴茶相伴的生活的，所以诗歌在结尾处不无赞叹地说："穷通行止常相伴，谁道吾今无往还？"不管我的情况怎样，现在退居在家，也有琴、茶相伴，谁说我不和人交往呢？言外之意是，和琴、茶为伴，也是一种很好的交往啊！所以这首诗歌就以琴、茶为题，表达了对这种生活的满意和自得其乐。

自然，这只是诗歌的表面意思。它的隐含意义是：那时的朝廷，外有藩镇跋扈，内有宦官专权，政治斗争翻云覆雨，好多官员因为卷进政治斗争的旋涡而被杀害，真是人命危浅、朝不保夕。在这样的情况下，作者明哲保身，主动采取了避祸全身的办法，毅然退出政治舞台，屏除一切人事交往，免得受到牵累而得罪，过着就像这首诗歌所写的深居简出，以琴、茶为友的生活。所以这首小诗，其实是隐含着作者的政治态度的。当然，听琴、喝茶，也是他一生的爱好，不过在这种情况下来听琴、喝茶，就不仅仅是为了清闲，而是另有它的深刻的含义了。

（管遗瑞）

◇晚春闲居杨工部寄诗杨常州寄茶同到因以长句答之

宿醒寂寞眠初起，春意阑珊日又斜。
劝我加餐因早笋，恨人休醉是残花。
闲吟工部新来句，渴饮毗陵远到茶。
兄弟东西官职冷，门前车马向谁家？

喝茶、写诗（或者吟赏诗歌），都是很高雅的事情。有些诗人写诗要靠喝茶来激发灵感，增加情趣；而常常喝茶的文人，喝茶时也往往要作一点诗。这两者的自然结合，对文人来说是很高兴的一件事情。

白居易也是这样，而且他碰见了一次二者得兼的难得的好机遇。那是大和八年（834）的春天，他的曾经做过工部尚书的妻舅杨汉公给他寄了新作的诗歌来。恰在同时，他的另一个正在常州（即毗陵）做刺史的妻舅，也就是杨汉公的哥哥杨虞卿，也从常州给他寄了新茶来。这新诗加新茶，同时到达，使白居易不胜欣喜，于是拈笔濡墨，写下了很具闲适意味的这首律诗来。

诗歌的前四句，他先写自己闲散的生活。因为昨晚喝酒较多，到今天也还留着余醉，起来看看那春日的太阳，已经稍稍偏斜，也就是时间已经过了中午了，他真是沉沉昏睡，起得很迟啊！因为有了新鲜的嫩笋，觉得饭菜也还可口；花朵也还没有完全凋零，为了及时赏花也还没有大醉。这些，就是他的现实境况。诗中用了"寂寞""阑珊"这样的词，而关心照顾他的也只有"早笋"和"残花"这样的东西，这就告诉我们，他一方面是彻底的清闲，另一方面也感到孤单落寞，在离群索居、形单影只的生活中，他这个"恨人"（失意抱恨的人）内心深处也是万般的无奈！在浅显的诗句中间，也显露出着深沉的诗思和怅惘的情绪。

这四句，是诗歌的反衬手法，为下面的描写作了厚重的铺垫。就在这时，他收到了两个妻舅寄来的新诗和新茶，他欣赏着诗歌，品味着新茶，精神上感到了很大的慰藉，暂时驱除了寂寞和失意。诗中用"闲吟"来形容吟诗时宁静、愉快的心情。"渴饮"，更表示出他对亲人消息的渴盼，以及对亲人关心的渴望。这些，由于一齐收到了两位亲人的馈寄，诗人的心情也稍稍振起，显出了亮色。但是，紧接着，诗人又想到了他的两个亲人又都是闲冷的官职，情况也恐怕是"门前冷落车马稀"的吧？"门前车马向谁家？"是拿自家的门可罗雀来和别的人家的门庭若市相对比，隐隐慨叹自家的孤寂，心情在刚才稍稍振起之后又一下子滑落下来，这种变化使得整首诗蕴含着一种低回婉转的情思。这就是白居易渐近晚年时生活情况之一斑，也是他的思想的真实流露。

尽管白居易今天碰见了一次又有新诗可赏，又有新茶可喝的难得的好机遇，但是由于处境的孤独和心情的抑郁，并没有表现出应有的兴高采烈的情怀来。可见，做什么事情都是要有好心情的：做大事业，能够始终以乐观的情绪来应对环境，以宽广的胸怀洞察一切，以敏锐的判断抓住稍纵即逝的机遇，是不用说的了；即便喝茶、吟诗这点小事情，也概莫能外，没有好心情就不能享受美好的人生，只能锁闭自己的情绪，桎梏自己的精神。从这里，我们也可以看出一个人要随时保持一种愉快的心境，该是多么重要的了！

（管遗瑞）

◇问刘十九

绿蚁新醅酒，红泥小火炉。
晚来天欲雪，能饮一杯无？

这首诗的内容，坦率地说是请人喝酒。绝句体制短小，宜于表现这种不大的题材。此诗的题材虽小，但反映的是朋友间亲切、真挚的情意，仍是极动人的。

唐代的酒，相当今日米酒。新酿出的米酒，未过滤时，面上会有些浮渣，微呈黄绿色，细如蚁，叫作"绿蚁"。这时的酒味最为醇美，香甜可口，而且醉人。这句的意思本不过说：我家已酿出新酒以待友人。诗人却不取直露，把这层意思包含在一个描写性的句子中。通过"绿蚁"这一细节的刻画，正见酒属"新醅"，使人仿佛亲眼看到那颜色可爱的美酒，嗅到醉人的芬芳，不禁津生于口。

酒是新醅，温酒的火炉也可意，红的涂料，色泽还十分新鲜。"红"是暖色，给人一种温暖、舒适的感觉；"小"，表明火炉式样精微小巧，造型美观。生动地渲染酒和炉子的优美来表达主人邀饮的诚意，这种写法的确亲切。

第三句不赘即写邀请，却转到环境——天色气候方面。"晚来"点时间，"天欲雪"写气候。冬夜漫长，很容易生出寂寞之感，而再加上气候寒冷，是快下雪的天气，就更难熬了。这种易生无聊、闷倦的冬晚，好朋友坐到一块聊聊天，喝上两杯，不是很快乐的事吗？环境的刻画交代，进一步加强了上两句所产生的诱惑力，于是请客的意思脱口而出。

不过，诗人并没有用那种请帖式的刻板语言，请人赴饮，偏用问话的口吻，而且只说喝"一杯"，不是"会须一饮三百杯"，这也很有意思。这好比人们平常请客说"聊备薄馔""小意思"等，语意谦厚、亲切。再者，冬晚对饮，乐在御寒解闷，不同于酒楼、华筵的开怀畅饮。话要款款说来，酒要慢慢地喝下去，自然别有乐趣，杜甫《拨闷》诗云："闻道云安曲米春，才倾一盏即醺人。"李重华说："与其鲁酒千钟，不若云安一盏。"饮酒之乐，确有不在多的时候。田雯说："乐天诗极清浅可爱，往往以眼前事为见得语，皆他人所未发。"（《古欢堂集》）

（周啸天）

●李绅（772—846），字公垂，无锡（今属江苏）人。元和进士，武宗时拜相。与元、白等友善。

◇别石泉

素沙见底空无色，青石潜流暗有声。

微渡竹风涵淅沥，细浮松月透轻明。

桂凝秋露添灵液，茗折香芽泛玉英。

应是梵宫连洞府，浴池今化醒泉清。

石泉就是无锡的惠山泉，即"天下第二泉"。

喝茶离不开水，好茶还须有好水。李绅的这首诗就是赞美无锡惠山寺的"天下第二泉"的。这首诗的题目下有作者的小序："（惠山泉）在惠山寺松竹之下，甘爽，乃人间灵液，清澄鉴肌骨，含漱开神虑。茶得此水，皆尽芳味。"

李绅，唐宪宗元和元年（806）举进士，拜右拾遗。穆宗时召为翰林学士，与李德裕、元稹同列，时号"三俊"。武宗时为宰相，终淮南节度使。李绅短小精悍，人称"短李"。他一生关注社会问题，与元稹、白居易一起推动了新乐府的创作高潮，写了不少新乐府歌诗。还有一些小诗也很著名，比如《悯农二首》："春种一粒粟，秋收万颗子。

四海无闲田，农夫犹饿死。""锄禾日当午，汗滴禾下土。谁知盘中餐，粒粒皆辛苦。"这两首是连小孩子也能背诵的诗歌，可见他的诗歌影响之深远。他对自己家乡的惠山泉也非常热爱，就在暂时离开无锡的时候，他写了《别石泉》这首诗。

诗歌以饱蘸激情的笔墨，以细致精微的描写，写出了泉水之清："素沙见底空无色，青石潜流暗有声。"泉里沙明水净，只有潜流暗出时汩汩的水声。也写出了周围美丽的景色：微风轻轻吹过竹林，只听见淅沥的声音；月色透过松林，照在泉中一片轻明。当他直接写到泉中的水时，笔墨更加富于感情了：这泉中的灵液，就是那桂花的秋露凝结而成的，才能如此甘甜香美；用它来烹煮那香茶的嫩芽，那茶汤简直就是神仙喝的晶莹如玉的"玉英"了啊！他不禁张开了想象的翅膀，觉得这里恐怕就是佛寺连着了神仙的洞府，菩萨洗澡的地方变成了醴泉了吧！这就赋予了惠山泉以更加神秘的意味了，诗人的赞叹之意深深地流露了出来。这里的"浴池"，是指梵宫中的浴池。"醒泉"据诗歌小序中说的"甘爽"，应是醴泉之误。整首诗歌无论直接描写泉水，还是描写景色、发挥想象，无一处不紧密地扣合着石泉，无一处不包含着作者的激情，通过相互映衬，交相融合，写出了整个泉水的特色，让人读来心驰神往。

据记载，这个惠山泉最早是唐大历元年至十二年（766—777）由无锡县令敬澄开凿的。惠山的得名是因为古代西域和尚慧照曾在附近结庐修行，古代"慧""惠"二字通用，所以又叫惠山。据传以前"茶圣"陆羽曾经亲自来品尝过水味，故一名陆子泉。宋徽宗时，这个泉水还成为向宫廷进贡的贡品。后来经清代乾隆皇帝御封，就成为"天下第二泉"了。

这里泉水很好，地灵人杰，还孕育了著名的二胡演奏家阿炳（华彦钧）。他本来是个双目失明的穷愁的道士，但是他的二胡却拉得很好。据说，他常在夜深人静之时，来到惠山泉畔，聆听那叮叮咚咚的泉声，饮着清凉的泉水，想着皎洁的月色，幻想着自己和人们能有自由幸福的生活。他用二胡的旋律抒发自己内心的忧愤，希望光明幸福的降临，他为此创作了许多二胡独奏曲，其中以惠山泉为题材的《二泉映月》，是享誉中外的脍炙人口的名曲。那婉转低回的动人乐章中，分明体现着"素沙见底空无色，青石潜流暗有声。微渡竹风涵淅沥，细浮松月透轻明"的优美意境，我们如今听着这音乐，不也会油然想起李绅的这首同样优美的诗歌吗？

（管遗瑞）

●柳宗元（773—819），字子厚，唐河东解县（今山西运城西南）人。德宗贞元九年（793）进士及第，十九年擢监察御史里行。永贞革新失败后，贬永州（今属湖南）司马。元和十年（815）回京，复出为柳州（今属广西）刺史。有《河东先生集》。

◇巽上人以竹间自采新茶见赠酬之以诗

芳丛翳湘竹，寒露凝清华。复此雪山客，晨朝掇灵芽。蒸烟俯石濑，咫尺凌丹崖。圆方丽奇色，圭璧无纤瑕。呼儿爨金鼎，余馥延幽遐。涤虑发真照，还源荡昏邪。犹同甘露饭，佛事薰毗耶。咄此蓬瀛侣，无乃贵流霞。

柳宗元以散文名世，是"唐宋八大家"之一，他的诗歌也写得很好，和韦应物齐名，世称"韦柳"。不过，关于茶叶的诗歌他倒写得不多，这一首就是很珍贵的作品了。

柳宗元于永贞元年（805）冬，因参加王叔文集团，政治改革失败后得罪，被贬到湖南永州做司马的闲官职，寄居在龙兴寺，因而与和尚巽上人相识。巽上人是龙兴寺僧人，籍贯不详，他对佛经的阐释有过人之处，是"楚之南"首屈一指的高僧，颇受当时学佛的士大夫的尊崇。柳宗元初到永州住在龙兴寺时与其朝夕相处，交往非常密切，在佛学方面，巽上人对柳宗元很有影响。这首诗，是巽上人送了茶叶给柳宗元以后，柳宗元写给他的答谢诗。

从诗歌的描写中我们知道，这是巽上人自采自制的茶叶。前八句就写巽上人亲自采摘茶叶的情形和制作的茶叶的精美。这里的茶树本来就生长在斑竹遮蔽丛中，水木清华都凝结其上了，和别处的相比显得更加珍贵。而巽上人又趁着朝露，老早就上山采摘，他穿过云雾、跨过小溪，爬上高高的崖壁，采摘来的茶芽就真可以叫作非常美好的"灵芽"了。他采回来制成了"圆方丽奇色，圭璧无纤瑕"的茶饼。这和我们今天看见的散茶是很不相同的，唐宋时代基本都是团茶，有圆形的，也有方形或其他形状的，其中凝结着制作者的巧思和智慧。巽上人送给柳宗元的就是圆形和方形的两种，看上去显得非常美好而又有奇特的颜色，就像宝玉那样没有半点瑕疵，简直就是很好的艺术品了。从这一段的描写中，我们可以看到当时野生茶树的生长情况，了解采摘的辛苦，同时还可以了解到巽上人是一个制茶高手，这说明当时很多僧人都是会制茶的，正是因为有了他们，才大大促进了茶叶事业的发展和进步。

诗歌的后半部分写烹茶、喝茶的情况。从诗中可知，这种茶叶烹煮之后，有清新悠远的香味，且能"涤虑发真照，还源荡昏邪"，也就是禅宗所说的可以涤除烦恼，净化心灵，使人照见自我，"明心见性"；还可以使人还归本原，驱除昏昧和邪恶，达到"真如"的境界。这也是禅宗提倡喝茶，把茶文化和禅宗文化融合在一起，进行普遍推广的重要原因了。诗歌还用佛家如来佛祖的甘露饭来比喻茶叶，更显出这种香茶的珍贵。最末二句，点明蓬瀛仙人不贵茶而贵流霞仙酒之可叹。这里，作者是在赞美茶叶，当然茶叶本身确也是好茶叶，但是这里的赞美是透过一层，更是赞美采摘、制作茶叶的巽上人，赞美他的制茶的精湛的技艺，也通过这首答谢诗，表示了对巽上人的深挚的友谊。

　　柳宗元的诗歌风格，有奇峭明净、悲愤沉郁的一面，但也有自然清新、空灵隽永的一面。苏轼指出柳诗的特点在于，"外枯而中膏，似淡而实美"（《东坡题跋》），"发纤秾于简古，寄至味于淡泊"（《书黄子思诗集后》），这些都是很中肯的评价。这首诗，偏重在清新隽永的一面，和他要描写的内容相一致，但是里面也隐含着以高洁明志的用意，对于被贬谪荒远表示着自己的愤懑和不平，有沉郁的成分在内。通过欣赏这首诗歌，我们可以窥见柳宗元诗歌的思想、艺术之一斑，同时也可以了解当时茶文化和禅宗文化相结合的有关情况，从而得到新的启示。

（管遗瑞）

●姚合（774—843），陕州硖石（今河南三门峡市陕州区）人。元和进士，授武功主簿。官至秘书少监。有《姚少监诗集》。

◇寄杨工部闻毗陵舍弟自罨溪入茶山

采茶溪路好，花影半浮沉。画舸僧同上，春山客共寻。芳新生石际，幽嫩在山阴。色是春光染，香惊日气侵。试尝应酒醒，封进定恩深。芳贻千里外，怡怡太府吟。

这首五言排律是描写入山采茶情况的，乍看起来简直就是一首清新明丽的山水诗。诗题中的杨工部就是白居易《晚春闲居杨工部寄诗杨常州寄茶同到因以长句答之》中的杨工部，也就是白居易的妻舅杨汉公，他曾经做过工部尚书。

这首诗作于大和八年（834）春天。此时姚合的弟弟姚勖正任毗陵（常州）刺史。这里的"罨溪"，即罨画溪，在浙江长兴县西面，又叫西溪。"茶山"是指顾渚山，这是当时江浙一带著名的产茶地区之一。诗歌以丰富的想象，描绘了姚勖与僧人一道坐着画舸，由罨溪进入茶山采茶的情形；采了好茶，制作以后进献朝廷，定会受到皇上的赏赐。这一切，作者娓娓道来，仿佛亲临一般。

诗歌的前八句写入山采茶的情况。时令正值春光明媚季节，姚勖一行沿着风景如画的罨溪，和僧人一起乘船往茶山进发，但见春山处处山花烂漫，他们仿佛是在花的海洋里出没一样。那山石边，山的背阴处，到处是丛生的茶树和新芽，它们在春风的吹拂中，在春阳的照耀下，显得那么娇嫩！这几句没有具体写采摘的情况，只是写出了明丽的风景，人们的采摘活动也自然包含其中了。这种采摘活动，与其说是劳动，不如说是一种轻松的春游，人们在采摘春茶的活动中，既有了劳动的收获，也领略了春光的美好，劳动和游玩自然地融为一体，大家心情的愉快就可以想见了。诗中也写到了和尚，看来僧人是这次采茶活动也包括制作茶叶的技术指导，可见在唐代，不少僧人是以采摘和制作茶叶为技术专长的。

　　诗歌的后面四句顺势写到茶叶制作好了以后的两个结果。一个结果是他的弟弟和大家一定要先尝尝，那种清香的味道，使人从醉意中清醒过来，感到格外的舒爽，可见这是很好的茶叶了。第二个是把这些品质优良的茶叶进贡到朝廷里，一定会受到朝廷的欣赏而得到封赐，而此时的老弟你，也一定会怡然自乐，高兴不已了吧！这四句诗，是直接发抒议论，和前面的描写形成了对照，起到了情景交融的作用。这些话是专门针对他弟弟说的，态度很亲切，就像两兄弟亲热交谈一样，充满了温馨和谐。

　　读完这首诗歌，我们明白了，这次入山采茶，是毗陵刺史组织的一次为朝廷做贡茶的集体活动，它不是一般的游山玩水，或者个别人的采茶，而是具有重要意义的"政治任务"。茶叶采得好不好，制作是不是精良，能不能超过其他地方的贡茶而得到朝廷的肯定，还关系到刺史的仕途。通过这首诗歌，我们也能够认识到唐代政治生活的一个小小的侧面。

（管遗瑞）

●卢仝（约775—835），自号玉川子，范阳（治今河北涿州）人。终生未仕。有《玉川子诗集》。

◇走笔谢孟谏议寄新茶

日高丈五睡正浓，军将打门惊周公。口云谏议送书信，白绢斜封三道印。开缄宛见谏议面，手阅月团三百片。闻道新年入山里，蛰虫惊动春风起。天子须尝阳羡茶，百草不敢先开花。仁风暗结珠琲瓃，先春抽出黄金芽。摘鲜焙芳旋封裹，至精至好且不奢。至尊之余合王公，何事便到山人家？柴门反关无俗客，纱帽笼头自煎吃。碧云引风吹不断，白花浮光凝碗面。一碗喉吻润，二碗破孤闷。三碗搜枯肠，唯有文字五千卷。四碗发轻汗，平生不平事，尽向毛孔散。五碗肌骨清，六碗通仙灵。七碗吃不得也，唯觉两腋习习清风生。蓬莱山，在何处？玉川子乘此清风欲归去。山上群仙司下土，地位清高隔风雨。安得知百万亿苍生命，堕在巅崖受辛苦！便为谏议问苍生，到头还得苏息否？

皎然在《饮茶歌诮崔石使君》一诗中说："一饮涤昏寐，情思爽朗满天地。再饮清我神，忽如飞雨洒轻尘。三饮便得道，何须苦心破烦恼。"他饮三碗也就够了，卢仝这首诗却说，他要饮到七碗才有特殊的美好感觉，可见卢仝的茶瘾要比皎然大得多，他的豪兴也要高得多，所以这首诗和皎然的相比，写得更加酣畅淋漓！

正是因为如此，这首诗也叫作《七碗茶歌》。

卢仝家贫，隐居少室山，清介苦吟，自号玉川子。他的诗歌风格和韩愈相似，是属于尚奇尚怪一路的。他也酷好饮茶。这首诗赞美了孟谏议（其人不详）所送新进贡茶的色香味美，以及怡情悦性的特殊作用，写得笔墨恣肆，诗歌也感慨茶农的辛苦，具有一定的讽谏作用。

全诗可以分为四个段落。开始六句是第一段，写军将到他家敲门送茶。军将是受孟谏议派遣的，他带来了一包白绢密封并加了三道泥印的新茶。诗人读过信，就像和孟谏议见了面一样亲切，于是打开包封，并且亲手点视了三百片圆圆的茶饼。这里，密封、加印可见孟谏议对诗人的郑重与情真意切；而诗人的开缄、手阅，又见出格外的珍惜与喜爱。两人的互相尊重与真挚的友谊洋溢在字里行间。

从"闻道新年入山里"到"白花浮光凝碗面"，一共十四句，是第二段。这一段写茶的采摘与焙制，以烘托孟谏议所赠之茶的珍贵。在这一大段里，诗人先说这新春之际采摘、焙制的阳羡好茶（产于江苏宜兴），本来是专门供给皇帝享用的，为了这茶叶，山中连百花也不敢先开了，以保持其清香；皇帝要赏赐的话，也应该只送到王公贵族之家，却不料由孟谏议送给了我这样一个地位卑微的隐者，既感到一丝诧异，自然也感到格外的兴奋。这里，在具体的描写中隐隐包含着对于皇帝和王公贵族们享有如此这般特权的不满，愤慨之意深深地隐含于字里行间，为诗歌最后一段作了细针密线的铺垫。于是接着就写反关柴门，自己独饮，诗中的"柴门反关无俗客，纱帽笼头自煎吃"，表现出"山人"的超尘绝俗的清高，也和上面的王公贵族形成对比，隐隐表示出对他们的鄙视态度。而"碧云引风吹不断，白花浮光凝碗面"，进一步直接描写了茶叶煎煮以后的美好情景，见出他对这难得的阳羡好茶的钟爱，也自然地引出了第三段。

第三段是从"一碗喉吻润"到"唯觉两腋习习清风生"，长短错落的十一句，写出自己对喝茶的特殊感觉。这是全诗写得最为精彩的部分，也是最为人称道的神来之笔。诗人不惮其烦地一碗一碗写他喝茶的具体感受，但是中间也富有变化。一碗、二碗是淡淡地平直叙起，不过说润了喉吻，破了孤闷而已，自然，破了孤闷，也就是解放了精神，也是一次小小的飞跃。到第三碗，情况就迥然不同了，引出了胸中块垒。这美好的茶汤进入诗人的枯肠，在腹中流淌转动，它好像要寻找什么一样，但是搜索的结果，却只有文字五千卷，如此而已！而"文字五千卷"，应该是满腹经纶了，照说应该锦衣玉食，但是自己却只是一个毫无地位的隐者，这看来使人平添了无限感慨。不过，作者倒是隐然以腹中有五千卷文字自豪，比起那些腹中空空甚至"金玉其外，败絮其中"的王公贵族来，自己的隐者地位该是何等美好和高尚！在短短的两句诗中，包含着欲说还休的深厚的意蕴，见出作者思想的深沉。正是因为诗人有了这些感受，所以到第四碗，心中的不平也就自然挥发净尽了，五碗、六碗更加神清气爽，简直就和神仙的灵气相通了。如果再吃下去会怎么样呢？那就真是要"两腋习习清风生"，自己长出翅膀，乘风高举，"飘飘乎如遗世独立，羽化而登仙"（苏轼《赤壁赋》）了。所以诗人说"七碗吃不得也"，因为再喝下去，就要到那"高处不胜寒"的地方去了。这里，看似说"吃不得也"，其实诗人是以丰富的想象，来赞美茶叶的美好，以及自己喝了以后的特别愉快的感觉。整个这一大段中，有愤慨，有喜悦，作者交织写来，把两种情绪的消长表现得清清楚楚，而又兴会淋漓，我们今天读来也仿佛看到作者那格外兴高采烈的样子。

　　最后九句是第四段，忽然转入为苍生请命。说是忽然，因为诗情在这里来了一个大的跳跃，从一己的饮茶转到了天下的百姓。但是，又转得很干净自然，接逗无痕，衔接得非常紧密。因为前面已经有了对皇帝和王公贵族的隐含的不满，中间又写出自家的感慨和不平，这些细密的针线，把全诗天衣无缝地连接在了一起。作者先问蓬莱神山在哪里，想要乘风归去，这只是轻轻地一点。接下来说"山上群仙司下土，地位清高隔风雨"，自然不是游仙的描写，而是以"群仙"比那些高高在上者，他们对那些辛辛苦苦种茶、采茶、制茶的劳苦茶民，对广大的艰苦挣扎的下民，都是一种非常隔膜的漠不关心的态度，他们哪里知道民间的疾苦！所以他希望负责进言以匡正天子得失的孟谏议，去反映一下下界苍生的事，问一问他们究竟何时才能够得到苏息的机会！这里表现出诗人对社会的关心，对人民的同情，以及希望改变现状的良好心愿，这就使得全诗的思想得到了升华，诗歌不仅仅是写喝茶，而是有了深厚的政治意义，读来能够给人更加深刻的启迪。

　　这首诗歌在形式上，是杂言体的歌行，而篇幅较长的歌行体诗，用来表现激情奔放的情绪，正是恰到好处的。这首诗写得气势磅礴，而又挥洒自如，好像毫不费力，表现出作者娴熟的驾驭诗体的能力。句式长短参差，音节跳荡变化，有时如溪流涓涓，轻灵活泼，有时又如长江大河，奔腾咆哮，处处打动读者的心，给人以强烈的艺术美感。卢仝这种特有的别致风格，在此诗中获得了比较完美的表现，使此诗在众多的咏茶诗中别具一格，耐人品读。

（管遗瑞）

●施肩吾（生卒年不详），字希圣，号栖真子，睦州分水（今浙江桐庐西北）人。曾寓居吴兴（今浙江湖州）、常州武进（今属江苏）。宪宗元和十五年（820）登进士第，不待除授即离京东归，栖居洪州（今江西南昌）西山修道。世称华阳真人。《全唐诗》存诗一卷。

◇春霁

煎茶水里花千片，候客亭中酒一樽。
独对春光还寂寞，罗浮道士忽敲门。

在唐代，不仅僧人喜欢喝茶，道士也把饮茶引入他们的修炼和日常生活之中，成为不可或缺的饮料。

这首诗歌的作者，实际上就是一个道士。他叫施肩吾，号栖真子、华阳真人，浙江桐庐人。少年时隐居四明山，元和十年前后赴长安应举，十五年进士及第，不等授官就立即离京东归，不以名利为意。他慕洪州为十二真君羽化之地，遂栖其山天宝洞，修炼终老。平生笃好道家养生之术，常以诗文自娱。《全唐诗》里有诗一卷。

这首诗大约就是写于在洪州栖居修炼之时。时候正是春天，久雨新晴，诗人的心情也为之一爽。他于是来到亭子里饮茶，看见煎茶的锅里漂浮着茶叶，就像无数的花朵一样，非常可爱。面前还放着一只酒杯，

一边饮茶一边喝酒。但是，亭子里毕竟只有自己一个人，面对的春光虽然美好，不免也感到孤独。就在这时，听得有人敲门，一问，原来是远道从广东博罗一带的罗浮山来访的客人。罗浮山被道教列为第七洞天，来的人自然是诗人的道中朋友了。"有朋自远方来，不亦乐乎！"诗人的惊喜之情该是如何，我们就不难想象了！

　　诗歌截取了客人将到未到之时，个人生活的一个片段，来对比表现孤寂和欣喜这两种情绪的转换，很富有诗意。"花千片"与"酒一樽"，是一层对比，以多形少，表现的是孤樽独对时心情的空虚和无奈。"春光"与"寂寞"，又是一层对比，本来面对天气新晴，看见无限春光，是应该特别高兴的，但就是因为"独对"，就只能是一片"寂寞"了。然后是与整个空虚寂寞的环境对比，突然地来了罗浮山客人，打破了原来的寂寥；随着敲门声起，诗人的心情来了一个突然的转变，诗思在最后升腾而起，让读者感到了意外的高兴和欣喜，这是第三层也是最重要的一层对比。从这些地方，可见作者构思的别致，用意的新巧。

从这首诗歌的情感表现，我们也可以看出道家和佛家的不同。佛家的诗歌，从主要方面说，它的意境注重空旷孤寂，表现的是悟透人生以后的超世绝俗，远离尘缘的超脱感，也就是一种出世的情怀。而相对说来，道家则是一种较为入世的思想，它表现的是优游旷达、随缘任运的人生态度，因此诗歌的境界也较多地注重人生现实和日常生活情趣。这首诗歌，就非常生动地表现了不甘寂寞、喜欢朋友交往的那种热烈情怀，充满了生机和人生的活力。

（管遗瑞）

●元稹（779—831），字微之，河南（府治今河南洛阳）人，北魏鲜卑族拓跋部后裔。八岁丧父，依倚舅族。唐德宗贞元九年（793）明经擢第，十五年初仕河中府。与白居易同年登书判拔萃科，授秘书省校书郎。宪宗元和元年（806），与白居易同登才识兼茂明于体用科，列名第一。穆宗长庆二年（822）以工部侍郎拜同平章事。有《元氏长庆集》。

◇夜饮

灯火隔帘明，竹梢风雨声。
诗篇随意赠，杯酒越巡行。
漫唱江朝曲，闲征药草名。
莫辞终夜饮，朝起又营营。

元稹这首诗，写当时有的官员和文士们厌倦那种蝇营狗苟、投机钻营、明争暗斗的官场生活，通过通夜的饮酒娱乐，来求得精神的解脱。在诸多描写夜饮的诗歌中，另具一种深刻的涵义。

诗歌开头写出夜饮的地点、环境和氛围。那是在深宅大院的深处吧，只有透过帘子才能看见那隐约的半明半暗的灯光；此时还正下着雨，近旁的竹子传来风雨吹动的声音。这真是一个深幽安静，与世隔绝的地方啊！这就和白天他们身处的喧嚣的尘世形成了鲜明的对照，显得很是难能可贵。然后接着写了夜饮的具体活动：一是互相赠诗；二是一巡一巡地尽情饮酒，无拘无束；三是即席唱起了他们自编的"江朝曲"，这种原本产生于民间的曲子词，从初唐、盛唐一直到元稹所处的中唐，都有不少文人仿作和演唱；四是以药草为名，联诗、联句或者行酒令，作者把药名嵌入到作品里，来进行文字游戏。总之，夜饮的时候，在这特定的环境中，大家的心情非常放松，通过各种娱乐形式来求得心情的愉悦，从而忘掉那官场带来的抑郁和烦躁。诗歌中使用了"随意""漫唱"和"闲征"这些富于表现闲适心情的词语，使得大家愉快的心情从诗意中自然流露出来，起到了很好的作用。

最后两句是本诗的点题之笔：他们互相劝说今夜要通宵畅饮，因为明天早上大家又要分头身处官场，去过那种自己不愿意的污浊的生活了。有此两句，诗歌的境界就提升到了一个新的认识层次，这也是此诗不同于一般饮酒诗歌之处。自然，通宵夜饮，对于大家厌倦的官场只是一种消极回避的办法；而且通宵饮酒，酒醒之后，那无名的烦恼又会袭来，如此恶性循环，不仅官场的恶浊不会改变，就是自己的身心也会受到很大的摧残。但是，在那时这也是没有办法的事，于此我们也可以看见元稹所处的时代的官僚文士们生活的一个侧面。

（管遗瑞）

◇一字至七字诗·茶

茶。

香叶，嫩芽。

慕诗客，爱僧家。

碾雕白玉，罗织红纱。

铫煎黄蕊色，碗转曲尘花。

夜后邀陪明月，晨前命对朝霞。

洗尽古今人不倦，将知醉后岂堪夸。

闻一多先生在谈到中国新诗的格律时曾经说过，诗歌要讲究音乐的美、绘画的美和建筑的美，他说音乐的美就是指节奏和声韵，绘画的美是诗歌中色彩（通过文字表现的色彩）的运用，建筑的美是因为中国的文字是单音节的方块字，在排列时容易构成很美的形式。唐代元稹的这首《一字至七字诗·茶》，就是以宝塔的形式来排列的诗歌，句式从一字到七字都有，不仅形式特别，而且在声韵上也很和谐，这是中国文字和诗歌独特艺术魅力的表现。

这首诗题下原有小注："以题为韵。同王起诸公送白居易分司东都作。"据《唐诗纪事》卷三十九记载："白乐天分司东洛，朝贤悉会兴化池亭送别，酒酣，各请一字至七字诗，以题为韵。"其中王起赋花，李绅赋月，令狐楚赋山，元稹赋茶，其他几人还有赋竹、赋愁、赋书、赋诗的。看来，这是一次以"一字至七字诗"为题的小型的诗歌笔会，但是参加的都是中唐的重要诗人，这也是一次很重要的文人聚会，对于诗歌创作，起到了推动作用。

用"宝塔体"咏茶的诗歌，在历史上很少见。元稹的这首诗，概括地描述了茶叶的品质、人们对茶叶的喜爱，以及饮茶的习惯和茶叶的功用，可以说是一个对茶叶的全面的介绍，也是对茶叶的深情的赞美，可见茶叶在唐代人们生活中的重要地位。其中特别说到"慕诗客，爱僧家"，把诗人、僧人和茶叶联系在一起，可见茶文化和唐代的诗歌、唐代的佛教文化的重要关系，这就为茶文化增加了新的内涵，具有了时代意义。还说到"碾雕白玉，罗织红纱"，这是讲茶叶的制作情况：用白玉来雕琢成茶碾，把茶叶碾成细末；用红纱织成筛网，把细末筛过。可见那时的制茶工艺已经很精细、很讲究了。诗中还形象地描写了烹煮茶叶的景象："铫煎黄蕊色，碗转曲尘花。"茶铫（音姚），是一种带柄有嘴的小锅，用它来煎出淡黄色的茶汤；倒在碗里，茶汤上浮着乳状的细沫。通过这样生动的描写，我们也仿佛看见唐代的茶汤，闻见它诱人的香味了。正是因为茶叶在那时有这么好的品质，所以文人墨客总会在晨朝月夕啜茶品茗，它提神醒脑，为人们驱除疲倦，带来生机和活力。最后一句说，我现在饮酒都快醉了，怎么还能再夸它呢！意思是，茶比酒好，我要夸它也夸不够啊！这里，表现了诗人对茶的特别钟爱，也反映出那个时代的人们对茶的普遍嗜好。

宝塔式诗歌，属于文字游戏的一种，很难达到较高的诗歌品位。不过这首诗歌，无论是在描写的内容上（能够给后人以茶文化的认识）还是在艺术方面（遣词用语的典雅、形象，描写的生动、活泼），都较好地表现了诗歌的特质。所以，这首形式特殊的诗歌，也是一首比较成功的作品。

（管遗瑞）

●李德裕（787—850），字文饶，赵郡（今河北赵县）人。早年以荫补校书郎，历幕职。穆宗即位，擢翰林学士。历任浙西观察吏、西川节度使等职，政绩卓著。文宗大和七年（833）召入拜相，封赞皇县伯。武宗会昌年间再度任相，因功封卫国公。宣宗大中初遭牛党打击，迭贬至崖州司户。《全唐诗》存诗一卷。

◇故人寄茶

剑外九华英，缄题下玉京。开时微月上，碾处乱泉声。半夜邀僧至，孤吟对竹烹。碧流霞脚碎，香泛乳花轻。六腑睡神去，数朝诗思清。其余不敢费，留伴读书行。

在唐代，茶叶已经逐步开始普及了。据记载，唐德宗时期国家正式开始对茶叶征税，一年的税收为四十万贯钱，到了晚唐时期，茶税就成为国家税收的支柱税种之一。不过，那时的茶叶的普及程度，当然赶不上今天，所以那时的人们对茶叶特别是品质优良的茶叶，看得非常贵重。这首诗，就主要是写对茶叶的珍爱的。

李德裕对饮茶也有特殊的爱好，常饮不辍。不但如此，传说他对烹茶的水也很讲究，在浙西、淮南两地任职时，常用无锡惠山泉水煎茶，后来到了京城长安当宰相时仍然用的是惠山泉水。长安离无锡路途遥远，李德裕煎茶用的泉水通过驿站一站一站地接力递送，称为"水递"。后来有和尚劝说他，这样做太劳民伤财，他才在长安专门打了一口优质水井，取水煎茶。

这首诗的大意是说，他的老朋友从遥远的四川（剑外即剑门关以外，指巴蜀之地）派人给他送茶到京城来，他立即在夜里打开，先是碾碎煎煮，又请来和尚一起对饮，喝了以后，"六腑睡神去，数朝诗思清"，真是妙不可言。剩下的不敢浪费，就好好保存起来，等到读书的时候再喝了。可见他对这种茶叶情有独钟，十分宝爱。诗中的描写，有几点值得注意：首先，特别说明这是剑外的茶。巴蜀是茶叶的摇篮，因为巴蜀地处内陆，气候温暖湿润，非常适宜茶叶的生长，制茶业在秦代就已经形成。到了西汉时，成都已经成了中国茶业最早的集散中心和消费中心，以后逐步向东南一带传播，到唐代，巴蜀出产的茶业还成了和周边少数民族地区边贸的主要商品之一。由于历史悠久，制作精良，巴蜀的茶叶一直享有盛誉，这次李德裕的朋友送来的茶叶，自然也是难得的精品了，所以他如此宝爱。其次，诗中特别提到，有了好茶，他就立即请来和尚一起喝，这也是当时文人的时代风尚。因为那时佛教的禅宗风靡全国，禅宗的新的思想观念成为当时的时代意识，不少文人都喜欢和和尚谈禅，接受禅宗文化的熏陶。当时好多寺院也自己生产茶叶，对于种植茶树、采摘茶叶、煎水烹煮、品评茶叶的好坏，和尚们都有一套自己的学问，请和尚一起喝茶更有意义，也就成为一种时尚。此外，诗歌在对于环境和茶汤的描写方面，特别注重了一个"清"字。诗中的"微月""泉声"给人一片夜间清幽的感觉，对竹孤吟，也是一片清静的情怀，就是那"碧流"（绿色的茶汤）、"乳花"（汤上细而轻的茶沫）也流露出多少清新！所以，诗人喝了以后，五脏六腑一片清爽，精神焕发，几天中诗思都清明畅达，妙处真是难以言喻的！诗歌通过这样多方面、多层次的烘染描写，内容深厚，情景交融，非常生动形象地传达出了诗人得到故人所送好茶的喜悦心情，以及喝茶时的特殊的美感。

诗歌是对茶叶的高度赞美，以至于"其余不敢费，留伴读书行"，格外珍惜的心情溢于言外。这里，当然就不仅是对茶叶的赞美了，也是对故人的深情的谢意，以及对故人的情谊的珍重，表达了诗人对朋友的一片深情。诗歌这样巧妙的用心，真是一箭双雕。

（管遗瑞）

●李贺（790—816），字长吉，唐宗室郑王之后，福昌（今河南宜阳西）人。宪宗元和二年（807）赴洛阳应进士举，妒之者以犯父名讳为由，加以阻挠。仕途失意，为奉礼郎，两年后因病辞官。有《昌谷集》。

◇秦王饮酒

秦王骑虎游八极，剑光照空天自碧。羲和敲日玻璃声，劫灰飞尽古今平。龙头泻酒邀酒星，金槽琵琶夜枨枨。洞庭雨脚来吹笙，酒酣喝月使倒行。银云栉栉瑶殿明，宫门掌事报一更。花楼玉凤声娇狞，海绡红文香浅清，黄鹅跌舞千年觥。仙人烛树蜡烟轻，青琴醉眼泪泓泓。

这首诗有个问题认识统一不起来，那就是"秦王"指谁。一说指秦始皇；一说指唐太宗李世民，其做皇帝前是秦王；一说指唐德宗李适，其做太子时受封雍王，雍属秦地；还有一说，出于清人陈沆："长吉诗中秦王，皆指宪宗，以其有秦皇汉武之风也。"（《诗比兴笺》）按，篇中未及秦事，故秦始皇一说可以排除。其余三说，则莫衷一是。陈沆说："从来英武之主，莫不始于忧勤，终于骄佚，长吉见其微而叹之。"（同前）但此诗之所以能成为名篇，恰如一位名导演说过的话："有意义不如有意思。"

　　"秦王骑虎游八极"四句为一段，写秦王武功盖世。

　　前二句说秦王威慑八方，剑光把天空都映照成碧色。唐太宗李世民曾先后率部平定薛仁杲、刘武周、窦建德、王世充等军阀，在唐朝的建立与统一过程中立下赫赫战功。唐德宗李适即位前，曾以兵马元帅的身份平定史朝义之乱，又以关内元帅的头衔出镇咸阳，抗击吐蕃。唐宪宗李纯力图中兴，从而取得元和削藩的巨大成果，使藩镇势力暂时有所削弱，重振中央政府的威望，史称元和中兴。若论武功，都沾得上边。由于诗人不是写实，而是把主人公神化了，所以很难指实一定是谁。

　　"羲和敲日玻璃声"二句，是诗中奇笔。是说秦王征巡八极，羲和驾日开道。诗人想象，太阳亮晶晶的，敲之必具玻璃之声。"劫灰飞尽古今平"，是说秦王扫平六合，劫难成为过去，从此天下太平。此句可圈可点，从没有人这样说过。"夫'劫'乃时间中事，'平'乃空间中事；然'劫'既有'灰'，则时间亦如空间之可扫平矣。"（钱锺书《谈艺录》）用时髦话说，秦王是历史的终结者。

　　"龙头泻酒邀酒星"十一句为一大段，写秦王饮酒恣欢。

　　既然"劫灰飞尽古今平"，历史已经终结，为什么不为这样的胜利开怀畅饮呢？"龙头"为铜铸的龙形酒器，据《北堂书钞》载：唐太极宫正殿前有铜龙，大宴群臣时，将酒从龙腹装进，由龙口倒入樽中。"酒星"是天上主管酒食的星辰。"金槽琵琶夜枨枨"两句写饮宴时的伴奏，"金槽"指琵琶镶金的弦码，"枨枨"为琵琶声，"洞庭雨脚"是形容笙乐吐音像洞庭湖上密集的雨点。"酒酣喝月使倒行"，是说酣饮达旦、意犹未尽，故清人姚文燮评："恣饮沉湎，歌舞杂沓，不卜昼夜。"（《昌谷集注》）"喝月倒行"意犹挥戈退月，意在挽留时间，是诗中又一神来之笔。"银云栉栉瑶殿明"二句，是说五更已过，东方之云彩既白（"银云"），大殿已经亮了，而宫门掌事者始"报一更"

（一作"报六更"），明人徐渭评："言天将明而报一更以劝酒也，最奇。"（《唐诗快》）

"花楼玉凤声娇狞"五句，写饮宴不到终场，歌舞还须进行。"花楼玉凤"是对歌女的形容；"声娇狞"是说歌声娇柔而有穿透力；"海绡"鲛绡，相传为海中鲛人所织（出《述异记》）；"红文"指红色花纹；"香浅清"指淡淡的清香；"黄鹅"指鹅黄的舞衣，一说指鹅黄色的酒，俱通；"趺舞"指踏摇的舞姿；"千年觥"指举杯祝寿；"仙人烛树"指刻有神仙的烛台上树立着多支蜡烛；"青琴"为传说中的神女；"泪泓泓"即泪汪汪，清人范大士曰："醉极而泪，乐极生悲，两意俱妙。"（《历代诗发》）这五句重在宫廷宴乐场面的感性呈现，杂置、并列、堆砌种种名物、印象，以句句用韵为关联，在可解不可解之间，给读者留下应接不暇之感和自由想象的空间。或谓李贺为奉礼郎日，当有缘目睹大内宴会场面，诗中景象未必尽出虚构，其言甚是。

如就讽刺而言，未见其妙——"有你不多，无你不少"。而就想象奇特、发人所未发、引用率之高而言，则此诗罕有其匹。明末黄周星说："日可敲乎，敲可有声乎？雨脚能吹笙乎？月可喝使倒行乎？""篇中日月云雨，供其颠倒，驱遣簸弄，直是无可奈何。"（《唐诗快》引）清人黎简说："想到日之声如玻璃，亦地老天荒，无人有此奇想。"（《黎二樵批点黄陶庵评本李长吉集》）马位说："'羲和敲日玻璃声'，不知有出不，抑自铸伟辞？"（《秋窗随笔》）此诗人兴到神会之语，何须出处。

（周啸天）

◇致酒行

零落栖迟一杯酒，主人奉觞客长寿。主父西游困不归，家人折断门前柳。吾闻马周昔作新丰客，天荒地老无人识。空将笺上两行书，直犯龙颜请恩泽。我有迷魂招不得，雄鸡一声天下白。少年心事当拿云，谁念幽寒坐呜呃。

元和初，李贺带着刚刚踏进社会的少年热情，满怀希望打算迎接进士科考试。不料竟因避父名"晋肃"（与"进士"同音）当讳，被剥夺了考试资格。从此"怀才不遇"成了他作品中的重要主题，他的诗也因而带有一种哀愤的特色。但这首困居异乡感遇的《致酒行》，音情高亢，别具一格。

"致酒行"即劝酒致词之歌。诗分三层，每层四句。

从开篇到"家人折断门前柳"四句一韵，为第一层，写劝酒场面。先总说一句，"零落栖迟"（潦倒游息）与"一杯酒"连缀，略示以酒解愁之意。在写主人祝酒前，先从客方（即诗人自己）对酒兴怀落笔，突出了客方悲苦愤激的情怀，使诗一开篇就具"浩荡感激"（刘辰翁）的特色。接着，从"一杯酒"而转入主人持酒相劝的场面。他首先祝客人身体健康。"客长寿"三字有丰富潜台词：忧能伤人，折人之寿，但"留得青山在，不怕没柴烧"啊！七字画出两人的形象，一个是穷途落魄的客人，一个是心地善良的主人。紧接着，似乎应继续写主人的致词了。但诗笔就此带住，以下两句作穿插，再申"零落栖迟"之意，命意婉曲。"主父西游困不归",是说汉武帝时主父偃的故事。主父偃西入关,郁郁不得志,资用匮乏,屡遭白眼(见《汉书·主父偃传》)。作者以之自比,"困不归"中寓无限辛酸之情。古人多因柳树而念别。"家人折断门前柳",通过家人的望眼欲穿,写出自己的久羁异乡之苦,这是从对面落墨。引古自喻与对面落墨同时运用,都使诗情曲折生动有味。经此二句顿宕,再继续写主人致词,诗情就更为摇曳多姿了。

"吾闻马周昔作新丰客"到"直犯龙颜请恩泽"是第二层,为主人致酒之词。"吾闻"二字领起,是对话的标志。这几句主人的开导写得很有意味,他抓住上进心切的少年心理,甚至似乎看穿诗人引古自伤的心事,有针对性地讲了另一位古人一度受厄但终于否极泰来的奇遇:唐初名臣马周,年轻时受地方官吏侮辱,在去长安途中投宿新丰,逆旅主人待他比商贩还不如。其处境狼狈岂不比主父偃更甚?为了强调这一点,诗中用了"天荒地老无人识"的生奇夸张造语,那种抱荆山之玉而"无人识"的悲苦,以"天荒地老"四字来表达,可谓无理而极能尽情。马周一度困厄如此,以后却时来运转,因替他寄寓的主人、中郎将常何代笔写条陈,太宗大悦,予以破格提拔。"空将笺上两行书,直犯龙颜请恩泽"即言其事。主人的话到此为止,只称引古事,不加任何发挥。但这番语言很富于启发性。他说马周只凭"两行书"即得皇帝赏识,言外之意似是:政治出路不特一途,囊锥终有出头之日,科场受阻岂足悲观!事实上马周只是为太宗偶然发现,这里却说成"直犯龙颜请恩泽",主动自荐,似乎又怂恿少年要敢于进取,创造成功的条件。这四句真是以古事对古事,话中有话,极尽循循善诱之意。

"我有迷魂招不得"至篇终为第三层,直抒胸臆作结。"听君一席话,胜读十年书",主人的开导使"我"这个"有迷魂招不得"者,茅塞顿开。作者运用擅长的象征手法,以"雄鸡一声天下白"写主人的开导生出奇效，使诗人心胸豁然开朗。这"雄鸡一声"是一鸣惊人，"天下白"的景象是多么光明璀璨！这一景象激起了诗人的豪情，于是末二句写道：少年正该壮志凌云，怎能一蹶不振，老是唉声叹气。"幽寒坐呜呃"，五字，语亦独造，形象地画出诗人自己"咽咽学楚吟，病骨伤幽素"（《伤心行》）的苦态。"谁念"句，同时也就是一种对旧我的批判。末二句音情激越，颇具兴发感动的力量，使全诗具有积极的思想色彩。

《致酒行》以抒情为主，却运用主客对白的方式，不作平直叙写。《李长吉歌诗汇解》引毛稚黄说："主父、马周作两层叙，本俱引证，更作宾主详略，谁谓长吉不深于长篇之法耶？"本篇富于情节性，饶有兴味。在铸辞造句、辟境创调上往往避熟就生，如"零落栖迟""天荒地老""幽寒坐呜呃"，尤其"雄鸡一声天下白"句，或意新，或境奇，都属李长吉式的锦心绣口。

（周啸天）

◇将进酒

　　琉璃钟，琥珀浓，小槽酒滴真珠红。烹龙炮凤玉脂泣，罗帏绣幕围香风。吹龙笛，击鼍鼓；皓齿歌，细腰舞。况是青春日将暮，桃花乱落如红雨。劝君终日酩酊醉，酒不到刘伶坟上土！

　　李贺这首诗以精湛的艺术技巧表现了诗人对人生的深切体验。

此诗用大量篇幅烘托及时行乐的情景，作者似乎不遗余力地搬出华艳辞藻、精美名物。前五句写筵宴之华贵丰盛：杯是"琉璃钟"，酒是"琥珀浓""真珠红"，厨中肴馔是"烹龙炮凤"，宴庭陈设为"罗帏绣幕"。其物象之华美，色泽之瑰丽，令人心醉，无以复加。它们分别属于形容（"琉璃钟"形容杯之名贵）、夸张（"烹龙炮凤"是对厨肴珍异的夸张说法）、借喻（"琥珀浓""真珠红"借喻酒色）等修辞手法，对渲染宴席上的欢乐沉醉气氛效果极强。炒菜油爆的声音气息本难入诗，也被"玉脂泣""香风"等华艳辞藻诗化了。运用这么多辞藻，却又令人不觉堆砌、累赘，只觉五彩缤纷，兴会淋漓，奥妙何在？乃因诗人怀着对人生的深深眷恋，诗中声、色、香、味无不出自"真的神往的心"（鲁迅），故辞藻能为作者所使而不觉繁复了。

以下四个三字句写宴上歌舞音乐，在遣词造境上更加奇妙。吹笛就吹笛，偏作"吹龙笛"，形象地状出笛声之悠扬有如瑞龙长吟——乃非人世间的音乐；击鼓就击鼓，偏作"击鼍鼓"，盖鼍皮坚厚可蒙鼓，着一"鼍"字，则鼓声洪亮如闻。继而，将歌女唱歌写作"皓齿歌"，也许受到"谁为发皓齿"（曹植）句的启发，但效果大不同，曹诗"皓齿"只是"皓齿"，而此句"皓齿"借代佳人，又使人由形体美见歌声美，或者说将听觉美通转为视觉美。将舞女起舞写作"细腰舞"，"细腰"同样代美人，又能具体生动显示出人体的曲线美，一举两得。"皓齿""细腰"各与歌唱、舞蹈特征相关，用来均有形象暗示功用，能化陈辞为新语。仅十二字，就将音乐歌舞之美妙写得尽态极妍。

"行乐须及春"（李白），如果说前面写的是行乐，下两句则意味"须及春"。铸词造境愈出愈奇："桃花乱落如红雨"，这是用形象的语言说明"青春将暮"，生命没有给人们多少欢乐的日子，须及时行乐。在桃花之落与雨落这两种很不相同的景象中达成联想，从而创出红雨乱落这样一种比任何写风雨送春之句更新奇、更为惊心动魄的境界，这是需要多么活跃的想象力和多么敏捷的表现力，想象与联想活跃到匪夷所思的程度，正是李贺形象思维的一大特色，如"黑云压城城欲摧""银浦流云学水声""羲和敲日玻璃声"等例子不胜枚举。真是"时花美女，不足为其色也"，"牛鬼蛇神，不足为其虚荒诞幻也"（杜牧《李长吉歌诗叙》）。

由于诗人称引精美名物，运用华艳辞藻，同时又综合运用多种修辞手法，使诗歌具有了色彩、线条等绘画形式美。

诗中写宴席的诗句，也许使人想到前人名句如"葡萄美酒夜光杯，欲饮琵琶马上催"（王翰《凉州词》），"兰陵美酒郁金香，玉碗盛来琥珀光"（李白《客中作》），"紫驼之峰出翠釜，水晶之盘行素鳞。犀箸厌饫久未下，鸾刀缕切空纷纶"（杜甫《丽人行》），相互比较一下，能更好认识李贺的特点。它们虽然都在称引精美名物，但李贺"不屑作经人道过语"（王琦《李长吉歌诗汇解序》），他不用"琥珀光"形容"兰陵美酒"——如李白所作那样，而用"琥珀浓"取代"美酒"一词，自有独到面目。更重要的区别还在于，名物与名物间，绝少"欲饮""盛来""厌饫久未下"等叙写语言，只是在空间内把物象一一感性呈现（即不作理性说明）。然而，"琉璃钟，琥珀浓，小槽酒滴真珠红"，诸物象并不给人脱节的感觉，而自有"盛来""欲饮""厌饫"之意，即能形成一个宴乐的场面。

这手法与电影"蒙太奇"（镜头剪辑）手法相类。电影很多时候会通过一些基本视像、具体画面、镜头的衔接来"造句谋篇"。虽纯是感性显现，而画面与画面间又有内在逻辑联系。如前举诗句，杯、酒、滴酒的槽床……相继出现，就给人酒宴进行着的意念。

省略叙写语言，不但大大增加形象的密度，同时也能引发读者活跃的联想，使之能动地去填补、丰富那物象之间的空白。

　　此诗前一部分是大段关于人间乐事的瑰丽夸大的描写，结尾二句猛作翻转，出现了死的意念和"坟上土"的惨淡形象。前后似不协调而正具有机联系。前段以人间乐事极力反衬死的可悲，后段以终日醉酒和暮春之愁思又回过来表露了生的无聊，这样，就十分生动而真实地将诗人内心深处所隐藏的死既可悲而生亦无聊的最大的矛盾和苦闷揭示出来了。总之，这个乐极生悲、龙身蛇尾式的奇突结构，有力表现了诗歌的主题。这又体现了李贺艺术构思上不落窠臼的特点。

（周啸天）

●吕岩（798—? ），字洞宾，号纯阳子。曾经两任县令，值黄巢之乱，携家于终南山修道，不知所终。

◇大云寺茶诗

玉蕊一枪称绝品，僧家造法极功夫。

兔毛瓯浅香云白，虾眼汤翻细浪俱。

断送睡魔离几席，增添清气入肌肤。

幽丛自落溪岩外，不肯移根入上都。

饮茶，似乎是僧人的专利，但是道家也喜欢，他们把饮茶看作养生服食的重要手段。在这一点上，他们两家倒是一致的，有着共同的语言，有时还互相推许。

本诗的作者就是大名鼎鼎的吕洞宾，传说他学道成仙，与汉钟离、铁拐李、张果老、曹国舅、韩湘子、蓝采和、何仙姑共为八仙，这当然是不经之谈的神话故事了。

作为实有其人的吕洞宾，他的诗歌也作得不错。这首诗歌，就以生动形象的笔墨，赞扬了大云寺僧人制作茶叶的高超技艺，歌颂了茶叶的高洁品格。

诗歌第一联是总地称扬大云寺和尚能够把美如碧玉的鲜嫩茶叶制作成

茶中绝品，那功夫真是达到了极为佳妙的程度。这里的"枪"是指茶芽还没有舒展时，只有一个嫩芽，叫作一枪。第二联和第三联就转换笔墨，分别从不同的方面具体描写了这种茶叶的美好的形象和特殊的作用。"兔毛瓯浅香云白，虾眼汤翻细浪俱"，主要从视觉上感觉：这里的"兔毛瓯"是一种有兔毛花纹的珍贵的茶具，颜色是红黑的，茶叶在里面泛着微白色，相映成趣；"虾眼汤"，是茶汤初沸时汤面呈现的虾眼状的水泡，很好看。"断送睡魔离几席，增添清气入肌肤"，是从饮过茶汤以后的效果来说的：喝了茶以后就没有睡意了，这种茶叶有很好的提神醒脑的功用；而且，一种清爽之气充溢全身，真有美不可言的感觉。这种具体描写，很生动形象，让人真切地感受到这种茶叶的美好。

不过，最有意思的还是末尾一联："幽丛自落溪岩外，不肯移根入上都。"他把笔触直接移向茶叶本身，赋予了大云寺茶叶以人的品格。在僧人、道家和隐士看来，茶叶生长于深山幽谷，这种绿色的植物蕴含着一种生机，也代表着一种活力，让人联想到幽静、安宁，它象征着幽隐的品格，而这种品格，正好和隐居山林的高士相一致，他们不屑于到繁华的帝王之都——"上都"（指京城长安）去混迹红尘，心安理得地优游于山野之中，过着自得其乐的逍遥于天地之间的自在的生活。这里，人和茶惺惺相惜，茶叶也就具有高尚雅洁的品格了。这里既是对茶叶的赞美，也是对大云寺僧人的赞美，两者已经融合为一了。这一联，把整个对于茶叶的具体描写，升华为一种精神层面的品格，也增加了茶文化的深厚的内涵，读来耐人含咀。

从这首诗里，我们可以看见道士和僧人在精神上的一些相通之处。正是他们的共同努力，促进了茶叶事业的发展，也创造了灿烂的茶文化。

（管遗瑞）

●杜牧（803—853），字牧之，京兆万年（今陕西西安）人。宰相杜佑之孙。唐文宗大和二年（828）登进士第，登贤良方正能直言极谏科，授弘文馆校书郎。同年应沈传师之辟，为江西团练巡官，后随沈赴宣州。七年应牛僧孺之辟，在扬州任淮南节度府推官，转掌书记。九年回京任监察御史，后分司东都。开成中回京任左补阙，转膳部、比部员外郎，皆兼史职。武宗会昌二年（842）后出为黄州、池州、睦州等地刺史。宣宗大中二年（848）擢司勋员外郎，转吏部员外郎，四年复守池州。五年入为考功员外郎、知制诰，次年为中书舍人。有《杜樊川集》（《樊川文集》）。

◇初冬夜饮

淮阳多病偶求欢，客袖侵霜与烛盘。
砌下梨花一堆雪，明年谁此凭阑干？

有人说：唐诗宋词几乎就是酒缸里浸泡出来的灵性，无酒不成诗！但同是饮酒，李白喝得豪爽，"人生得意须尽欢，莫使金樽空对月"，借酒来对抗命运，表达豪性。杜牧喝得内敛，"借问酒家何处有，牧童遥指杏花村"，酒仅仅是构成画面的元素。而《初冬夜饮》一诗，则干脆连"酒"字也不见了。如果不是标题中有一"饮"字，诗句中是看不出诗人在喝酒的。所以，酒在杜牧这里只是用以寄托情怀的道具罢了，他算不得"饮者"。

初冬时节，寒夜漫漫，喝杯热酒暖和暖和身子，本也是一件惬意的事。但杜牧起句就让人心中一沉："淮阳多病偶求欢。"淮阳是指汉朝名臣汲黯，曾因多次直谏迁任淮阳太守。杜牧以淮阳自喻，暗示自己因直言而遭排挤出京。"求欢"指喝酒，可见这酒是闷酒，诗人今番是借酒浇愁。"抽刀断水水更流，举杯消愁愁复愁"。下句"客袖侵霜与烛盘"进一步刻画出一个失意的诗人形象。"客袖"不是客人之袖，而是客居异乡的诗人之袖。衣袖结霜，正见冬夜之寒，然则这寒意更是来源于诗人的内心。"烛盘"正合"夜饮"，烛下独饮的诗人形影相吊，满腔幽思，更与谁人说？

杜康既不解忧，那且赏景去。"砌下梨花一堆雪"，视线转向屋外，阶下洁白的积雪，宛如梨花堆簇，形色兼具。如果说岑参写"忽如一夜春风来，千树万树梨花开"，是以春花喻冬雪，暗含生机。那么杜牧作此喻时却全无春的闪念，他只想到了不知明年身在何处。"明年谁此凭阑干"，明年又是谁在此凭栏呢？宦游者流转无定的无奈，客居他乡的无依，去国怀乡的愁绪，一齐涌上心头，再以问句出之，结得沉郁有力！

这首诗，有人认为作于黄州，也有说作于稍后的睦州刺史任上。其实管他黄州睦州，总在流放之州。短短四句，首句用典，次句写实，三句寓情于景，尾以问句作结，给读者留下回味的空间。

（陈坦）

◇题茶山

　　山实东吴秀，茶称瑞草魁。剖符虽俗吏，修贡亦仙才。溪尽停蛮棹，旗张卓翠苔。柳村穿窈窕，松涧渡喧豗。等级云峰峻，宽平洞府开。拂天闻笑语，特地见楼台。泉嫩黄金涌，牙香紫璧裁。拜章期沃日，轻骑疾奔雷。舞袖岚侵涧，歌声谷答回。磬音藏叶鸟，雪艳照潭梅。好是全家到，兼为奉诏来。树阴香作帐，花径落成堆。景物残三月，登临怆一杯。重游难自克，俯首入尘埃。

　　杜牧的这首诗，是写自己到浙江长兴和江苏常州交界的顾渚山（即茶山，当时以产紫笋茶著名）主持茶叶"修贡"的情况，诗歌作于他任湖州刺史时，时间是唐宣宗大中五年（851）春天，杜牧四十八岁，大历七年（853）就因病逝世了。

　　这里首先必须明白什么叫"修贡"。

　　修贡就是备办贡品。唐朝规定，各地方州县每年必须向皇室贡献土特产品。据记载，顾渚山的紫笋茶从唐代宗广德年间起列入贡品，与常州的唐贡山成为地界毗连的两大贡茶区。规定每年产第一批新茶之后，为进献新贡的时间。朝廷为了保证茶的质量，专门派遣茶使太监赴顾渚茶山设"茶舍"和"贡茶院"，专管贡茶的采制、品鉴和进献。"每年春分刚过，茶芽如雀舌初展之际，便招来民间妙龄少女，在清晨进茶园，用舌尖衔摘饱含滴滴玉露的嫩芽，采后随即制作。在贡茶制成后，立即将明前茶派专人策马日夜兼程送往长安，赶赴朝廷的'清明宴'。""在每年清明之前至谷雨之间，湖、常二州的地方长官奉诏进山修茶时，还要带上眷属、侍从、乐工、歌伎等人众，到茶山举行盛大的'茶山境会'。同时还要邀请临近州县的地方长官、乡宦名绅为宾客前来茶山助兴。在'境会'上要品茗斗茶，饮酒赋诗，且歌且舞，鼓乐喧天。"（乔柏梁《中华上下五千年茶道趣话》）在当时，茶山修贡是非常盛大的活动。

杜牧就是在这种情况下来到茶山的。

诗歌一方面赞扬了茶山的美景和茶叶的珍贵。"山实东吴秀，茶称瑞草魁"，是说东吴地区的山水，首推顾渚秀丽；而此山出产的贡茶，自然优于他处，当为"瑞草"之冠！作为湖州的刺史，这表明了诗人对此地山水的欣赏，也为当地能够出产这样珍贵的茶叶而自豪。

另一方面，他也具体描写了自己的活动情况和茶山修贡盛会的热闹场面。他是奉诏到茶山的，先是坐船到山下的水口镇，然后舍舟登陆，张开伞盖，穿过柳树婆娑的柳村（在水口镇东），渡过喧腾的松涧，再一步步登上陡峭的山峰。这里，"宽平洞府开"，山中豁然开朗，土地平旷，就是修贡的主会场了。但见楼台高耸，人山人海，笑语喧哗，响彻云天。接着就商议选择吉日，准备给皇帝进贡的奏章，只等吉日一到，就立即派出轻骑，快如迅雷那样送到京城长安去。这时，歌舞活动也开始了，舞袖和山间的烟岚连在一起，歌声在山里回荡，空谷传响，余音不绝。还有悠扬的磬音和清脆的鸟声，暮春的残雪映照着水潭边的晚春的梅花。这一派盛大的场面和美好的景色，真是热闹非凡。诗人通过生动形象的笔墨，在曲折婉转的结构中，用清丽的辞藻，描绘出了盛会的人物、景色和各种活动，使人有身临其境之感。想来，此时的诗人，心里也应该是高兴的。

　　再一个方面，也是最重要的方面，作者也委婉含蓄地写出了自己的感慨。这次他是带着家眷来的，就在树荫下搭起帐篷，周围落花狼藉，自己一家人喝起酒来。面对残春，喝着酒，诗人想到这次登临茶山，不知道什么时候才能重来，也不知道今后自己的身体究竟怎样，说不定不久就要化为尘埃了，不觉悲伤起来。这里，流露出诗人伤春的情怀和对于人生短暂的感喟。此时诗人正在病中，他有写在同时的五言律诗《春日茶山，病不饮酒，因呈宾客》，可以看出他当时的身体状况确实很不佳，这里他的"登临怆一杯"，喝了一点酒，也是因为盛会仪式的需要，是很勉强的，其内心的痛苦可以想见。透过这层对于个人身体的忧愁，我们还可以分明觉察出作者对于这次茶山修贡之会的腹诽。因为，朝廷在这春耕大忙季节，这样大肆举行修贡盛会，实在是扰民之举。各地官员着大批人众，歌伎乐工，而且携带夫人公子、小姐登山游乐，不知要花费多少人力、物力和财力，谁又知在歌舞欢宴的背后，茶民们为采制贡茶要付出多少艰辛和血汗呢？所以诗歌一开始就说"剖符虽俗吏，修贡亦仙才"，我这次到湖州来做刺史（即"剖符"）本来就是"俗吏"（平庸的官僚），为朝廷差遣罢了，只是因为这次要修贡，我才来做了一回神仙。这是非常委婉的愤激之语。诗歌后来还说到"好是全家到，兼为奉诏来"，也是表示来非自愿，而是奉诏才来的。他在下山的时候，还作了一首七绝《入茶山下题水口草市绝句》："倚溪侵岭多高树，夸酒书旗有小楼。惊起鸳鸯岂无恨，一双飞去却回头。"这就更加明显地表露了诗人对这次茶山修贡盛会惊扰人民，给人民带来痛苦的怨恨心理。事实上，唐代还有不少描写采制贡茶的诗歌，如白居易、李郢、卢仝、袁高等诗人都写过，在他们的诗歌中，对当时采制贡茶的情景以及给贡茶产地茶农造成的沉重负担，从不同侧面作了生动的描写和深刻的揭露。

因此，杜牧的这首诗歌从表面看，是描写茶山修贡的盛大场面的，而且也的确描写得很成功，景象宏大壮丽，让人感觉到那时社会的繁荣和经济的发展。但这只是表面，诗歌以含而不露的笔法，揭露了当时朝廷的奢侈腐败，表现了对茶民的体恤，对民间疾苦的深切同情，这也就是这首诗歌的思想意义之所在。

修贡，自然促进了茶业的进步和发展，但是也使人民承受了痛苦的负担。这就是这首诗所要反映的茶山修贡这件事情的两个方面。

（管遗瑞）

●温庭筠（约801—866），本名岐，字飞卿，太原（今山西太原西南）人。少负才华，"能逐弦吹之音，为侧艳之词"，因忤权贵而累试不第，曾为方城尉、隋县尉、国子监助教等微职。为晚唐词坛巨擘，有"花间鼻祖"之称；亦有诗名，与李商隐齐名，称"温李"。有《温庭筠诗集》，近人王国维辑《金荃词》。

◇夜宴谣

　　长钗坠发双蜻蜓，碧尽山斜开画屏。虬须公子五侯客，一饮千钟如建瓴。鸾咽姹唱圆无节，眉敛湘烟袖回雪。清夜恩情四座同，莫令沟水东西别。亭亭蜡泪香珠残，暗露晓风罗幕寒。飘飘戟带俨相次，二十四枝龙画竿。裂管萦弦共繁曲，芳樽细浪倾春酿。高楼客散杏花多，脉脉新蟾如瞪目。

　　温庭筠是晚唐著名诗人，"能逐弦吹之音，为侧艳之词"，好痛饮，与公卿子弟"酣醉终日"。他的诗歌以设色秾艳，辞藻繁密为特色，这首描写夜宴欢饮的诗歌，也具有这样的特点。

　　诗歌大致可以分为两个部分。前八句为第一部分，主要写夜间宴饮情形。夜宴之处，也许是在楼上宽敞的厅堂之中吧，歌女们头上插着长长的发钗，垂着一对玉做的蜻蜓，一个个显得袅袅婷婷；屏风上画着青绿山水，斜斜地逶迤摆开，陈设非常考究雅致。这一开始就把读者带到了一个豪华、香艳而又热闹的场所，真有身临其境之感。参加夜宴的人，有"虬须公子"和"五侯客"，都是贵族公子和富家官僚子弟，喝起酒来"一饮千钟"，气势非凡。歌女们歌声婉转，舞袖飘飘。大家相嘱今晚要尽情热闹，不分彼此，极尽欢乐之能事。第二部分是后八句，写夜宴渐近清晨，晓风给罗幕送来了轻寒。此时，但见宴会厅里装点气氛的二十四枝画戟还整整齐齐地排列着，上面的彩带在随风飘扬，使夜宴显得更有气势！歌声、音乐声齐响，更加响亮，美酒在杯子里翻着细浪。这次宴会至此进行到了高潮，真是好不热闹！但是，天下没有不散的筵席，快到天明，夜宴终于结束了。这时，"高楼客散杏花多，脉脉新蟾如瞪目"，等到人去楼空，才猛然看见那刚刚开放的杏花，已经是一片雪白，空中的一弯新月，也正脉脉深情地注视着它，仿佛感到有些惊讶。通过一夜的狂欢，又迎来了一个春日的晴朝，一切都是这样美好啊！

　　这首诗在秾艳的设色中，也有对比。如果说前十四句是浓的话，那么最后两句就是淡了。浓后之淡，淡得这样清新，淡得这样叫人惊喜，仿佛杏花的清香也已经沁入人的心脾，让人们感受到了难以言说的喜悦！这正是诗人的高妙处，结尾两句让人引起深长的诗思，回味无尽。

（管遗瑞）

◇西陵道士茶歌

　　乳窦溅溅通石脉，绿尘愁草春江色。涧花入井水味香，山月当人松影直。仙翁白扇霜乌翎，拂坛夜读黄庭经。疏香皓齿有余味，更觉鹤心通杳冥。

　　这首诗是赞扬西陵道士的仙风道骨的，以烘托饮茶对于道士养生修炼的重要作用。

　　道家注重服食养生，他们主要靠两种药物，一种是金石类药物，另一种是草木类药物，草木类药物中茶叶占有重要的地位。他们在修炼中以茶散郁气，以茶驱睡气，以茶养生气，以茶除病气，可以说，茶是他们不可或缺的饮料。

　　不过，这首诗歌并没有用更多笔墨来直接写道士喝茶，而是用层层烘托渲染的手法，来表现道士喝茶以后的特殊效果。前面四句主要是描绘道士居住的环境：那里有石钟乳的山洞，潺潺的流水连着山溪；山洞边生长着花草，花落入井中连井水也香了；又正是月亮当空的半夜，清亮的月光投下斑驳的松影，朦胧而幽静。这里的描写展现出环境的静谧、安宁和清幽，表现了道士的非同尘俗的高洁。此时，道士正喝着茶哩！"绿尘愁草春江色"一句，轻轻一点，仿佛在这个幽静的暗夜里亮起了一点幽幽的青灯，使读者眼睛为之一亮，茶的位置就被凸显了出来，给人以深刻的印象。绿尘：指粉末状的茶叶。愁草：人见春草而感怀发愁，因此称春草为愁草，这里指茶叶。春江色：指茶叶绿如春江水色。仿佛这绿色的茶也应和着这环境，增加了清幽的、高雅的意味。

　　接着，作者把镜头对准道士，来了一个特写镜头："仙翁白扇霜鸟翎，拂坛夜读黄庭经。"原来，这位像仙翁一样的道士，手里挥着白色的羽毛扇，拂去座坛上的灰尘，专心地读起《黄庭经》！《黄庭经》是道教的经名，全称《太上黄庭内景经》《太上黄庭外景经》，是七言歌诀，讲修炼的道理。他一边喝着茶，一边读着经，茶叶的清新的香味，久久地留在齿颊之中，他的神情也更加专注，似乎自己的道心也随着香茶的伴送，修炼得更加成熟了，轻轻地飘扬到了极深极远的道乡中去了。

这后面四句，也是采用烘染的艺术手法，来表现道士喝茶的。和前面不同的是，把笔墨主要对准了道士，直接描写了道士的活动，也就是读经。而"疏香皓齿有余味"一句，也是轻轻一点，在读经中突出了茶的清香，也表现了道士在茶的作用下，那清朗的神情，那内心轻松飘逸的情怀，和周围的环境融为了一体，实现了人对大自然的回归。

这就是这首诗歌所要表现的意思：返璞归真，茶道一体。

（管遗瑞）

●李商隐（813—858），字义山，号玉谿生。怀州河内（今河南沁阳）人。九岁丧父，从堂叔学习古文。唐大和三年（829）为令狐楚辟为幕僚。开成二年（837）登进士第。三年入泾原节度使王茂元幕，且入赘王家。为牛党中人所忌，致使仕途蹭蹬，长期辗转于幕府。有《李义山诗集》。

◇花下醉

寻芳不觉醉流霞，倚树沉眠日已斜。
客散酒醒深夜后，更持红烛赏残花。

这首七言绝句是李商隐的名作之一。在流畅清丽的诗句中，表面看是说在花下醉酒，但是通过醉酒来赏花，非常含蓄委婉地表达了对于美好事物的惋惜和留恋之情，意蕴很深厚。

"寻芳"就是看花。"醉流霞"语意双关：是在花下饮那美如流霞的仙酒使自己陶醉了呢，还是那姹紫嫣红的花儿本来就使自己看得如痴如醉了呢？这简直是难以分清，花和酒打成了一片，让读者也不觉有些陶醉了！诗人也终于醉了，他靠着花树睡到黄昏，这时酒阑人静，已经深夜，诗人也清醒了，他点燃红烛照着快要凋零的残花仔细观赏、品味，那该是别一番情趣，看见了白天看不见的花儿更加惹人怜爱的情态了吧！诗情在流畅自然中，又曲折婉转，表达出了诗人对花儿也是对世间美好事物的深深眷恋之情。

　　清人马位在《秋窗随笔》中说："李义山诗'客散酒醒深夜后，更持红烛赏残花'，有雅人深致；苏子瞻'只恐夜深花睡去，故烧银烛照红装'，有富贵气象。二子爱花兴复不浅。"这里所引的苏轼的诗也是历来传诵的名句，它是直接从李商隐的这首诗中化出来的。此外，《红楼梦》中有史湘云醉眠芍药裀的故事情节，历来脍炙人口，也是从这首诗中汲取的意境。可见这首短短的小诗，对后代产生了多么大的影响。

（管遗瑞）

●崔珏（生卒年不详），字梦之，清河（今属河北）人，寄寓荆州（今湖北江陵）。大中进士，官至侍御史。《全唐诗》存诗一卷。

◇美人尝茶行

云鬟枕落困春泥，玉郎为碾瑟瑟尘。闲教鹦鹉啄窗响，和娇扶起浓睡人。银瓶贮泉水一掬，松雨声来乳花熟。朱唇啜破绿云时，咽入香喉爽红玉。明眸渐开横秋水，手拨丝簧醉心起。台前却坐推金筝，不语思量梦中事。

我们现在为醉酒者解酒，是用管装水剂"解酒灵"，而唐代，却是用茶水。这首诗，就是写一个男子为一位美女用茶解酒的。

诗歌写美女的醉意和娇态，很是生动传神，读来很有情趣。

这位美女大概是歌女，她陪人喝酒已经醉得不省人事，沉沉入睡了。她的这位男子（玉郎是对青年男子的美称）看来有些为她的大醉担心，就给她把碧绿色的团茶碾成粉末，然后用泉水烹煮成茶汤，扶她起来喝茶，她喝了一点，立即觉得浑身轻松，清醒了许多。前面八句就是写这些情节的，但是诗人没有平铺直叙，而是用交叉错综的笔法来描写，跳荡婉转，表现出了浓郁的诗情。其中"闲教鹦鹉啄窗响"，是插叙，写男子在煮茶的间隙教鹦鹉啄窗，想把美人唤醒，这位男子风趣活

泼的性格跃然纸上，也见得他们之间的关系很融洽亲昵。"银瓶贮泉水
一掬，松雨声来乳花熟"两句，是写煮茶的情况的，本来是应当在"和
娇扶起浓睡人"之前，因为只有煮好了茶才能叫女子起来，但是这里却
置于"扶起"一句之后，和第二句遥遥相接。接下来"朱唇"二句，又
和"扶起"一句紧接，写女子喝茶的情景。这样，诗歌显得跳脱而有变
化，情绪也显得轻松活泼，可见作者安排的匠心。还应该注意的是，这
几句写女子的形象，先是"云鬟枕落困春泥（春泥指春天）"，只写到
如乌云一样的发结从枕头滑下，其醉卧的神态就已经非常鲜明了；然后
"和娇扶起浓睡人"，醉后的娇态和睡眼惺忪的样子，更加生动；至于
"朱唇""红玉"，更写出了女子的娇嫩美丽。诗歌用非常简约的笔
墨，准确地抓住一些很有代表性的形象细部来刻画，女子娇憨的醉态就

栩栩如生了。

　　以下四句就写女子喝茶以后的情况。看来，这以茶醒酒的办法还不错，女子很快就睁开像秋水一样明亮的眼睛，还用手指拨弄着琴弦。不过，不知是女子喝酒太多呢，还是这茶汤醒酒的力度还不够，女子并没有完全恢复常态。你看她，回身坐在琴台前，又把筝推开，愣愣地一句话也不说，好像还在回味梦中的情事呢！

　　这四句是通过女子的动作和活动来描写其半醉半醒的情态的。诗歌也只是写出睁开眼睛、手拨丝簧、却坐推筝和不语思量几个动作，女子的恍恍惚惚的神态就非常生动逼真了。在短小的诗歌中，要刻画好人物形象是很不容易的，崔珏却做到了，而且做得很好，我们不得不佩服他高超的本领。

　　在唐代诗歌中，写美女以茶醒酒的不多，这是一首生动而富于情趣的作品，值得从艺术上加以鉴赏。

（管遗瑞）

●皮日休（约838—约883），字逸少，后改袭美，襄阳（今属湖北）人。早隐鹿门山，自号间气布衣、鹿门子等。唐懿宗咸通七年（866）举进士不第，退居寿州（今安徽寿县），自编诗文为《皮子文薮》。八年始及第。十年为苏州军事判官。僖宗乾符二年（875）任毗陵副使。黄巢军入江浙，劫以从军，为翰林学士。《全唐诗》存诗九卷。

◇茶舍

阳崖枕白屋，几口嬉嬉活。

棚上汲红泉，焙前蒸紫蕨。

乃翁研茗后，中妇拍茶歇。

相向掩柴扉，清香满山月。

皮日休和陆龟蒙是很好的朋友，两人经常互相写诗唱和，在诗坛同享盛名，世称"皮陆"。

他们二人也都喜欢喝茶。一次，皮日休写了一组诗歌《茶中十咏》，即十首咏茶的五言诗，包括茶坞、茶人、茶笋、茶籯、茶舍、茶灶、茶焙、茶鼎、茶瓯、煮茶十题，寄给陆龟蒙。他在组诗的前面写了一篇序，末尾说："昔晋杜育有《荈赋》，季疵（按即陆羽，一字鸿渐，又字季疵）有《茶歌》，余缺然于怀者，谓有其具而不形于诗，亦季疵之余恨也。遂为十咏寄天随子。"陆龟蒙接到诗以后，也写了十首和诗。他们专门就茶进行唱和，留下了珍贵的篇章，是中国茶史上的一段佳话。

　　这里所选的《茶舍》，原列组诗的第五首，是写茶农的日常生活情景的。茶舍就是茶农的房舍，建在山上靠南的岩石旁边，由茅草搭成，一家几口人就在这里快快活活地生活着。他们日常的工作除了种地就是制茶，在焙茶的棚子里引来山泉（红泉指仙泉，是对山泉的美称），一边焙茶一边利用焙茶的火蒸着下饭的蕨菜。丈夫负责把茶叶研成粉末，妻子则把粉末拍打做成圆形的团茶。一天的劳作下来，不觉已经月上东山。这时，他们夫妇俩一起去关柴门，准备歇息了，满院子弥漫着新茶的清香和明月的清辉。

　　这首诗对于我们认识唐代茶农的生活很有意义，因为它具体描写了当时茶农的劳动情况，再现了历史的真实，是不可多得的资料。作为诗歌来说，前面六句都是叙述，比较平直，但是末尾以景作结，那茶叶的清香和月亮的清辉融合在一起，给茶农的小院蒙上了一层朦胧幽静的景色，一切都显得那么清静美好，流露出诗人对茶农生活的赞美。这种以景作结的艺术手法，使诗歌在平直中具有了空灵感，留下了悠长的韵味。

　　陆龟蒙对这首《茶舍》的和诗是这样的："施取山上材，架为山下屋。门因水势斜，壁任岩隈曲。朝随鸟俱散，暮与云同宿。不惮采掇劳，只忧官未足。"表现了茶民不怕采制茶叶的辛苦，忧虑的是官府催逼的贡茶还未满足，体现出诗人对茶民的体恤和同情。角度和思想都和皮日休的《茶舍》不同了，这也正是两人的相异之处，两首诗对观，从比较中当会得到更多的启迪。

（管遗瑞）

●陆龟蒙（？—约881），字鲁望，自号江湖散人，甫里先生，又号天随子。姑苏（今江苏苏州）人。曾任苏、湖二州从事，后隐居甫里。与皮日休友善，世称"皮陆"。有《甫里集》。

◇茶人

天赋识灵草，自然钟野姿。

闲来北山下，似与东风期。

雨后探芳去，云间幽路危。

唯应报春鸟，得共斯人知。

这是陆龟蒙对皮日休《茶人》一诗的和诗。皮日休的原诗是这样的："生于顾渚山，老在漫石坞。语气为茶荈，衣香是烟雾。庭从颎子（一种玉色的木拄杖）遮，果任獶师（一种野兽）虏。日晚相笑归，腰间佩轻篓。"这首诗描写了生长于顾渚山下漫石坞的茶民的采茶生活，堂屋里放满了木拄杖，可见上山采茶的人之多；院子树上的果子随便让野兽来摘吃，可见全家都出动采茶了。到了傍晚大家腰佩茶篓，欢笑着下山归来，见出采茶是一种很愉快的劳动生活，也表现出诗人对茶民生活的赞美。

陆龟蒙的诗歌与皮日休的有所不同。他说，这些茶民天生能够辨别茶叶的好坏，上苍也似乎对这里的野茶特别眷顾，让它们带上了灵气。到春日农闲的时候，他们就来到北山下，好像和春风相约过一样，进山采茶了。诗歌的后四句，就是具体描写茶民采茶情况的。"雨后探芳去，云间幽路危"——下雨以后，茶叶更加鲜嫩，所以要雨后才去采摘；这些野生的优质的茶树总是生长在白云深处的高山悬崖边，要上去道路艰难而危险。这里特意点到"雨后"，雨后可能有山洪暴发，还可能有泥石流，而且山高路滑，是非常危险的。茶民们就是这样冒着生命危险来采摘茶叶，养家糊口的，他们工作的艰辛就不难想象了，诗人对茶民的艰苦生活寄予了深切的同情。

最后两句，"唯应报春鸟，得共斯人知"，诗人在这两句后面有一个小注："顾渚山有报春鸟。"据《顾渚山茶记》："顾渚山中有鸟如鸲鹆，而色苍，每至二月作声曰春起也，三四月云春去也，采茶人呼为报春鸟。"这里的意思有两层：一层是茶民进山以后，就只有报春鸟和他们相伴了，听见报春鸟的叫声当然也有愉悦的心情，但是在这空旷的深山，也免不了孤寂的感觉。再一层是，报春鸟的"春起也""春去也"的叫声，似乎也在一声声地催促他们抓紧时间采摘，不然时令一过，茶叶变老，也就没有用处了，他们怎么去完成规定的上缴贡茶的任务呢？据载，唐时湖州每年贡茶一万八千斤，称"顾渚贡焙"。从这里，我们也可以想见茶民们在采茶时内心深处的负担也是很沉重的，诗人在看似描写景物的诗句中，真实地道出了茶民生活的痛苦，也是对当时社会现实的一种有力的揭露。

（管遗瑞）

●韦庄（约836—910），字端己，长安杜陵（今陕西西安东南）人。孤贫力学，曾长期流落江南。乾宁元年（894）始中进士，释褐为校书郎。天复中为西蜀王建掌书记，王建称帝后拜相。有《浣花集》（《韦庄集》），近人王国维辑《浣花词》。

◇陪金陵府相中堂夜宴

满耳笙歌满眼花，满楼珠翠胜吴娃。
因知海上神仙窟，只似人间富贵家。
绣户夜攒红烛市，舞衣晴曳碧天霞。
却愁宴罢青娥散，扬子江头月半斜。

这首诗，俞陛云先生已经在《诗境浅说》中有了详细而精到的解说。

他说："诗纪府中夜宴之盛。前二句言满耳所闻者笙歌嘹亮，满眼所见者花影缤纷，益以满楼之粉围香阵，艳夺吴姬。三用'满'字，见府第之繁华，几无隙地，真如锦洞天矣。三、四句若言人间富贵不异仙家，不过寻常意境，诗用倒装句法，言海上神仙只似人间富贵，便点化常语，为新颖之词。五句言石家蜡烛辉映千枝，疑入五都夜市；六句言舞袖争翻，如曳碧天之霞绮。……末句言所愁者酒阑客散、斜月楼空耳，所谓'绝顶楼台人散后，满场袍笏戏阑时'。作者不为谀颂语以悦贵人，而作当头棒喝，为酬酢诗中所仅见。韦夙著才名，府相招致词客，本以张其盛会，而得此冷落之词，能无败兴耶！"

应该补充的还有三点。

一是题中所说的"金陵"，不是指现在的南京，而是江苏的镇江，当时是浙西节度使治所。当时的节度使是周宝，按唐宋时代的习惯，节度使加同平章事者称为府相、相公，周宝是唐僖宗中和元年（881）十一月加为同平章事的。这些节度使也就是藩镇，周宝父子专擅一方，沉湎酒色，穷奢极欲，本诗真实生动地反映了这一事实。

二是三、四句的倒装比拟，不仅仅是"点化常语为新颖之词"的问题，也就是说不单是技巧方面的问题，而是暗含讽喻之意在其间，等于说你家这样奢华富贵，就是海上的"神仙窟"也不过如此罢了，穷极奢华到了极点，看您能到几时。

三是结尾两句，很含蓄，意义非常深刻，是说酒席散后，人去楼空，只有扬子江上的半个月亮斜斜地挂在空中，惨淡地照着黑沉沉的暗夜，一片凄惨的景象。这预示着像这样穷极奢华的酒宴，好景不长，藩镇的擅作威福，也绝没有好结果。这表现出韦庄反对藩镇的政治态度，这正是他的高明的政治见识，在当时是很有积极意义的。所以，周宝"得此冷落之词"，那就不只是"败兴"的问题，是应该作一深长的反思而有所省悟了，这也正是韦庄写作本诗的真正目的。

（管遗瑞）

●郑谷（生卒年不详），字守愚，袁州宜春（今属江西）人。光启进士，官都官郎中，人称郑都官。又以《鹧鸪诗》得名，人称"郑鹧鸪"。有《郑守愚文集》。

◇峡中尝茶

簇簇新英摘露光，小江园里火煎尝。
吴僧漫说鸦山好，蜀叟休夸鸟嘴香。
入座半瓯轻泛绿，开缄数片浅含黄。
鹿门病客不归去，酒渴更知春味长。

唐代茶业发展很快，到了晚唐时期，全国各地都有了一些名茶，各具特色，竞相发展，整个茶业呈现一片蓬勃兴旺的景象。作者郑谷在这首诗中赞扬的，就是湖北宜昌小江园的碧涧明月茶。

郑谷曾经进士及第做过都官郎中的官，人称"郑都官"，后归隐家乡的仰山书堂。他曾经游历过巴蜀、江南，好结交山僧，他的诗多纪行咏物，于轻巧流利中含思宛然，也是晚唐重要的诗人之一。

这首诗中所说的"峡中"，是指峡州，因为三峡而得名，治所在夷陵（今湖北宜昌）。诗人在这里的小江园里品尝碧涧明月茶，觉得这种茶的品质非常优良，于是禁不住写诗赞扬。据记载，唐代"茶圣"陆羽在三峡地区有多次活动，不仅发现了野生高大的茶树，而且品尝峡州茶后，认为品质上乘。又宋赵汝砺《北苑别录》记载："茶之产于天下多矣！若剑南有蒙顶石花，湖州有顾渚紫笋，峡州有碧涧明月……皆茶之极品。"说明峡中的碧涧明月茶的确是名不虚传的。

作者在诗中采用的赞扬方法主要有两种：一种是直接描写。"簇簇新英摘露光"是说新萌发出的茶芽聚集在一起，上面正凝集着晶莹的露珠，在朝阳的照耀下闪闪发光，样子非常好看，人们就在这个时候带露采摘下来，可见这茶叶从一采摘下来就是多么美好！"入座半瓯轻泛绿，开缄数片浅含黄"，这两句是倒装，打开茶叶包拿出几片来一看，那浅黄色的茶叶真是非常可爱；等到煎出茶汤，那碗里泛着浅浅的绿色，又是那样地诱人胃口。这些描写非常直观，但是里面饱含的诗人的赞美之意，却是鲜明地流露出来了，诗意也很深厚。另一种是间接的描写，主要是用反衬法，即扬此抑彼的笔法，通过比较而进行赞美。吴僧称赞的安徽宣城的鸦山名茶，蜀叟夸说的四川青城山的鸟嘴茶，那都算不了什么，哪有这碧涧明月茶好呢？诗句中用了"漫说""休夸"，抑扬的意思非常明白，而且增加了语气的生动感。还用酒来作反衬，说就是喜欢喝酒的人，一喝了这碧涧明月茶，也觉得春味（春味即茶味）更长，酒又怎么比得上茶呢？所以，诗人说我到了这里也就不回去了，因为这碧涧明月茶真是太使我留恋了！这里的"鹿门病客"是指皮日休，唐诗人皮日休早年住湖北鹿门山，自号"鹿门子"，他很喜欢喝茶，后来宦游江南病死，这里是作者自指。通过这些直接的、间接的描写，作者对于峡中的名茶给予了高度的评价，整首诗歌也表现了作者寄情山水之间，吟诗品茗，优游天下的飘逸情怀。

（管遗瑞）

●韩偓（约842—923），字致尧，一作致光，小字冬郎，号玉山樵人。京兆万年（今陕西西安）人。昭宗龙纪元年（889）登进士第。官翰林学士、中书舍人，迁兵部侍郎、翰林承旨。有《韩内翰别集》。

◇醉着

万里清江万里天，一村桑柘一村烟。

渔翁醉着无人唤，过午醒来雪满船。

韩偓是晚唐的重要诗人，他常常有意识地以画景入诗。他曾说，"景状入诗兼入画"（《冬日》）、"入意云山输画匠"（《格卑》）。诗人善于把手中的诗笔变为画笔，在诗中展现画意，让生动的形象打动读者的心灵。这首诗前两句为一幅画，着意表现平远的画面，诗人连用了两个"万里"，来描写清江的开阔绵长和天空的广远无际，又连用了两个"一村"，来表现平野的广阔和村落的连续不断。诗中点到的景物不多，只有"江""天""村""桑柘"和"烟"，但它们却恰到好处地交织在一起，互相映带，组成一幅清新明朗的画面。并且连续地展现下去，犹如一幅长卷，把万里清江及其两岸的景色都一一再现在读者面前。这当中，也巧妙地包含着一叶渔舟在江中移动的情景，显得轻松自然，悠然神远。还有"万里""一村"的有意重复出现，不仅使诗句读起来流利畅达，在声情上也造成轻轻的跳跃感，宛如小舟在水中轻轻簸扬，顺流而下，与诗情画意十分合拍。至于后两句中的另一幅画，作者则重点在描写山川寂寥，点出的景物更少，只有渔翁、小舟和大雪，这和雪后四望皎然、茫茫一片的景色是完全吻合的。作者用最精练的语言、最俭省的笔墨，把诗情画意准确而生动地表现出来，可谓为山水传神写照。

更加耐人玩索的是，作者也为自己的心情写照。这两幅画的前后组合，在短暂的时间联系和强烈的对比中，流露出了值得认真体味的诗人的内在情绪。从最末一句"过午"二字看来，这首诗在时间上只写了半天，上午还是清江万里，风光明朗，而中午却降下一天纷纷扬扬的大雪来，风云变幻如此之快，真有些出人意料。这是单指自然风云吗？联系作者生活的晚唐和五代初期的情况看，那正是沧海横流、朝野大乱之际，形势瞬息万变，这当中显然包含着作者对政治风云变幻莫测的深沉感叹。然而，对这急剧变幻的政治风云持什么态度呢？作者又巧妙地从渔翁形象中作了暗示。渔翁是旷达的，他喝醉了酒睡着，也没有人唤他，多么安闲自在，无忧无虑！直至被寒气冻醒，他看着满船积雪，对这突如其来的变化，诗中流露的情绪虽然不无惊讶，但主要的仍然是平静、安详，处之泰然，这是多么超然的态度！作者写此诗而以《醉着》为题，也暗中透露了这个信息。当然，其中也多少流露出一些迷惘和孤独感，甚至有"一切皆空"的意思，似乎暗示着作者当时处境的艰难和心情的悲凉，这在那样复杂的历史条件下，也是自然之理。从两幅画的联系和对比中，可以启人遐思，发人深省。

这首诗纯用白描。语言平易，但却景物鲜明，画意很浓。文字虽然很短，却高度凝练，寓意深长，真叫人含咀不尽。

（管遗瑞）

●齐己（约860—约937），诗僧，本姓胡，名得生，潭州益阳（今属湖南）人。出家后先后居衡山、庐山。有《白莲集》。

◇咏茶十二韵

百草让为灵，功先百草成。甘传天下口，贵占火前名。出处春无雁，收时谷有莺。封题从泽国，贡献入秦京。嗅觉精新极，尝知骨自轻。研通天柱响，摘绕蜀山明。赋客秋吟起，禅师昼卧惊。角开香满室，炉动绿凝铛。晚忆凉泉对，闲思异果平。松黄干旋泛，云母滑随倾。颇贵高人寄，尤宜别匮盛。曾寻修事法，妙尽陆先生。

这首诗赞扬的是湖南衡山茶。这是一首五言排律，共有十二联，前二联首先介绍了百草之灵的茶所具有的品性，后十联分别描绘了茶的生长、采摘、入贡、功效、烹煮、寄赠等一系列茶事。唐代湖南澧县籍诗人李群玉曾经游览南岳，有僧人以衡山产的方茶和团茶相待，李玉群即以诗答谢，诗中认为南岳的茶可与当时浙江顾渚和福建方山的名茶媲美，但由于衡山茶没有名气，知者甚少，李玉群不禁"持瓯默吟味，摇膝空咨嗟"（见李群玉诗《龙山人惠石廪方及团茶》）。而齐己的这首诗，对于我们认识那时的湖南衡山茶叶，是很有价值的资料。

　　开始四句写得非常流利，读来自然畅达，像小溪的流淌。"百草让为灵，功先百草成"，两句中连用了两个"百草"，突出了茶是百草之灵的地位；而"甘传天下口，贵占火前名"两句，说明了衡山茶到他这个时候，已经是知名天下了，享有盛誉。"火前"，是指的阴历三月初寒食节以前采摘的刚刚萌发新芽的茶，寒食节要禁火，节后重新生火，所以叫"火前"，这时的茶叶很嫩，制作的茶叶的质量很好，自然也很贵重。这四句是总的赞扬衡山茶，既是百草之灵、百草之先，又是天下知名，非常贵重，那当然是很好的茶了！一开始，在简单的四句中，诗人就给了衡山茶以极高的评价，而且笼罩着全篇。

　　全篇以下的十联就是在这样的基调下来一一地分别赞扬的。先说它生长在大雁也不飞过的衡山，这里是五岳之一，天下独尊。茶叶制作好了就贡献给京城，茶味非常香美，喝了浑身轻松。诗人特别写到自己对于衡山茶叶的亲身感受："研通天柱响，摘绕蜀山明。赋客秋吟起，禅师昼卧惊。"这里，他看见在采摘茶叶的时候，整个衡山（以"蜀山"代指）照耀着春日的光明；研制茶叶的时候，响声直达衡山的天柱峰，把昼眠的他也惊醒了。他是诗僧，这美好的茶叶将伴随着他在秋日里吟诗。他一打开茶叶包，顿然香气扑鼻，然后就开始用茶铛煮茶，那碧绿的茶汤真是非常美好！有时晚上他对着山泉喝茶，连珍奇的水果也觉得很平常了，倒是这色泽轻嫩如松花的茶叶，像云母一样的茶汤上面的茶沫，更加引人注意。这些诗句里面，既赞美茶叶，同时也表现了作为僧人的他的日常生活：和他做伴的只有这难得的好茶，可见这衡山茶是和他相依为命的了。当然，这衡山茶也是馈赠的佳品，他也和"高人"（指品德高尚的人，这里特指僧人和山林隐逸之士）互相赠送，以通有无。最后写道："曾寻修事法，妙尽陆先生。"这说明，他也曾经研究过茶叶的种植、采摘、制作和品尝等茶事，最后觉得还是陆羽的《茶经》研究得最为深入和完备，表现了他对茶事的关注、对陆羽的推崇。

在唐代，僧侣有着广泛的社交圈，他们既和上层社会保持着密切的联系，也和庶民社会频繁接触，因此他们的影响面非常广。他们积极参与饮茶等各种茶事活动，并形之于诗文，这对于茶业的进步和发展，对于茶文化的普及和提高，都做出了积极的贡献。从齐己这首热情赞美衡山茶的诗来看，也能够清楚地认识到这种有益的作用。

（管遗瑞）

●崔道融（？—约907），自号东瓯散人，荆州（今湖北江陵）人。唐末避乱永嘉。昭宗时为永嘉令。后入闽，以右补阙召，未赴。《全唐诗》存诗一卷。

◇谢朱常侍寄贶蜀茶剡纸二首（录一）

瑟瑟香尘瑟瑟泉，惊风骤雨起炉烟。

一瓯解却山中醉，便觉身轻欲上天。

这也是一首写以茶解酒的诗歌。

题中的朱常侍，名未详。常侍即散骑常侍，从三品，掌侍奉规讽，备顾问应对，是经常接近皇帝的官员，身份重要。贶，赠送的意思。蜀茶，当指四川的蒙顶茶，是唐代很名贵的茶叶。剡纸，即剡溪纸，据《唐国史补》卷下记载，剡溪在浙江嵊县（今浙江嵊州市），所产剡藤宜于造纸，唐时颇负盛名。这组诗一共两首七绝，这里选的是谢茶叶的一首，还有一首谢剡纸的诗是这样的："百幅轻明雪未融，薛家凡纸漫深红。不应点染闲言语，留记将军盖世功。"

这里单说谢茶叶的这一首。

第一句连用了两个"瑟瑟"——"瑟瑟"在这里是碧绿的意思，说碾出的香茶是碧绿的，烹茶的泉水也是碧绿的，都是极为可爱的绿色，首先从视觉上给人一个爽心悦目的形象。碧绿蕴含着一种生机和活力，能使我们联想到大自然，联想到存在于大自然中的那些茂密的森林和植被，给人以精神上的幽静和安宁。但是第二句马上就来了一个对比，在烹煎茶叶的时候，炉烟起处，茶汤在锅里沸腾，就像"惊风骤雨"一样，又给人以非常热烈的印象。两句诗在描写茶叶的颜色和烹煮的情况时，真是妙趣盎然。

不仅如此，诗人喝下茶汤以后，那产生的效果就更加美妙了。"一瓯解却山中醉，便觉身轻欲上天。"原来诗人还醉着酒，可能有些头脑沉重，喝下一碗这碧绿的蜀茶以后，醉意就消失得无影无踪了，而且，直感到"两腋习习清风生"，一身轻松爽快，要乘风飘举，直上云霄，变成神仙了。诗人在这里运用夸张的手法，以极为生动形象的笔墨，赞扬朱常侍所赠的蜀茶的美好，感谢之意自在其中，写得非常委婉而又得体。

（管遗瑞）

●于武陵（生卒年不详），或说名邺，以字行，京兆杜曲（今陕西西安）人，《全唐诗》存诗一卷。

◇劝酒

劝君金屈卮，满酌不须辞。
花发多风雨，人生足别离。

"劝君金屈卮"二句，写捧觞劝酒。"金屈卮"是名贵酒器，大凡拿名贵酒器说事，都是表现酒好，如"金樽清酒斗十千"（李白）、"莫使金樽空对月"（同前）、"葡萄美酒夜光杯"（王翰）、"琉璃钟，琥珀浓"（李贺）等，莫不如此。李贺《浩歌》"筝人劝我金屈卮"，王琦汇解："金屈卮，酒器也。据《东京梦华录》云：'御筵酒盏皆屈卮如菜碗样而有把手。'此宋时之式，唐代式样当亦如此。"次句"满酌不须辞"，中国酒文化关键词之一是，酒要满上，不得推辞。

"花发多风雨"二句对仗，是送别的劝酒辞。"人生"与"花发"同一构词，即主谓结构。三、四句的意思是，花开难免遭遇许多的风雨，人一出世则难免遭遇许多的别离，喝下这樽酒，面对吧。强为宽解，也只好这样了。明人唐汝询云："欲劝以饮，举下二事感动之，言佳景难长，良会不数，酒固不当辞也。'花发'一联，在三百篇为兴体。'足'犹满也，百年之中，皆别离也。"（《唐诗解》）郭濬云："二语感人，那得不满饮。"（《增订评注唐诗正声》）周珽云："是真能劝酒者。"（《唐诗选脉会通评林》）

五言绝句所贵浑成。诗人先有后二句劝酒辞，然后从举杯说起，则一气呵成矣。

（周啸天）

●王禹偁（954—1001），字元之，济州巨野（今属山东）人。世代务农。太平兴国八年（983）进士。历任右拾遗、翰林学士、知制诰。遇事敢言，屡以事贬官。真宗时，预修《太祖实录》，直书史事，为宰相不满，降知黄州，后迁蕲州，病卒。有《小畜集》。

◇龙凤茶

> 样标龙凤号题新，赐得还因作近臣。
> 烹处岂期商岭外，碾时空想建溪春。
> 香于九畹芳兰气，圆似三秋皓月轮。
> 爱惜不尝惟恐尽，除将供养白头亲。

这首诗写的龙凤茶，是宋代建安（今福建建瓯）贡茶，为蒸青团茶，圆形，面上印着龙凤花纹，龙纹的称"龙团""团龙"，凤纹的叫作"凤团""团凤"。后制的直径小的龙凤茶称"小龙团""小凤团"。宋徽宗《大观茶论》说："本朝之兴，岁修建溪之贡，龙团凤饼，名冠天下。"龙凤茶入贡，朝廷也拿出一部分分赐臣僚，文人中以龙凤茶为题的酬唱诗作比较多。

但是这一首不是酬唱之作，是王禹偁被贬官到商州做团练副使时写的。他在商州时期，思想是很苦闷的，大多时候是读书消遣，探访名胜，和文士诗酒流连，以排遣自己的愁绪和怅惘之情。有时也想到朝廷，这首诗就是他看到自己留存的龙凤茶而生发的感想。

王禹偁的诗歌风格和白居易有些近似，明白浅近，比较好理解。这首诗也写得比较通俗流畅。诗中写道，他的龙凤茶是过去在朝廷做近臣时得到的赐品，现在到商州来汲水烹煮，碾着茶叶时就想到"建溪春"（建溪春是茶名，指建安所产的上等茶叶，因建溪流贯其中，故称），它那像兰花一样的香味，像秋夜月轮一样的圆形，真是太美好了！正因为如此，很值得珍惜，生怕很快就尝完了，还是留着给白头年迈的父母亲喝吧！

看来，诗歌是在赞赏龙凤茶的美好的，诗句也的确从它的香味和外形进行了赞美，写得生动形象，但我们只要透过这层意思作深入的分析，就不难发现诗中也隐含着诗人的牢骚。当初得到龙凤茶的赏赐，是因为"作近臣"，如今自己却被贬到商州来任毫无实际权力的团练副使，两相比较，不平之气见于言外。还有"空想"二字，也隐隐透露出诗人对朝廷的眷怀是毫无意义的。至于"九畹（一畹等于十二亩，一说三十亩。九是虚数，表示多的意思）芳兰"，更是直接用了屈原《离骚》中"余既滋兰之九畹兮，又树蕙之百亩"的典故，表明自己是坚贞清白的。从这些地方，我们可以看出诗人的寄托，在赞美龙凤茶的同时也抒发了自己心中的愤懑，诗意更加深厚了。

（管遗瑞）

●林逋（967—1028），字君复，钱塘（今浙江杭州）人。早岁浪游江淮间，后归杭州，隐居孤山二十年，种梅养鹤，终身不娶亦不仕，时称"梅妻鹤子"，卒谥和靖先生。有《林和靖诗集》。

◇烹北苑茶有怀

石碾轻飞瑟瑟尘，乳花烹出建溪春。

世间绝品应难识，闲对《茶经》忆古人。

北苑茶是福建建安（今建瓯）凤凰山出产的名茶，因产地是北苑而得名。宋代北苑茶是向朝廷进贡的好茶，名重天下。

林逋，是宋代有名的隐士和著名的诗人。这首诗就是他在烹煮建安北苑茶时，有所怀想，而写下的一首小诗，在轻灵活泼的笔调中，寄寓着深长的诗思。

前两句是写碾茶时碧绿的茶末在随风轻飞，等到烹煮之后，茶汤里茶沫散发着清香，颜色就和建溪的春天一样，漫山遍野一片碧绿。"建溪春"本来是茶名，因出产于福建建溪而得名，但是这里是用来指北苑茶，意义双关了。这两句写出了北苑茶极为优良的品质，是对它的高度赞美。后两句由此生发开来，感叹像北苑茶这样的人间极品，真正认识的人应该是不多的；翻开《茶经》看看，也只有像唐代"茶圣"陆羽那样的人，才能够真正认识啊！不禁对陆羽这位"古人"产生了非常敬佩的心情，追忆不尽，怀想联翩了！

我们联系到林逋的身世来看，他有很高的学识，但是却一生没有出仕，始终采取了对北宋朝廷不合作的政治态度，应该说他对当时的政治包括选用人才、整顿吏治等方面，是有自己的看法的。他作为一个隐士，生活在社会的下层，能够接触到一些同样身处下层而又有真才实学的人士，看到他们怀才不遇的境况，心里也替他们抱着不平。这首诗，就是这种心情的表现。所以，这首诗的深层含义，是用"世间绝品"的北苑茶来比喻杰出的人才，而用"古人"（《茶经》作者陆羽）来比喻识拔人才的有识之士，感叹识拔人才之不易，也表露出对当时政治的不满。这首诗和韩愈在《马说》中关于"世有伯乐，然后有千里马。千里马常有，而伯乐不常有"的感叹，正好后先辉映，具有异曲同工之妙。

（管遗瑞）

●晏殊（991—1055），字同叔，抚州临川（今江西抚州市临川区）人。景德中赐同进士出身。庆历中官至集贤殿学士、同中书门下平章事兼枢密使。谥元献。有《珠玉词》，清人辑有《元献遗文》。

◇浣溪沙（录二）

一曲新词酒一杯，去年天气旧亭台，夕阳西下几时回？
无可奈何花落去，似曾相识燕归来，小园香径独徘徊。

《浣溪沙》是唐五代常用曲调，也是宋人使用频率最高的词牌。上下片各三句，皆七言律句。上片前二句相当于仄起式首句入韵的七律前两句。下片前二句相当于同式七律的颈联。每片结句与第二句为相同之律句，即既相黏复入韵，同时具有律诗下一联两句的特点。故可以视为简化的七律，与律诗不同者，特在一奇句上寓取风情耳。无怪宋人皆通此调。

晏殊此词为暮春酒筵之作。上片从对酒当歌写起。首句通过"一曲""一杯"的复迭，以轻快流利的语调表明，词人先是怀着一种闲适的心情饮酒听曲的。次句发生转折，亦以"去年""旧"相复迭，表明当前情景引起一种回忆、一种联想——就是在去年暮春同样的天气，同在这座亭台中，也曾有过同样的聚会。"似曾相识"四字已呼

之欲出。三句再作转折，便是分明感觉到这绝不是简单的重复，似曾相识之中有某些东西已经发生了难以逆转的变化，那便是流逝的时光和变迁的人事。本来，词的前两句就化用或借用唐人郑谷"流水歌声共不回，去年天气旧亭台"（《和知己秋日伤怀》）。太阳不是天天升起么？怎么问"夕阳西下几时回"呢？可见词人看到的是"夕阳西下"的景色，想到的却是流逝的光阴。"太阳下山明早依旧爬上来，花儿谢了明年还是一样开；美丽小鸟飞去无影踪，我的青春从此一去不回来。"（《青春舞曲》）总之有重复，有不重复，重复之中即有不重复。这里已经表现出一种情中的思致。

过片是一联对仗，是以具象的景物对上述思致作更深的玩味，成为使此词增价的名句。"花落去"三字妙在不具言什么花、如何落，却以其抽象而产生一种象征意义，可以代表一切正在消逝的美好事物；"无可奈何"四字则好在包含一个生活哲理，即自然规律不以人的意志为转移。遗憾只是事情的一个方面。事情的另一方面，则是遗憾的补偿。"燕归来"就在无可奈何的主题中，奏出了一个对比的音符；伤春的人们，可以从归来的燕子身上找到些许慰藉。它表明有旧的美好事情消逝的同时会有新的美好事物再现——"似曾相识"精确地判明这种再现之不完全等于重复，不管怎样，生活不会因而变得空虚，人们更不必为此感到悲观。如果说"无可奈何"句是说自然无情，那么"似曾相识"句则是说自然多情，这是一对二律背反的命题。从音情上说，"无可奈何"四字作入上去平，以富于起伏的四联音，与人生无常、毫无办法的情感内容配合得丝丝入扣，对概括全篇的基调发挥着卓越的作用；而"似曾相识"四字，则以去平（阳）平（阴）入，同样富于变化的四联音，奏出对比的音符，同时在用虚字构成工整的对仗及唱叹传神方面，表现出词人的深情巧思，所以为妙。据说大晏在咏出上句后，久久对不出下句，还是江都尉王琪帮他找到了感觉完成这联佳句，两人也因此成为忘形交（见《渔隐丛话》引《复斋漫录》），传为佳话。王士禛《花草蒙拾》说："或问诗词分界，予曰'无可奈何花落去，似曾相识燕归来'，定非香奁诗。"他的意思是，诗是诗，词是词，这两句如作写景的诗句未免纤弱，然而作为表现一种思致的词句则很本色。

末句不复言情，出现了词人徘徊于小园香径的身影。这是一种漫无目的的彷徨或悠游，也是沉浸在思绪中的一种情状。外观平静，却很有内涵。

（周啸天）

一向年光有限身，等闲离别易销魂，酒筵歌席莫辞频。
满目山河空念远，落花风雨更伤春，不如怜取眼前人。

　　这首词在抒情中极有思致。一开始就用唱叹平静的口吻述说着人生最大的憾事——光阴短暂，生命有限，因而最寻常的离别也令人难堪。从"马上琵琶关塞黑，更长门翠辇辞金阙。看燕燕，送归妾。将军百战声名裂。向河梁、回头万里，故人长绝。易水萧萧西风冷，满座衣冠似雪。正壮士悲歌未彻"（辛弃疾《贺新郎》）一类生离死别感到"销魂"并不难，难的是点出寻常的离别（"等闲离别"）也"易销魂"，这是人人心中所有，笔下所无的。词人似乎要告诉人们："没有一个人长生不老，也没有一件东西永久长存。兄弟，记住这一点而欢欣鼓舞吧。"（泰戈尔）于是才能以从容自若的口吻告诫道："酒筵歌席莫辞频。"读者从这里分明感到一种超脱，一种彻悟，一种味外味。

　　过片的两句重复了上片的唱叹，分别承接"等闲离别"和"一向年光"而来，一伤别，一伤春。"满目山河"字面还分明含蕴了"山川满目泪沾衣，富贵荣华能几时"（李峤）那样伤逝的意念。"空""更"二字包含有这样的思致——"满目"一句除念远之情外，更使人想到人生对一切不可获得的事物的向往之无益；"落花"一句除伤春之情外，更使人想到人生对一切不可挽回的事物的伤感之徒劳（叶嘉莹语）。然而"如果错过太阳时你流了泪，那么你也要错过群星了"（泰戈尔），词人用觉悟的口吻再度告诫："不如怜取眼前人。"此语出自《莺莺传》"还将旧来意，怜取眼前人"，但已易其意，"眼前人"云云已超出具体指称而具有一种象征性，使人想到的不仅是身边的某个人，而是现在应该把握的一切。它和唐诗中的"即今相对不尽欢，别后相思复何益"（张谓）、"花开堪折直须折，莫待无花空折枝"（《金缕衣》）一样，都是好话。据说某名人赠雪茄给别人时说道："一定要抽掉它。这雪茄妙如人生，而人生是不能保存的，要充分享受它。不能享受人生就没有乐趣。"这也是好话。人说大晏词雍容华贵，圆融平静，道理就在此中。

（周啸天）

◇踏莎行

小径红稀，芳郊绿遍，高台树色阴阴见。春风不解禁杨花，蒙蒙乱扑行人面。　翠叶藏莺，朱帘隔燕，炉香静逐游丝转。一场愁梦酒醒时，斜阳却照深深院。

乍看词的上片写郊外与行人，下片写深院与居者，与欧阳修同调"候馆梅残"略近。但从"一场愁梦酒醒时"之句，可会词中抒情主人公即词人自己，而"行人"则泛言也。词中出现的是暮春初夏景象，抒发的是时序流逝的轻愁。

《踏莎行》这个词调属双调不换头，每片由两个四字句起，须对仗工稳，其余三句为七言律句，押仄韵。上片写陌上春归。"红稀""绿遍"四字极精要地写出春末夏初物色，不点明花草，而以红绿代之，是一种感性显现的手法，如印象派画。"高台树色"句与下片"翠叶藏莺"二句同妙，写出初夏绿树成荫后特具的景趣。"春风不解"二句令人百读不厌，语出唐武昌妓与韦蟾联句"武昌无限新栽柳，不见杨花扑面飞"，一面表明无计留春，一面描绘柳絮因风的迷人景色。"乱扑"二字尽其动态。将春风人格化，出以嗔怪的语气，欣赏之中即有惋叹，是表情的微妙处。

下片转入深院闲愁。"翠叶藏莺"二句，写初夏特具的幽深，给人以封闭的感觉。"炉香静逐"句，通过香烟的动态刻画室内静谧的氛围，也有暗示初夏昼长的意味。"一场愁梦"二句，"愁梦"表明梦境与春愁相关，但未表明有何实质性的内容，梦醒后夕阳仍照深院，与"炉香静逐"句映带，既见得深院之岑寂，又含初夏日长难消的意味。

此词所写的闲愁，固然与养尊处优的生活培养出的敏锐感觉相关，但并不等于无聊和无病呻吟。词中流露出对初夏富于活力的景物的欣赏，又隐含着对已逝春光的惋惜，艺术表现手法相当细腻，是其价值所在。后人张惠言、谭献等为提高词的评价，将此词与欧阳修的"庭院深深"一篇臆断为讽刺之作，说什么花稀叶盛就是指君子少、小人多（黄蓼园）等，令人扫兴。

（周啸天）

●欧阳修（1007—1072），字永叔，号醉翁，晚号六一居士，吉州永丰（今属江西）人。天圣八年（1030）进士及第。曾任枢密副使、参知政事。因议新法与王安石不合，退居颍州。谥文忠。曾与宋祁合修《新唐书》，并独撰《新五代史》。有《欧阳文忠公集》《六一词》等。

◇和梅公仪尝建茶

溪山击鼓助雷惊，逗晓灵芽发翠茎。
摘处两旗香可爱，贡来双凤品尤精。
寒侵病骨惟思睡，花落春愁未解酲。
喜共紫瓯吟且酌，羡君潇洒有余清。

我国古代采茶，还有一定的仪式，很是热闹。这也是茶文化的一个组成部分。欧阳修的这首诗里，就有对采茶仪式的生动表现。

诗题中"梅公仪"，是指梅挚，字公仪，新繁（今成都市新都区）人，进士及第后为苏州通判，累官至谏议大夫，知河中府卒，他和欧阳修有很好的交情。"建茶"，是指福建建瓯的名茶，当时以之进贡朝廷。梅挚品尝过建茶以后，写了一首诗谈自己对建茶的感受，然后把自己的诗给欧阳修看，欧阳修就写了这首和诗。

诗歌一开始就写了建茶采摘的古老风俗："溪山击鼓助雷惊，逗晓灵芽发翠茎。"那时采茶前，要在山间击鼓，鼓声在建溪周围的山间震天价响，有如雷鸣，意在帮助春雷惊醒、催促翠绿的茶树枝条发出嫩芽，好让人们来采摘。宋赵汝砺《北苑别录》载："采茶之法，须是侵晨，不可见日……故每日常以五更挝鼓，集群夫于凤凰山。"人们就是在这样的热闹气氛中采摘刚刚展开的两片嫩叶（即"两旗"）的茶芽，制成印有双凤图案的贡茶，送来朝廷的，这是茶中最好的精品了。这四句写采摘情景，写得很是形象生动，我们今天读来，也好像身临其境一样。

第五、六两句一转，写自己的情况。当时诗人正在病中，一天到晚总是昏昏欲睡，看着花开花落，就像酒醉不醒一样，心情的落寞和无聊可以想见了。所以最后两句就对梅挚说："喜共紫瓯吟且酌，羡君潇洒有余清。"看了您的诗，我真高兴您能够端着黑釉茶盏，一边品茶一边吟诗；羡慕您喝了建茶而齿颊留香，过着这样潇洒的生活啊！诗句之中表现出诗人对建茶的赞美和渴望，也表达了对朋友能够得到这种好茶而欣喜的情怀，虽然诗中是淡淡说来，却是情真意挚，很能感人。

（管遗瑞）

◇玉楼春

樽前拟把归期说，欲语春容先惨咽。人生自是有情痴，此恨不关风与月。　　离歌且莫翻新阕，一曲能教肠寸结。直须看尽洛城花，始共春风容易别。

词为暮春送别而作。上片从离筵说起。首句写临别拟说"归期"，突出的是恋恋不舍的别情，次句以"欲语"而未语按下不表，是一曲折。"春容惨咽"一语双关，既指眼前美丽的人儿，又兼指阑珊的春色。"人生自是"二句是情语直说，"恨"指离愁别恨，特别辩解"无关风月"，正是因为它与风月有些纠缠不清。事实上，风月往往为愁恨之触媒，哪能全然无关？只不过愁恨的根子不在这上面罢了。这里有内因和外因的关系，虽属常识，却没有人这样痛痛快快地直说过，大是名言。

下片再从离别说起——筵前离歌翻新，一曲令人愁绝，"且莫"的呼告，表明不赞成一味消沉。末二句因作豪语——本意是说正因为离别将近，更应珍惜眼前短暂的这段时光，表达方式上却推开劝酒送客，而转说赏花送春，再一次将惜别与惜春绾合起来。语本孟郊《登科后》"春风得意马蹄疾，一日看尽长安花"，"洛城花"，牡丹也。"直须看尽"二句并不否定别情，然正因为有别情，才格外强调尽兴，尽兴才能无憾——所谓"何不潇洒走一回"，打破感伤之误区，直道他人所未道，亦大是名言。

此词与其说是写别情，毋宁说是借离别情事抒发一种人生观。既有感于人生无常，又反对虚无悲观的人生态度。肯定生活的意义，词风因而豪放；承认人生无常，故不流于肤浅。叶嘉莹在《灵溪词说》中则认为欧词不同于晏、冯者，特具豪宕的意兴，而王国维《人间词话》谓此词"于豪放中有沉着之致"，更为全面。伤春与伤别在古人诗词中虽常相关，然而惜春之作与送别之作还是判然有别的。本篇却将两者完全打成一片，既是离歌，又是送春的歌，很有特色。《玉楼春》调名一作《木兰花》，是七言齐言体双调词，与近体诗不同者，以押仄韵耳。全词特别是煞拍处皆两句一气贯注，意象疏朗，悉如散文语法，使这首词风调上显得流利清新，有如古风，较近韦庄。

（周啸天）

●梅尧臣（1002—1060），字圣俞，宣州宣城（今属安徽）人。少时应进士不第。历任州县官属。宋仁宗皇祐初赐同进士出身，授国子监直讲，官至尚书都官员外郎。曾预修《唐书》。有《宛陵先生文集》。

◇范饶州坐中客语食河豚鱼

春洲生荻芽，春岸飞杨花。河豚当是时，贵不数鱼虾。其状已可怪，其毒亦莫加。忿腹若封豕，怒目犹吴蛙。庖煎苟失所，入喉为镆铘。若此丧躯体，何须资齿牙？持问南方人，党护复矜夸。皆言美无度，谁谓死如麻！我语不能屈，自思空咄嗟。退之来潮阳，始惮飧笼蛇。子厚居柳州，而甘食虾蟆。二物虽可憎，性命无舛差。斯味曾不比，中藏祸无涯。甚美恶亦称，此言诚可嘉。

景祐五年（1038）梅尧臣将解知建德县（今属浙江）任，范仲淹时知饶州（今江西鄱阳），约他同游庐山。在仲淹席上，有人绘声绘色地讲起河豚这种美味，引起尧臣极大兴趣。他本是苦吟诗人，居然于樽俎之间，顷刻写成这首奇诗。

首句赞河豚以起。"河豚常出于春暮，群游水上，食絮而肥，南人多与荻芽为羹，云最美。"（《六一诗话》）"春洲生荻芽，春岸飞杨花"，不仅言暮春物候，而且暗示"正是河豚欲上时"。鱼虾虽美，四时毕具，而河豚上市有季节性，物以稀为贵，加之其味的确鲜美，所以一时使鱼虾为之杀价。"河豚当是时，贵不数鱼虾"二句，妙尽情理。此诗开篇极好，无怪欧阳修说："故知诗者谓止破题两句，已道尽河豚好处。"

以下八句忽作疑惧之词，为一转折。"其状已可怪，其毒亦莫加"二句先总括。以下再分说其"怪"与"毒"。河豚之腹较他鱼为大，有气囊，能吸气膨胀，目凸，靠近头顶，故形状古怪。诗人又加夸张，谓其"腹若封豕（大猪）""目犹吴蛙（大蛙）"，加之"忿""怒"的形容，河豚的面目可憎也就无以复加了。而更有可畏者，河豚的肝脏、生殖腺及血液含有毒素，假如处理不慎，食用后会很快中毒丧生。诗人用"入喉为镆铘（利剑）"作比譬，更为惊心动魄。要享用如此美味，竟得冒生命危险，是不值得的。"若此丧躯体，何须资齿牙"二句对河豚是力贬。

看来，怕死就尝不着河豚的美味，而尝过河豚美味的人，则大有不怕死者在。"持问南方人"四句表现了一种与上节完全对立的见解，又是一转折。河豚产于沿海，故南方的"美食家"嗜之如命。他们几乎是异口同声，津津乐道，说河豚美得不得了，全不管什么贪口者"死如麻"之类的警告。"美无度"（语出《诗经·魏风·汾沮洳》）的极言称美，"党护"（偏袒）的过激行为，写出了一种执着的感情态度。这自然是"我语不能屈（说服）"的了。非但如此，这还使"我"反省以"自思"。

从"我语不能屈"句至篇终均写"我"的反省。可分两层。诗人先征引古人改易食性的故事，二事皆据韩愈诗。韩愈谪潮州，有《初南食贻元十八协律》云："唯蛇旧所识，实惮口眼狞。开笼听其去，郁屈尚不平。"柳宗元谪柳州,韩愈有《答柳柳州食虾蟆》云:"余初不下喉,近亦能稍稍。……而君复何为,甘食比豢豹。"诗人综此二事,谓可憎如"笼蛇""虾蟆",亦能由"始惮"至于"甘食",可见食河豚或亦未可厚非。然而又想到蛇与虾蟆为物虽形态丑恶,食之究于性命无危害,未若河豚之"中藏祸无涯",可是联系上文,河豚味之"美无度",似乎又是蛇与虾蟆所不可企及的。

"美无度",又"祸无涯",河豚真是一个将极美与极恶合二而一的奇特的统一体呢。于是诗人又想起《左传》的一个警句:"甚美必有甚恶。"觉得以此来评价河豚,是再恰当不过的了。

古人说:"不入虎穴,焉得虎子?"人类在制订食谱的问题上也是富于冒险精神的。综观全诗,尧臣对南方人"拼死食河豚"的精神,还是颇为嘉许的。但他没有这样说,而是设为论难,通过诗中"我"与南方人的诘辩,及"我"的妥协,隐隐地表达了这个意思。构思奇特,风格诡谲。诗中旁征博引,议论纵横捭阖,既以文为诗,又以学问为诗,但形象性与抒情性仍是很强的。至于其以丑为美,以文为诗,又大有得力于韩愈之处。

(周啸天)

◇颖公遗碧霄峰茗

到山春已晚,何更有新茶?
峰顶应多雨,天寒始发芽。
采时林狖静,蒸处石泉嘉。

持作衣囊秘，分来五柳家。

碧霄峰在今浙江乐清市的雁荡山。进入雁荡山，从灵峰寺顺着鸣玉溪北行大约半公里，溪边有一峰，颜色苍碧，拔地而起，高入云霄，就是有名的碧霄峰。峰下有碧霄洞，据山志记载，洞内曾有碧霄庵，于清朝康熙八年（1669）改建为碧霄院。北宋诗人梅尧臣这首《颖公遗碧霄峰茗》，写的就是这里的茶叶。碧霄峰的山崖之间，自古就有僧人种植茶树，在唐代，雁荡山碧霄峰茶就被誉为浙东第一，现在产的雁荡山毛峰也是中国的名茶。

梅尧臣是北宋著名诗人。这首诗是他到山上时，受到颖公（名字不详，隐士）馈赠碧霄峰名茶，而写下的一首赞美碧霄峰茶的诗歌。

诗歌的前四句采用自问自答的方法，描写自己在晚春时候得到新茶的惊喜。"到山春已晚，何更有新茶？"当他忽然面对颖公赠送的新茶时不禁一惊，心想眼下已经是暮春时节，茶叶已老，哪里来的这么好的新茶呢？再凝神一想，原来这里山高多雨，气温比山下要低，所以茶树发芽很迟啊！这一问一答，把碧霄峰茶的生长情况作了形象的介绍，突出了它的季节很晚的特点，也说明了它的珍贵。

接着，诗人描写采摘和制作茶叶的情况。那时，已经春意阑珊，树林里的"狖"（音又，猿猴类动物，尾巴较长而色黑。这里是以狖来泛指山中的野兽）已经非常安静了，人们可以放心仔细采摘；蒸制茶叶的时候，就用当地从山石中冒出来的泉水，水质很是美好。这样采制的茶叶，自然是很值得珍惜的了。最后写道："持作衣囊秘，分来五柳家。"诗人说我要像把珍贵东西放在自己的衣服口袋里秘不示人那样，来好好保存这难得的碧霄峰茶叶，因为它是来自"五柳家"的珍贵礼物啊！这里用了晋代陶渊明写的《五柳先生传》的典故："先生不知何许人也，亦不详其姓字。宅边有五柳树，因以为号焉。"这是陶渊明的自况，"五柳先生"即指像陶渊明这样的高雅的隐士。诗人这里是以颖公来比陶渊明，可见颖公也是一位有着高尚品德的隐者。

全诗写得质朴生动而又流畅自然，既描写了碧霄峰茶的珍贵，也表达了对颖公赠送碧霄峰茶的深深的谢意，情意非常真挚。

（管遗瑞）

●宋祁（998—1061），字子京，安州安陆（今属湖北）人。后迁居开封雍丘（今河南杞县）。天圣二年（1024）进士。曾官翰林学士、史馆修撰。与欧阳修等合修《新唐书》。书成，进工部尚书，拜翰林学士承旨。谥景文。与兄庠称"二宋"。有《宋景文集》《宋景文笔记》《益部方物略记》等。

◇玉楼春

　　东城渐觉风光好，縠皱波纹迎客棹。绿杨烟外晓寒轻，红杏枝头春意闹。　　浮生长恨欢娱少，肯爱千金轻一笑。为君持酒劝斜阳，且向花间留晚照。

　　宋祁年辈在晏、欧间，也是一位余事为词的政要名流。此春游抒怀之作。

　　上片写春日郊游所值美景。写春游地处"东城"，犹如写梅花必曰"南枝"，以其得春光之先也。"縠皱波纹"见得是和风丽日天气，一"迎"字移情于水。然而佳句却在后面两句，尤其是煞拍之句，谓绿杨为"烟"是因远看成片，枝叶难分，如一团轻烟笼罩，这是现成的诗词语汇；然谓之"晓寒轻"，则已透露天气渐暖之意，暗逗下句——也就是此词最为脍炙人口之句——"红杏枝头春意闹"。以红杏表春意，诗

词习见，关键在词人独得一个"闹"字。前人说好说歹都在这个字上，李渔就认为这个"闹"字用得粗俗、无理，"争斗有声谓之'闹'，桃李争春则有之，红杏闹春，予实未见也。'闹'字可用，则'吵'字、'斗'字、'打'字皆可用矣。"这话说得没道理，怎么"争春"可以，"闹春"就不行呢？钱锺书《通感》云，这个"闹"字是把事的无声的姿态说成好像有声音的波动，仿佛在视觉里获得了听觉的感受，非如此不能形容其杏之红、之繁。甚至还可使人联想到红杏枝头蜂蝶飞舞，春鸟和鸣，由此联想到由春天带来的活泼泼的生机。所以王国维说此句"著一'闹'字而境界全出"。作者在当时就因此获得"红杏尚书"的美名，正是读者对它作了肯定。

下片因大好春光而引起惜时之念。本无甚新意，然而"为君持酒"

二句作一气读，劝斜阳"且向花间留晚照"，即请夕阳的光辉多在花间留一会儿，是何多情，"留照"的措语亦新。其实美好的光景虽然会消逝，但美好的印象却是可以保留的。读者看关于春游的留影，想到"且向花间留晚照"之句，会心便超出作者原意。

（周啸天）

●张先（990—1078），字子野，湖州乌程（今浙江湖州）人。天圣八年（1030）进士。曾任吴江令。晏殊知永兴军，辟为通判。官至尚书都官郎中。晚年退居湖杭之间。有《安陆集》（《张子野词》）。

◇天仙子

水调数声持酒听，午醉醒来愁未醒。送春春去几时回？临晚镜，伤流景，往事后期空记省。　　沙上并禽池上暝，云破月来花弄影。重重帘幕密遮灯，风不定，人初静，明日落红应满径。

原注"时为嘉禾（秀州）小倅（通判），以病眠，不赴府会。"作者这年五十二岁。在春天即将流逝的日子，因身体不适，便未去参加同僚的聚会，躺在床上想心事。狂风之夜，他偶尔捕捉了一个清丽景色，得了短暂的安慰和莫名的感伤。词中细腻的心理描写，在诗中是罕见的。令人想到王国维的妙语："词之为体，要眇宜修，能言诗之所不能言，而不能尽言诗之所能言。诗之境阔，词之言长。"

午睡前，词人曾小饮遣闷，也曾唤家妓唱曲消遣。人在愁中须听忧伤的曲调才能排遣，而《水调》的词情较苦（王昌龄《听流人水调子》有"岭色千重万重雨，断弦收与泪痕深"句），所以就听这个。为什么是"数声"呢？也许只听了个开头便不耐烦，于是就着枕儿被儿，昏昏沉沉睡去，殊不知"酒醒添得愁无限"。这愁的来因，似与时序流逝有关——"送春春去几时回"，这是喃喃自语。对于少年朋友根本不存在的问题，却触动临老者的神经。那真是少一年是一年。"临晚镜，伤流景"，便是李白说的"君不见高堂明镜悲白发，朝如青丝暮成雪"，杜牧说的"自悲临晓镜，谁与惜流年"，不仅如此，作者这一日的伤春还有特定的心事掺杂其中："往事后期空记省。"这"往事"指什么事儿？古人用"后期"一词多指错失时机（如张说《蜀道后期》），可见作者追记到的是些令人懊恼的往事，正所谓"此情可待成追忆，只是当时已惘然"。

下片时间从长昼跳到夜晚。"沙上并禽池上暝"这个景色，与其说是词人傍晚看到的，不如说是他想到的。"并禽"亲昵双栖，与索居卧病者形成对照。这是一个风高月黑之夜，本来没有指望看到任何好的景致。然而好风紧处，吹破云层，月光透露，花影动摇。"云破月来花弄影"，"好处在于'破''弄'两字，下得极其生动细致。天上云在流，地下花影在动，都暗示有风，为以下遮灯、满径埋下伏线。"（沈祖棻）像黑夜般暗淡的心情，该也豁然开朗一下了吧。然而这绝非愁云一扫，愁城全破。风越来越紧，"重重帘幕密遮灯"，可见烛光是摇曳不定的。在这夜深人静的时候，风声甚紧，于是词人想到，那花枝也应摇动得更加猛烈，"明日落红应满径"呢。

要之，词中写出一个暮春风夜的独到感受。那个白天，必是相当烦闷，故有不少恼人之思，到风起后，反有一破愁颜的欣喜，但感伤之意较深。词中通过富于唱叹的句式，将感情抒发得淋漓尽致，有对句、句中对、句中接字，如"午醉醒（来）——愁未醒""送春——春去几时回""临晚镜，伤流景""沙上并禽——池上暝""云破月（来）——

花弄影""风不定，人初静"等，无往不复，一唱三叹。至于"云破月来花弄影"一句的警策，在词史上更是为人所津津乐道。

（周啸天）

◇青门引

乍暖还轻冷，风雨晚来方定。庭轩寂寞近清明，残花中酒，又是去年病。　　楼头画角风吹醒，入夜重门静。那堪更被明月，隔帘送过秋千影。

此词为寒食怀思之作。上片写春寒天气与低落的情怀。寒潮形成的过程是，在冷空气到来前，气候潮湿而暖和；冷空气到来后，就会降雨，然后就是气温下降。"乍暖还轻冷"二句，写的正是寒潮到来的天气，风雨方定，正在降温，人最容易感冒，故李清照说"乍暖还寒时候，最难将息"。人的情绪本来也有周期性变化，有时晴转阴，有时阴转晴，而且也会受天气影响。寒潮到来，要多穿衣服，令人觉得不太愉快，何况是心中有事的人呢。"残花中酒"二句，也就是小晏所谓"去年春恨却来时"，远一点也就是冯延巳所谓"每到春来，惆怅还依旧""为问新愁，何事年年有"。

下片写入夜后的感觉，并逗漏怀人之意。"楼头画角"二句写夜境寂静，造句奇警。起码包含几层意思——本已入睡，却被画角吹醒；这时感到凉飕飕，又觉得是被冷醒；画角之声，因风传送特别嘹亮，故黄蓼园说"角声而曰风吹醒，醒字极尖刻"；夜深人静，画角吹过，更感觉重门深院之静。结末二句写人醒后所见，明月西斜，矮墙那边的秋千架的影子老长老长地伸到这边院里来。这比前面两句更为奇警，"那堪""送千影"云云，分明是怨意，不但将明月人格化，而且十分传神地写出怀思之意。《红楼梦》中贾宝玉行酒令有绝妙好辞云"女儿乐，秋千架上春衫薄"，那是有人的秋千，是动荡的秋千；这里写的却是空无一人的秋千，是一动不动的秋千。表情细微幽渺之至。

这首词无论是写环境，还是写心境，都相当细腻，表现了对人生敏锐尖新的感受，充分体现了词体的特长。

（周啸天）

●文同（1018—1079），字与可，梓州永泰（即今四川盐亭东）人。进士及第后，任过邛州、洋州知州，后改任湖州知州，未到任而病逝，世称"文湖州"。有《丹渊集》。

◇谢人寄蒙顶新茶

蜀土茶称盛，蒙山味独珍。灵根托高顶，胜地发先春。几树惊初暖，群篮竞摘新。苍条寻暗粒，紫萼落轻鳞。的皪香琼碎，䴔鬖绿茧匀。慢烘防炽炭，重碾敌轻尘。无锡泉来蜀，乾崤盏自秦。十分调雪粉，一啜咽云津。沃睡迷无鬼，清吟健有神。冰霜疑入骨，羽翼要腾身。磊磊真贤宰，堂堂作主人。玉川喉吻涩，莫惜寄来频！

蒙顶茶，产于四川雅安名山的蒙山之顶，故名。蒙顶茶是中国十大名茶之一。它历史悠久，从西汉时起，当地人就开始在蒙山种植茶树。陆羽在《茶经》中品评天下名茶道："蒙顶第一，顾渚第二。"唐诗人白居易也有咏蒙顶茶的诗句说："扬子江中水，蒙山顶上茶。"由是，蒙顶茶更加知名。可见，蒙顶茶是中国最古老的名茶品种之一，因此人们称它为"茶中故旧，名茶先驱"，是很恰当的。

作者生活的时代，虽然全国各地已经有了更多的名茶产地，但是蒙顶茶还是以它得天独厚的自然条件和非常悠久的制作历史葆有它的青春和活力，继续享誉海内外。所以文同得到别人赠送给他的蒙顶茶后，非常高兴，专门写了诗歌来表示谢意。

他是怎样表示谢意的呢？

首先，他还是先赞美一通蒙顶茶的好处。"蜀土茶称盛，蒙山味独珍。"这是总起，从它的盛誉和独特的茶味，来赞美它的天下无双。从"灵根托高顶"到"紫萼落轻鳞"，是说茶树的生长和茶叶的采摘：蒙山茶树生在高高的山顶，沾春很早，因而发芽也早，采摘也早，人们在茶树的枝条上寻找极细小的茶芽（即"暗粒"），剥落下承托嫩芽的鳞状薄片（"紫萼落轻鳞"），可见它的鲜嫩和珍贵。从"的皪香琼碎"到"重碾敌轻尘"，是说茶叶的制作：那些鲜亮（即"的皪"）的茶叶（以"香琼"代指），显得蓬松、嫩绿，个个完整而又均匀，对它们进行烘烤，要慢慢烘干而不能使用猛烈的炭火，这样碾制出来的茶的粉末，就和轻尘没有区别了。这是从制作的精心方面看，工艺特别考究，这样制作的茶，当然就有很好的质量了。

其次，是从自己喝了以后的感觉方面来说。从"无锡泉来蜀"到"堂堂作主人"这一大段，诗人说他用无锡惠山泉来烹煮，用秦地（"乾"是指乾县，"崤"是指崤山，都在今陕西，旧为秦国之地）出产的茶盏来盛茶汤，来调制像雪粉一样的茶末，一口就喝下了茶汤。这时，奇迹出现了：睡魔一下子被驱赶得无影无踪（"沃"，荡涤），于是朗声吟诵诗歌，觉得精神倍增；好像冰霜进入骨髓一样，浑身感到特别清爽，仿佛要长出翅膀来，腾空飞去一样了！这个时候，诗人觉得自己真是一个落落大方的、堂堂正正的地方长官了，能够做主处理一切政务。言下之意是说，喝了蒙顶茶，身轻体健，精力无穷，做起地方官来，也潇洒轻松多了！这是用非常夸张的笔法，来突出蒙顶茶的特殊效果，对于送茶人的谢意也就自然包含其中了。

最后，他不客气地说："玉川喉吻涩，莫惜寄来频！"——我就像唐代的玉川子卢仝（卢仝特别喜欢喝茶，写了《走笔谢孟谏议寄新茶》的诗歌，称自己喝了茶"两腋习习清风生"）那样，正在喉干唇燥的时候，您就不要嫌麻烦，今后经常多多地寄来吧！——读到这里，我们不禁为之一笑，诗人真是一个很通脱豪爽、不讲客气的人！

（管遗瑞）

————————

●曾巩（1019—1083），字子固，南丰（今属江西）人。嘉祐进士。官至中书舍人。为"唐宋八大家"之一。有《元丰类稿》。

◇寄献新茶

种处地灵偏得日，摘时春早未闻雷。
京师万里争先到，应得慈亲手自开。

曾巩是散文"唐宋八大家"之一，他的诗歌也写得不错。这首小诗，是写他在京城做官的时候，得到地方官员送来新茶的情景的。

这首小诗有几点值得注意：

一是诗中讲到好茶的条件。第一、二句使我们明白，好茶要种植在气候适宜的地方，特别是光照要很充分，这里的"偏得日"就是多得光照的意思，这样的茶叶质量就高。另外就是采摘一定要早，在春雷到来之前就要采摘，就像文同在《谢人寄蒙顶新茶》诗中描写的那样："苍条寻暗粒，紫萼落轻鳞。"在茶树的枝条上寻找极细小的茶芽（即"暗粒"），剥落下承托嫩芽的鳞状薄片（"紫萼落轻鳞"），这样采摘的茶叶就极其鲜嫩，也非常珍贵了。

二是第三句所说的"京师万里争先到"。在宋代，一到春天，各地的茶叶主产区就要争先恐后地向中央贡献新茶，不仅要给皇室贡献，也要给朝廷的高官进献，这已经形成了制度。一到春天，各地就忙忙碌碌地采茶、制茶，然后急急忙忙地往中央快送，看谁送得最早最好。由此可见各地官员春天到来时的忙碌，这里面自然也含着邀宠的成分；也可见各地老百姓为了贡茶而付出的辛劳，以及他们承受的沉重的负担。

三是官员们在得到新茶后，要首先请家里的长辈喝，这恐怕也是那时的一种礼节。所以，曾巩要请他的母亲来亲自打开这进献的新茶了，这里的"手自开"也就是喝茶的意思。这里自然也表现出诗人对母亲等长辈的孝敬之意。王禹偁在《龙凤茶》中也说："爱惜不尝惟恐尽，除将供养白头亲。"看来，那时的老年人是普遍地喜欢喝茶的，这也许和茶叶的提神醒脑、驱除疾病的功效不无关系吧！

（管遗瑞）

●王安石（1021—1086），字介甫，晚号半山，抚州临川（今江西抚州）人。宋仁宗庆历二年（1042）进士。嘉祐三年（1058）上万言书，提出变法主张。神宗熙宁二年（1069）任参知政事，行新法。次年拜同中书门下平章事。七年罢相，次年再相，九年再罢相，退居江宁（江苏南京）半山。封舒国公，旋改封荆，世称荆公。卒谥文。有《王临川集》等。

◇北客置酒

紫衣操鼎置客前，巾鞲稻饭随粱饘。引刀取肉割啖客，银盘擘臑槁与鲜。殷勤劝侑邀一饱，卷牲归馆餂更传。山蔬野果杂饴蜜，獾脯豕腊如炰煎。酒酣众史稍欲起，小胡捽耳争留连。为胡止饮且少安，一杯相属非偶然。

这首诗中说的"北客"，是指当时北方辽国的客人。嘉祐五年（1060）春天，王安石作为北宋的官员奉命送辽国的使臣归国，到白沟这个地方，受到辽国人员的盛情款待。这首诗大约就作于这个时候。

这首诗歌描写的宴饮情况，与当时的北宋相比，具有很浓郁的异国情调，在宴饮诗中别有一种风味。诗歌主要是从三个方面来描写这种特异情调的：首先是待客的人员，这些穿着大红大紫的衣服的辽国主人们，亲自把装满佳肴的鼎摆到客人面前，又端上稻米饭和稠米粥，还亲自动手割肉给客人吃，吃饱了还不算，又把那些多余的肉包好，要客人带到居住的馆里去下酒。在南方，主人待客很少有这样一切亲自动手的，可见这些北客真是非常殷勤，把宋朝的官员真正当作了贵宾。其次是食物的不同，前面已经提到的割肉，是蒸煮或烧烤的全猪、全羊之类的北方少数民族特有的待客食物，这在生长于南方的王安石看来，就已经很新鲜了，接下来还有"山蔬野果杂饴蜜"（饴蜜是酿成糖浆的蜂蜜），还有烧烤的獾脯，还有煎炸的野猪腊肉，等等，一一都是北方的土产，是南方很难遇见的，这些食物鲜明地体现出异国情调，让人开阔了眼界。再次就是待客的方式了，南方待客，特别是在外交场合，总是小心谨慎而又温文尔雅，而这些北客却全然不顾这些礼节，他们从一出现在宴会上，就处处表现出一种不拘细节、热情豪爽的性格来。不仅如此，连北客的小孩子们也极其热情豪爽，就在王安石他们吃饱喝足了准备起身告辞的时候，小孩居然揪住客人的耳朵不放，这真是惊人之举，恐怕客人们也始料不及而现出窘态来了吧！这种近乎粗豪的举动，自然会给宴会平添许多热闹的气氛，也体现出辽国人员与宋朝使者之间的亲密关系。

从以上这些方面，作者作了比较细致的描写，生动形象地表现出了这次外交宴会的特有风采。宴会上的一切都显得这么融洽和谐，大家的心情自然也就轻松愉快了。由于主人们的殷勤深深地感动了宋朝的使者，所以诗歌最后说："为胡止饮且少安，一杯相属非偶然。"既然辽国主人这样热情，那我们就既来之则安之，多坐一会儿陪陪他们吧，能有今天这样一次聚会也真是很不容易啊！言下之意，是深深地为两国之间的和睦相处而欣慰。这不仅体现出王安石的睿智、善解人意，而且，也表现了一个大国使者的宽广胸怀和雍容气派。

（管遗瑞）

◇寄茶与平甫

碧月团团堕九天，封题寄与洛中仙。

石楼试水宜频啜，金谷看花莫漫煎。

这首诗是王安石送茶给他的弟弟王安国（字平甫）时写的，也算是"以诗代书"，给弟弟的一封简短的书信吧！王安国，赐同进士出身，任过西京国子监教授、崇文院校书等职，诗文也都作得很好。

这次诗人寄给弟弟的茶是团茶，所以他用青天圆月来作比喻，很贴切。而且，这个团团碧月还是从天上掉下来的，意思是皇帝赏赐的，所以非常珍贵。当时，王安国正在北宋的陪都洛阳（北宋以洛阳为西京，汴梁也就是开封为东京）做国子监教授，所以诗人说他是"洛中仙"。这里有轻微的调侃的意思，见得两兄弟的亲密关系。

后两句关系到当时喝茶的一个习惯问题。据唐代李商隐在《义山杂纂》中所说，有十六种情况属于煞风景，如"看花泪下""煮鹤焚琴""松下喝道"等，"对花啜茶"也是其中一种。所以王安石对他弟弟说，你在洛阳香山的石楼游玩时，可以多多地喝茶，但是在金谷园（在洛阳东北，西晋富豪石崇建园于此，名叫金谷园，极尽奢华之能事）看花的时候，不要煎饮茶，因为"对花啜茶"是煞风景的事情啊！

这后两句也有和他弟弟开玩笑的意思，言下之意是，既然有这么好的茶叶，就一定要高高兴兴地好好喝，不要随随便便地糟蹋了呀。全诗轻快活泼，而又意味深长，是咏茶诗中不可多得的佳作。

（管遗瑞）

●王令（1032—1059），字逢原，广陵（今江苏扬州）人。以教书为生，为王安石所推重。有《广陵先生文集》等。

◇谢张和仲惠宝云茶

故人有意真怜我，灵荈封题寄筚门。
与疗文园消渴病，还招楚客独醒魂。
烹来似带吴云脚，摘处应无谷雨痕。
果肯同尝竹林下，寒泉犹有惠山存。

作者王令是北宋的一位布衣，以教书为生，一生没有做官，但诗写得不错。送给他茶叶的张和仲，名次夔，字和仲，福建浦城人，曾经任过西安令、兴国军通判等职。这里诗题上说到的宝云茶，因产于杭州的宝云山，故名。当时杭州的茶，只有香林茶、白云茶和宝云茶入贡，很是珍贵。

诗人得到这难得的好茶，是很高兴的。他怀着感激的心情给张和仲写了这首诗，表示感谢。第一联就是这个意思，"真怜我""寄筚门"，就反复说明了老朋友对自己的一片深情关心，感激之情见于言外。第二联用了两个典故：一个是"文园消渴"，西汉文学家司马相如曾经在汉文帝的孝文园做过孝文园令，得过消渴疾，也就是现在的糖尿病；另一个是"楚客独醒"，战国时诗人屈原遭到流放以后，在江潭遇见渔翁，说"众人皆醉我独醒，是以见放"。作者以司马相如和屈原来比况自己，说张和仲寄来的茶叶正好用来疗治自己的消渴疾，并且可以用来解酒以使自己保持清醒，简直就是雪中送炭了。这两句，仍然是感谢的意思，但是进了一步，说明张和仲是非常了解自己的知心朋友，见出两人的亲密关系。

诗歌也正面称赞了茶叶的美好。"烹来似带吴云脚，摘处应无谷雨痕。"诗人看见自己用张和仲馈赠的宝云茶烹出的茶汤，表面因为浓淡程度不同而呈现出了云气之状，就像江南袅袅升起的烟云一样，那样可爱；他因而料到这一定是谷雨之前采摘的"雨前茶"，茶叶和茶汤才这样鲜嫩美好。这一联描写得很形象生动，特别是比喻，和茶叶的产地联系在了一起，构成了自然而美好的一个整体，让人引起丰富的联想。这一联，也是在委婉地表示感谢，只是换了一个角度而已。

诗歌的结尾很有新意："果肯同尝竹林下，寒泉犹有惠山存。"这里忽然掉开笔触，想到将来的聚会。"您如果真的肯光顾寒舍，一起来品尝这宝云美茶，我这里还存着清洌的惠山泉水哩！"这是诗人对老朋友的殷切期望，期望他有朝一日能够来到家里聚会，那时大家一起用惠山泉水来煮茶，促膝品茗，畅叙友情，该是多么美好的事情！这里，进一步表现了诗人对老朋友的想念，情意深挚而又自然真切，全诗充满了动人的诗思。

（管遗瑞）

●苏轼（1037—1101），字子瞻，一字和仲，号东坡居士，眉州眉山（今属四川）人。苏洵子。嘉祐进士。曾上书力言王安石新法之弊，后以作诗"谤讪朝廷"下御史狱，贬黄州。哲宗时任翰林学士，曾出知杭州、颍州，官至礼部尚书。后又贬谪惠州、儋州。历州郡多惠政。卒谥文忠。有《东坡七集》《东坡易传》《东坡书传》《东坡乐府》等。

◇与莫同年雨中饮湖上

到处相逢是偶然，梦中相对各华颠。
还来一醉西湖雨，不见跳珠十五年。

苏轼一生曾经两次在杭州任职，这首诗是第二次亦即宋哲宗元祐四年（1089）以龙图阁学士身份离开京城汴梁（今开封），出任杭州太守以后写的，这时作者已经五十四岁了。这次，他是和他的"同年"也就是同榜进士莫君陈一起游览西湖并一起喝酒的。莫君陈字和中，吴兴人，这时任两浙提刑。这首诗的前两句就是慨叹他们二人的这次相逢，很是偶然，有如梦中一样，看看对方的头发都已经花白了，不禁相对唏嘘，感叹时光的易逝！

后面两句，写这次游湖也正值下雨之时，不觉想起了十五年（实际应该是十七年，恐系苏轼误记）前雨中游览西湖的往事。那是宋神宗熙宁五年（1072），苏轼才三十七岁，他正在杭州通判的任上，六月二十七日他在西湖昭庆寺前的望湖楼上喝酒，忽然下起大雨来，不觉诗兴勃发，写下了著名的《望湖楼醉书五绝》，其中第一首就是："黑云翻墨未遮山，白雨跳珠乱入船。卷地风来忽吹散，望湖楼下水如天。"想不到十多年以后，又来西湖雨中饮酒，欣赏那"白雨跳珠乱入船"的景象。诗句中透露出惊喜的心情，隐含着对往昔的追怀和忆念之意。不过，这追忆的"跳珠"，这风雨，可不是自然景象，而是惊心动魄的政治风雨。此时他一定会想到，他当年是因为不赞成王安石变法中的某些过于激进的做法，才不得不从朝中来到杭州做通判的，以后，他又从杭州到山东密州、江苏徐州、浙江湖州任太守。就在湖州任上，元丰二年（1079）七月，御史台以苏轼诗文中的有关词句，构陷他谤讪朝廷，八月被押赴御史台狱，酿成了历史上著名的"乌台诗案"，差一点丢了脑袋。后经多人共同营救，才于这年底贬谪湖北黄州充团练副使，本州安置，不得签书公事，实际就是被管制，度过了五年多的贬谪生活。以后，由于政治形势的变化，他又被启用为山东登州太守，不久回朝任中书舍人、翰林学士知制诰。此时，司马光执政尽废新法，苏轼又为新法中某些可行的措施而辩护，得罪司马光，屡遭群小的攻击，于是他又出为杭州太守。这十多年时间，真是风云变幻，个人经受了不知多少磨难，如今，没有想到还能有机会和莫同年一起，在雨中的西湖对饮，来回忆当初的情景，也真有些"相对如梦寐"的感觉了，自然也有庆幸的意思。

全诗从前两句看来，颇有些世事无常、人生若梦的消极情绪。但是转到后两句，从雨中醉酒、喜看跳珠的心情中，又从消极中振拔出来，表现出了对现实人生的肯定、赞赏的态度，所以整首诗读起来仍然给人以积极向上的精神，使人感奋。这也是苏轼诗文的一个特点。

（管遗瑞）

◇月夜与客饮杏花下

杏花飞帘散余春，明月入户寻幽人。褰衣步月踏花影，炯如流水涵青萍。花间置酒清香发，争挽长条落香雪。山城酒薄不堪饮，劝君且吸杯中月。洞箫声断月明中，惟忧月落酒杯空。明朝卷地春风恶，但见绿叶栖残红。

这首诗是元丰二年（1079）在徐州作的，当时苏轼正在徐州太守任上。据《东坡志林》记载："仆在徐州，王子立、子敏（即王适、王遹兄弟）皆馆于官舍，而蜀人张师厚来过，二王方年少，吹洞箫饮酒杏花下。"这里具体说明了题目中的客人是谁，以及当时的一些情况，为理解这首诗提供了背景。吴鹭山、夏承焘等所著《苏轼诗选注》中说："这诗清新超逸。先写月下杏花，接写花间饮酒，最后深忧洞箫声断，月落杯空，更怕明天风恶花残，好景不长。正是当时政治上的风云变幻在作者思想上的反映，也是作者人生如梦、及时行乐思想的流露。"所说大致是不差的。

苏轼以学识广博著称，他的诗歌大多引经据典，用古事古语较多，和黄庭坚一样，是宋诗风格的代表作家。但是用得多了，也有"事繁而才损"的感觉。而这首诗，却是没有用典，只是就当时情况如实地信手写来，显得清新流畅，自然飘逸，很有些李白的风格。尤其是其中写

杏花和明月、洞箫的部分，非常精彩。开始四句，是写自己还在屋里，
明月把杏花的影子照进来，斑驳扶疏，好像是在特意寻找自己一样，可
见明月的多情。于是就撩起衣服信步走了出来，步月踏影，看见那清亮
的月光照着杏花，就像水中荡漾着藻荇一样，清景无限！这使人想起他
在后来写的《记承天寺夜游》中的句子："遂至承天寺寻张怀民。怀民
亦未寝，相与步于中庭。庭下如积水空明，水中藻、荇交横，盖竹柏影
也。"诗中写杏花，与这里的竹柏，真是具有异曲同工之妙，不觉叫人
惊叹这绘影绘形的传神之笔了！

　　诗中在写明月、洞箫时又充分发挥了自己的想象。酒杯在花下，
月亮在酒杯中，诗人喝的不是酒，而是杯中明月。这样写，非常富有浪
漫色彩，显示出诗人的无限情思。那洞箫声起，"其声呜呜然，如怨如
慕，如泣如诉，余音袅袅，不绝如缕"（《赤壁赋》），又给这一切，
罩上了一层更加迷离朦胧的梦幻色彩，整个的花下饮酒场面，简直就是

神仙的境界了。这些地方，充分表现了苏轼诗歌的艺术天才。他一旦不用典，信笔直写，反而新颖，又另是一番令人叹赏的境界了。

（管遗瑞）

◇汲江煎茶

活水还须活火烹，自临钓石汲深清。
大瓢贮月归春瓮，小杓分江入夜瓶。
雪乳已翻煎处脚，松风忽作泻时声。
枯肠未易禁三碗，坐听荒城长短更。

这首诗是宋哲宗元符三年（1100）苏轼在海南岛的儋州写的。此时他已经六十多岁，被贬谪到荒远的海南岛已经三年。他的生活过得很苦闷，经常以读书、写诗、饮酒、喝茶来打发时光，排遣心中的抑郁。这首诗歌，就是在这种情况下写作的。

这首诗主要是写茶叶的烹煮方法。

第一句是关键，"活水还须活火烹"，这是苏轼烹茶的经验总结，也贯穿了全篇。"活水"是指流动的水，"活火"是指有炭焰的猛火，他的经验是烹茶要用活水加猛火来煮，烹出来的茶汤才特别鲜美。所以，他就在月明之夜亲自到临江钓鱼的大石上汲取江心的活水，然后把水取回来用猛火煎煮。果然，猛火一煮，锅里的白色蒸汽就袅袅升起，等到沸腾的时候锅里茶汤脚也随之翻滚浮动，那声音真像是松风呼啸，非常动听。他连续喝了三碗还觉得余兴未尽，坐着一边喝茶一边听这荒城打更报时的声音：这声音在荒城的静夜里单调而沉闷地响着，一声声敲击在诗人的心上，觉得这荒城的暗夜是那样旷远无际，个人的境遇也更加孤独而凄凉！"枯肠未易禁三碗"，是用了唐代卢仝的诗歌《走笔谢孟谏议寄新茶》中"三碗搜枯肠"的句意，但是苏轼这里是反用其意，说喝了三碗还不够，言下之意是自己用"活水还须活火烹"的办法煎煮的茶，真是美不可言，喝不够的。这就和篇首的意思紧密呼应，结构显得非常完美。

这里特别值得称道的是第二联："大瓢贮月归春瓮，小杓分江入夜瓶。"这本来是很简单的事情，无非是说用大瓢把活水舀到瓮里，拿回家又用小勺从瓮里把水舀到煎茶的锅里，如此而已。如果我们这样平板写来，那就毫无诗意可言了。但是苏轼在这里做了高度的艺术处理，他把江水、明月和舀水动作紧密地联系在一起，不仅写出了月夜江边的自然景色，还写出了诗人特别的感觉：明月映在江里，用瓢舀水，仿佛舀起了月亮；回家用小勺把水舀到煎茶的锅里，又好像在为江水分流，把月亮也分到了锅里。这样，茶叶和江水、和明月一起煮来，那味道自然就格外不同，分外香美了。这样写来，运用丰富的艺术联想，就把简单的舀水，写得情趣盎然，具有丰富的诗意了。我们今天读来，也油然生起对诗人高超的艺术才能的敬佩。

（管遗瑞）

◇惠山谒钱道人烹小龙团登绝顶望太湖

踏遍江南南岸山，逢山未免更留连。

独携天上小团月，来试人间第二泉。

石路萦回九龙脊，水光翻动五湖天。

孙登无语空归去，半岭松声万壑传。

茶，不光具有提神醒脑和驱除疾病的功效，文人雅士临水登山也少不了它来助兴。苏轼在这方面很讲究，登临之际大多要喝茶，他这方面的作品也比较多。

诗题中的惠山，就是无锡的惠山。钱道人，是作者的朋友钱安道的弟弟，为惠山寺的长老。小龙团，是宋代建安的贡茶，小片而印有龙纹的团茶。太湖，在江苏省南部，在江浙两省之间，是我国的第三大淡水湖，风景优美。

第一联是平平叙起，虽有流连山水的兴致，但是"踏遍江南南岸山"，包含着在贬谪中转徙穷荒的人世沧桑之感，心情仍然是沉重的。第二联是一个"流水对"，如今带着皇上赐给的像圆月一样的小龙团茶叶，来到"天下第二泉"的惠山泉品尝泉水和茶叶，诗句轻松流畅，可见诗人欣喜的心情。第三联是登高望远的情景：他登上石路曲折的"九龙脊"（九龙山又名冠龙山，据陆羽《惠山寺记》："山有九龙，若龙之偃卧然"），放眼望去，但见万顷太湖（也叫五湖）水光翻动，烟波浩渺，一望无际。这一联对得非常工整，而境界也很阔大，表现出苏轼宽阔的胸襟和浩然正气。

最后一联："孙登无语空归去，半岭松声万壑传。"是抒写这次登临的感慨。孙登是三国时魏国人，隐居在汲郡山中，好读《周易》。他有一次和嵇康交游，对嵇康说："子才多识寡，难乎免于今之世矣。"以后嵇康终于被司马昭等人诬陷杀害，临死前作了一首《幽愤》诗道："昔惭柳下，今愧孙登。"这里，诗人是以嵇康自比，说明自己因谈论王安石新法的弊病而受到排挤，被迫出京任职。自己今后的情况怎样呢？连孙登这样的人也不好预测，只好无语而去了。言外之意是诗人充满了对于未来前途的担心，内心深处是难以排遣的惶恐和不安。这时候，他听见宏大的松涛声响起来，在山谷间回荡，这松涛的鸣响似乎更加助长了他的忧愤的情怀。这是以景作结，诗人的心情就融化在这万壑松声之中，让读者自去领会，留下了深厚而悠长的诗意。

苏轼的诗歌题材广阔，风格清新豪健，语言畅达。他也很喜欢喝茶，经常和僧人、文士品茗，表现出他作为文人的闲情逸致，也表现出佛、老思想对他的深刻影响。他对吴道子的绘画有这样的评说："出新意于法度之中，寄妙理于豪放之外。"用这两句话来评论苏轼的诗歌，也是很恰当的。

（管遗瑞）

●晏几道（1038—1110），字叔原，号小山，抚州临川（今江西抚州）人。晏殊第七子。曾因郑侠上书请罢新法牵连入狱。后任颍昌府许田镇监。晚年退职家居。有《小山词》。

◇鹧鸪天二首

　　彩袖殷勤捧玉钟，当年拼却醉颜红。舞低杨柳楼心月，歌尽桃花扇底风。　　从别后，忆相逢，几回魂梦与君同。今宵剩把银钉照，犹恐相逢是梦中。

　　"人间别久不成悲"，诗句其实包含一种深层的悲哀。小晏词多写别后之悲，而此词又兼写重逢之喜，充满梦幻的感觉。

　　上片追忆当年相聚之乐。酒宴上至今有"舍命陪君子"一说，当然也可以"舍命陪红颜"，图的是一个尽兴——"彩袖殷勤捧玉钟"写的正是这种情形，"拼却醉颜红"的"拼却"，正是"舍命"的意味。而那"彩袖"的歌女在悦己面前，也显得举措自在，尽兴歌舞——在杨柳围绕的高楼中翩翩起舞，摇动着绘有桃花的扇子缓缓而歌。"舞低杨柳楼心月"，是说歌舞的时间之久，几乎通宵达旦，直舞到月亮落下去，说的是尽兴。"歌尽桃花扇底风"的"风"字用得别致，或谓指歌声振荡出的声气（如卢照邻《长安古意》"清歌一啭口氛氲"），或谓指

扇子摇出的风。诸说不同，我取吴世昌先生之别解，谓此"风"即"国风""风诗"之"风"——盖古人于歌扇一面画桃花，一面列曲目如今日歌厅之点歌单，以便于客人点歌。"歌尽桃花扇底风"即当晚唱完所有曲目，说的还是尽兴。这四句写回忆中情景，不免主观渲染，颇具词彩，"彩袖""玉钟""醉颜红""杨柳楼""桃花扇"等辞藻，织成一片绚烂，恰是忆境。

下片写别后相思和久别重逢。词中有两个"相逢"，一指过去的相聚，一指眼前的重逢。于别后苦情，一言以尽之："几回魂梦与君同"——多少次在梦中见到你啊，然而每一次醒来，都发现原来是梦，原来是一场空欢喜。接下来写意外重逢，亦承此意，说眼前重逢本来是真的，但还是不敢相信，还是疑心是梦。语本杜甫《羌村三首》"夜阑更秉烛，相对如梦寐"，而道出的是一种普遍的心理现象，一种普遍的人生况味。先是写梦如真，然后写真疑梦，更造成一种迷离恍惚之感，深刻地表现了人生若梦的主题。"今宵剩把银釭照"的"剩"字，或注为再三。但也可依本字解会，是说目前只剩一盏银灯，一个字就扫空上片所说的"彩袖""玉钟""杨柳楼""桃花扇"种种，遂有不胜今昔之感见于言外。因此，重逢虽有一番惊喜，回思往事，又难免有昨梦前尘之感。

此词在艺术上颇具音情之妙，配合梦幻的主题，词中用了二十多个前、后鼻音的字：殷、勤、钟、年、颜、红、杨、心、尽、扇、从、相、逢、魂、梦、君、同、今、剩、银、釭、恐、相、逢、梦、中等，约占全词字数的一半。这些鼻音字读起来，织成一片嗡嗡之声，将人引入一种似梦非梦的境界，恰好与词情配合，增强了感染力。这种处理不像是刻意的造作，而可能是凭感觉把握的结果。

　　小令尊前见玉箫，银灯一曲太妖娆。歌中醉倒谁能恨，唱罢归来酒未消。　　春悄悄，夜迢迢，碧云天共楚宫遥。梦魂惯得无拘检，又踏杨花过谢桥。

词亦怀人之作。上片回忆往昔。唐范摅《云溪友议》载有一个两世姻缘的故事：韦皋与姜辅家侍婢玉箫有情，相别七年后玉箫绝食死，再世为韦皋侍妾。"玉箫"代指旧时相好。四句写歌筵尽欢尽醉的情事，句句有歌（"小令""一曲""歌""唱"），亦几乎句句有酒（"尊前""醉""酒"），故颇饶唱叹韵味。"妖娆"有心许目成之意，著一"太"字，则成激赏。喝醉不免失态，但没法自制——"谁能恨"则是终不悔的意思。"酒未消"也包含意未消的意思。词人任情、率真的禀性，在此得到充分的表现。

下片写别后相思。春日寂寥，故曰"悄悄"；愁来夜长，故曰"迢迢"。这不是一般春夜的感觉，而是相思情切的表现。下句包含两个语典。一本江淹诗"日暮碧云合，佳人殊未来"，后人多用"碧云天"寓托怀思之意。一本李商隐诗"巫峡迢迢旧楚宫，至今云雨暗丹枫。微生尽恋人间乐，只有襄王忆梦中"，"楚宫"一词隐含昨日风流故事，著"共遥"二字，则表达了"去者日以疏"的恋旧情结。末二句写相思到极，寤寐求之，为全诗警策。人生天地间，受着各种制约，拘检颇多，正因为如此，自由才成为最高的理想。而作为潜意识产物的梦境这东西，却有"无拘检"的好处，能满足人在现实中无法实现的愿望。于是此夜，词人的梦魂，又踏着满地白花花的柳絮，走过谢桥，重访意中人去了。

词人化用了张泌《寄人》诗意："别梦依依到谢家，小廊回合曲阑斜。多情唯有春庭月，犹为离人照落花。"也有创新，夜路上白花花的柳絮，是从月照落花的意境中翻出。点出梦魂"无拘检"，与不自由的人生对照，也是新意。"惯得""又"字，则表明类似的梦不止做过一次，即"几回魂梦与君同"也。而踏花过桥，更活生生展现了梦游情景，较之"别梦依依到谢家"具体生动多矣。据《邵氏闻见后录》载，与小晏同时的程颐读了这两句，笑道"鬼语也"，意甚赏之。连头巾气很重的道学家都受到感染，说明这两句确实富于魅力。

（周啸天）

◇蝶恋花二首

　　醉别西楼醒不记，春梦秋云，聚散真容易。斜月半窗还少睡，画屏闲展吴山翠。　　衣上酒痕诗里字，点点行行，总是凄凉意。红烛自怜无好计，夜寒空替人垂泪。

　　词亦伤逝。回首西楼欢宴，已如幻如电，如昨梦前尘。白居易《花非花》云："来如春梦几多时，去似朝云无觅处"，晏殊《木兰花》袭其句，改"朝云"为"秋云"，对仗更工。"春梦秋云"象喻美好而不能持久的事物，偏于爱情而言。"聚散"则偏义于"散"。

　　眼前斜月半窗，词人却不能成寐，画屏上景物特别平静悠闲，反衬出他心境的寂寞无聊。"衣上酒痕"是欢宴留下的印迹，"诗里字"是筵席上题写的词章，本是欢乐生活的表记，而今只能引人神伤了。

　　末二句借用杜牧"蜡烛有心还惜别，对人垂泪到天明"，另作构思：蜡烛也似同情于人，却又自伤无计消除主人心头的凄凉，只得在寒夜中替人垂泪了。浑成不如小杜，却自具新意。

（周啸天）

　　梦入江南烟水路，行尽江南，不与离人遇。睡里销魂无说处，觉来惆怅消魂误。　　欲尽此情书尺素，浮雁沉鱼，终了无凭据。却倚缓弦歌别绪，断肠移破秦筝柱。

上片写梦里相思。一起化用岑参"洞房昨夜春风起，遥忆美人湘江水。枕上片时春梦中，行尽江南数千里"（《春梦》），而"不与离人遇"，却是自作语。梦里销魂未平，觉来惆怅又起，这"销魂"还真误人不浅哩。

下片写醒后排遣。排遣的办法之一是写信，麻烦在信封上地址无法写；就算能写，对方也未必准能收到；就算收到，也未必准能回信。排遣办法之二是奏乐，乐器是秦筝，欲借低音缓弦抒发感伤，弹奏之前，不免移遍筝柱调节音高。全词语言清畅，而抒情有递进、有顿挫，故沉挚有力。

（周啸天）

●黄庭坚（1045—1105），字鲁直，自号山谷道人，晚号涪翁，洪州分宁（今江西修水）人。"苏门四学士"之一。治平进士。哲宗时以校书郎为《神宗实录》检讨官，迁著作佐郎，以修史"多诬"遭贬。有《山谷集》《山谷琴趣外篇》等。

◇双井茶送子瞻

人间风日不到处，天上玉堂森宝书。

想见东坡旧居士，挥毫百斛泻明珠。

我家江南摘云腴，落硙霏霏雪不如。

为君唤起黄州梦，独载扁舟向五湖。

茶叶，是馈赠佳品，朋友相送，也是表示友谊的一种方式。这首诗就是黄庭坚送茶给苏轼而写的。这是宋哲宗元祐二年（1087）的事，苏轼在东京汴梁（今开封）任翰林学士知制诰，黄庭坚亦在朝廷任著作佐郎。

黄庭坚比苏轼小十岁，是北宋著名的诗人，他和秦观、张耒、晁补之都是苏轼的学生，号称"苏门四学士"。他的诗歌和苏轼齐名，并称"苏黄"。黄庭坚是"江西诗派"之祖，从他那个时候开始一直影响到清代，非常久远。他的书法，和苏轼、米芾、蔡襄并称"宋四家"。总之，他和苏轼一样，是一个多才多艺的艺术天才。他一生和苏轼保持着友好而亲密的关系，在文学艺术上互相推重，特别在政治上，苏轼得罪贬官总是牵连到他，多次被贬谪到荒远地方接受管制，而黄庭坚无怨无悔，和苏轼的感情更加亲近。所以，这一次送茶给苏轼，绝不是两个普通人之间的一般馈赠，而是北宋文坛两个文艺巨人亲密交往的一段佳话。

黄庭坚这次送给苏轼的是他家乡的双井茶。黄庭坚的家乡在洪州分宁，双井是分宁一个产茶的地名。欧阳修在《归田录》中说："草茶以双井为第一。"可见双井茶是很有名的好茶。而以家乡的茶叶相赠，其中已经包含了一种亲密的友情。

诗歌的第一联是写苏轼在翰林院所处的环境：不受风吹日晒，清静幽深，宝书如林，就好像神仙居住的天堂一样。第二联是想象苏轼写文章的情景。苏轼在元丰二年（1079）因为"乌台诗案"被贬官到黄州，在东坡筑室，自号东坡居士。这时苏轼已经重新回到朝廷任职，所以说是"旧居士"。黄庭坚很钦佩苏轼的文才，想象他正在挥笔写文章，文辞就像千斗明珠那样倾泻而下，极言其文思之敏捷，文才之富赡。第三联就向苏轼夸赞自己家乡的茶了："云腴"是指茶树在山腰的云雾间生长得特别茂盛，此处是代指茶；这种很好的茶叶用小石磨（砣音未）研磨出来，就是雪花也比不上它的洁白。唐宋人饮茶，大多是先把茶叶磨碎，然后烹煮，和今天用开水泡散茶不一样。相信苏轼看见了黄庭坚送的这么好的茶，一定是很高兴的。

诗歌的最后一联，意义就很深刻了。当时，苏轼虽然被朝廷重新启用，但是由于他反对司马光"尽废新法"的政治举措而受到攻击，一些宵小之徒也趁机弹劾苏轼，苏轼曾经四次上书请求外任，未获批准，处境非常艰难。有鉴于此，黄庭坚给苏轼出主意，希望他吸取被贬黄州的教训，作退一步的打算，就像春秋时候越王勾践的谋臣范蠡那样，趁早脱离政治斗争的旋涡，"乘轻舟以浮于五湖（即太湖）"。这是在风云变幻的官场中，黄庭坚对自己的老师的忠告，也是对苏轼的爱护和体贴，体现了他对苏轼非常敬重而又非常关切的心情。

诗歌由送茶而落脚到政治规劝，一路顺势写来，流利畅达而又情意深厚，表现了黄庭坚诗歌风格的又一个侧面。

（管遗瑞）

◇阮郎归

　　烹茶留客驻金鞍，月斜窗外山。别郎容易见郎难，有人思远山。　　归去后，忆前欢，画屏金博山。一杯春露莫留残，与郎扶玉山。

《阮郎归》是词牌名。作者在题目下原有小注："效福唐独木桥体作茶词。"据清代万树《词律》卷四说："黄山谷此词全用'山'字为韵，辛弃疾作《柳梢青》词全用'难'字为韵，注云：'福唐体即独木桥体也。'"并谓："其源出于《楚辞》，今南北曲亦演之。"又清代沈雄《古今词话·词品》上卷说："骚体即福唐也。"根据这些解说，可知所谓"独木桥体"源出于《楚辞》，也就是词中押韵的地方都用同一个字。这其实近于一种文字游戏，但是作得好的，也能达到很高的艺术境界。

黄庭坚这首咏茶的"独木桥体"词，通过一个女子的"烹茶留客"，表达了对一个男子的爱慕和依恋，写得情意真切而动人。

词的上阕，先说女子和男子终于见面了，于是就烹茶留住他。为什么要留住他呢？因为女子在他上次离去以后，就一直怀着离愁别恨，"别郎容易见郎难"（从李煜词《浪淘沙》"别时容易见时难"中化出），有多少个不眠的月夜在思念着他啊！此时之所以要烹茶留住他，是因为怕他又匆匆离去了。下阕一开始就追忆他们以前曾经有过的欢聚，欢聚的居处有华美的屏风，有金制的博山香炉，炉烟袅袅，那聚会一定是很温馨的。最后两句又回到眼前，痴情的女子在烹茶留住男子以后，又进了一步，请男子喝酒（这里的"春露"是指酒），而且要他不停地干杯，要是醉了就扶着他。这里"与郎扶玉山"，是用了《世说新语·容止》中的故事："嵇叔夜之为人也，岩岩若孤松之独立；其醉也，傀俄若玉山之将崩。"嵇叔夜就是晋代的美男子嵇康，当时人形容他喝醉了酒就像玉山崩颓。这里是借这个典故中的人物来比喻女子眼前的心爱的男子，女子的形象聪慧、机灵而又痴情，被刻画得栩栩如生。

这是一对青年男女的爱情欢会，词作写得生动感人，很有生活气息，而茶在其中又起了很重要的作用。要是没有这茶，这女子又该怎么办呢？——不过，看来这男子倒是很喜欢喝茶的，一留即住了。

（管遗瑞）

◇品令·茶词

凤舞团团饼。恨分破、教孤令。金渠体净，只轮慢碾，玉尘光莹。汤响松风，早减了、二分酒病。　　味浓香永。醉乡路、成佳境。恰如灯下，故人万里，归来对影。口不能言，心下快活自省。

《品令》也是词牌名。关于这首词，清人黄苏在《蓼园词评》中有很简要精到的解说："首阕'凤舞'至'玉尘'，言茶之形象也。'汤响'二句，言茶之功用也。二阕'味浓'三句言茶之味也。'恰如'以下至末，言茶之性情也。凡着物题，止言其形象则满，止言其味则粗。必言其功用及性情，方有清新刻入处。苕溪称结末三四句，良是。以茶比故人，奇而确。细味过，大有清气往来。"

还有两点值得注意。一是为了更好地表现对茶的珍爱，作者采用了拟人化的手法，赋予茶以人的品格和灵性，茶就被写活了。本来只是印有凤纹的团茶（"凤舞团团饼"一句中的"舞"字，用得极妙，使得全句一下子生动活泼起来），研末时要掰开，词中却说"恨分破、教孤令（令同零）"，使团茶有了人的感情，爱惜之情见于言外。接下来三句，"金渠体净，只轮慢碾，玉尘光莹"，是说金了做的碾茶的碾槽很干净，一只轮子慢慢地碾出洁白的茶末来，这里虽然不是拟人，但是和前面的拟人联系起来，似乎这一切都有了感情，词句也就更加动人了。下阕说"恰如灯下，故人万里，归来对影"，就更是直接以人比茶了，而且是比作与从万里归来的老朋友在灯下聚谈，其关系之密切，感情之深厚，就更加明白热烈了，把对茶叶的爱惜之情，表达得淋漓尽致而又入木三分。

另一点是，作者直接采用苏轼的诗句入词。苏轼的原诗是这样的："我官于南今几时，尝尽溪茶与山茗。胸中似记故人面，口不能言心自省。"（《和钱安道寄惠建茶》）作者把苏轼的诗句进行分拆、重组，使之适合于词牌规定的声韵，而变为："恰如灯下，故人万里，归来对影。口不能言，心下快活自省。"句子中保留了"似记故人面"这个基本意思，在个别地方进行了增损，读来抑扬顿挫，获得了很好的艺术效果。这种方法与"檃栝"有些相似，但又不同，只是局部变化借用，这是黄庭坚词作中经常使用的一种手法。

（管遗瑞）

●朱淑真（约1078—约1138），女，号幽栖居士，钱塘（今浙江杭州）人，一说海宁（今属浙江）人。南宋初年在世。出身仕宦之家，尝随父宦游吴、越、荆、楚间。相传因婚嫁不满，抑郁而终。能画，通音律，工诗词，多述幽怨感伤之情。有《断肠集》《断肠词》。

◇宴谢夫人堂

竹引清风入酒卮，森森凉气暗侵肌。
冰峦四叠浑无暑，不似人间六月时。

这首小诗是宋代的著名女诗人朱淑真写的，文字浅显通俗，但是读完以后，您明白它说的是什么吗？它说的是以冰盘当空调的事。

您想，盛夏本来就炎热难当，宴会的时候又好多人集中在一起，还有热腾腾的菜肴，那就更是其热难耐了。古代自然还没有发明空调，但是我们的祖先很聪明，他们想了一个办法，就是在宴会厅里四面放上装满冰块的盘子，冰块在慢慢融化的过程中就吸掉了热量，屋子里就凉快起来，大家宴会饮酒就不再热了。这种运用冰盘的方法，早在唐代就有了，比如岑参的诗里就写道："冰片高堆金错盘，满堂凛凛五月寒。"看来制冷的效果还不错。朝廷也有夏季向臣子赐冰的事情，得到冰块算是享受了荣宠的待遇。到了宋代运用就较为普遍了，一些商店里也摆着冰块售卖，《东京梦华录》就有当街"堆垛冰雪"的记载。朱淑真的这首诗，反映了当时用冰盘消暑的生活情况，是非常真实的。

宋代的士大夫还有暑月宴客，在席上置矾山，堆于盘中，用以象冰的。陆游《入蜀记》就曾记载："乾道六年（1170）闰五月二十五日晚，叶梦锡侍郎衡招饮，席间置矾山数盆，望之如雪。"这里说的矾，也就是明矾，又称白矾、钾明矾，是一种无色透明的晶体，堆在盘中"望之如雪"，只能象征性地从心理上给人一种凉爽感，而实际没有制冷作用，算是宴会时的一种摆设罢了。

作为艺术的诗歌，这首小诗也有值得称道的地方。它头两句写竹里春风飘入酒杯，而且凉气森森侵入肌肤，使人们感到描写的情景好像是在寒意料峭的初春时节一样。但是当您读了第三句以后，看见"冰峦四叠浑无暑"，这才渐渐明白过来，原来是宴会时冰盘把暑气驱除了，到最后一句就顺势而下，揭穿了谜底，哦，原来这是写的六月盛暑季节，之所以这么清凉，是因为冰盘在宴会中起了重要的作用啊。小诗而又一波三折，写来情趣盎然，步步引人入胜，可见作者技法的巧妙。

（管遗瑞）

●韩驹（？—1135），字子苍，陵阳仙井（今四川仁寿）人。政和间赐进士出身，除秘书省正字。宣和中迁中书舍人。有《陵阳先生诗》。

◇谢人送凤团及建茶

白发前朝旧史官，风炉煮茗暮江寒。
苍龙不复从天下，拭泪看君小凤团。

茶叶不仅是饮料，也是一种身份的象征。北宋和南宋之交的诗人韩驹写的这首小诗，就说明了这个问题

韩驹原来在朝廷任过著作郎、中书舍人兼修国史等职，是皇帝的近臣，那时能够得到皇帝赏赐的好茶，是一种非常的荣宠。但是，后来他因为受到政治排挤（他被划为苏轼"蜀党"一派）被贬到江西抚州（后来死在抚州），远离庙堂而散处江湖，就失去了这样的机会。一次，他的友人送给他"凤团"（也就是龙凤团饼茶，产于福建建瓯）和"建茶"（也是福建建州产的茶，和"凤团"都是很名贵的茶叶），他自然也很高兴，但是抚今思昔，想起当年在朝廷得到皇帝赏赐龙凤团茶的情景，何等荣耀，不免从心底生起一种酸楚的失落感，以至于潸然泪下了。

诗中的"白发前朝旧史官"是诗人自指，"前朝"而又"白发"，

中间包含着几多沉浮升降和人世沧桑的感叹。如今的处境，是在冷落的江边（代指贬所）自己煮着朋友送的茶，傍晚天寒，更增加了凄凉的感觉。这里的"寒"字，不仅是指天气，也婉曲透露出诗人自觉如今失却政治地位的"寒心"。所以他紧接着就说"苍龙不复从天下"，这里的"苍龙"是代指茶饼上印有龙纹的团茶，亦即龙团，其和凤团都是贡茶；"从天下"，就是从天而下由皇帝赏赐的意思。如今没有这样的光荣了，看着眼前的"小凤团"不觉想起了以前接受皇帝赐给的龙团，一阵凄楚，不觉老泪纵横，诗人的悲伤的情绪毫无掩饰地凸现在读者面前。全诗通过看见"凤团"这样一个小小的生活细节，进行情景交融的描写，把封建时代官吏受到贬谪的处境和内心的痛苦深刻地表现了出来，很具有典型意义。

（管遗瑞）

●辛弃疾（1140—1207），字幼安，号稼轩，历城（今山东济南）人。绍兴三十一年（1161），聚义抗金，归耿京，为掌书记。奉京命奏事建康，京为张安国杀害，擒诛安国。次年率部渡淮南归。历任湖北、江西、湖南、福建、浙江安抚使等职。有《稼轩长短句》。

◇沁园春·将止酒戒酒杯使勿近

杯汝来前！老子今朝，点检形骸。甚长年抱渴，咽如焦釜；于今喜睡，气似奔雷。汝说刘伶，古今达者，醉后何妨死便埋。浑如此，叹汝于知己，真少恩哉！　更凭歌舞为媒，算合作人间鸩毒猜。况怨无小大，生于所爱；物无美恶，过则为灾。与汝成言，勿留亟退，吾力犹能肆汝杯。杯再拜，道麾之即去，招则须来。

辛词风格极为多样，既不乏本色当行之作，亦多新变奇创之什。这一首滑稽突梯的戒酒词就是突出的一例。词作于庆元二年（1196）闲居瓢泉时。题目"将止酒戒酒杯使勿近"就颇新颖，似乎病酒不怪自己贪杯，倒怪酒杯紧跟自己。这就将酒杯人格化，为词安排了一主（"我"）一仆（杯）两个角色。全词就是这两个角色上演的一出喜剧。

　　"杯汝来前！"词就从主人怒气冲冲的吆喝开始，以"汝"呼杯，而自称"老子"（犹"老夫"），接着就郑重告知：今朝检查身体，发觉长年口渴，喉咙口干得似焦炙的铁釜；近来又嗜睡，睡中鼻息似雷鸣，这是为什么。言外之意，是因酒致病，故酒杯之罪责难逃。"咽如焦釜""气似奔雷"以夸张的比喻极写病酒反应的严重，同时也见得主人酗酒到何等程度。"汝说"三句是酒杯的答辩，它说：酒徒就该像刘伶那样只管有酒即醉，死后不妨埋掉了事，才算古今之达者。不称"杯说"而称"汝说"，是主人复述杯的答话，于中流露出意外和惊讶的神情。他既惊讶于杯言的冷酷无情，又似不得不承认其中有几分道理。于是无可奈何地叹息道：汝竟然如此说，"汝于知己，真少恩哉！"口气不但软了许多，甚而还承认了自己曾是酒杯的"知己"。

　　但他"将止酒"的主意已拿定，不容轻易取消，故仍坚持对杯的谴责。过片以一"更"字领起，似乎还有所升级，使已软的语气又强硬起来，便有一弛一张之致。古人设宴饮酒大多以歌舞助兴，而这种场合也最易过量伤身。古人又认为鸩鸟的羽毛置酒中可成毒酒。换头二句所以说酒杯凭歌舞等媒介使人沉醉，正该以人间鸩毒视之。这等于说酒杯惯于媚附取容，软刀子杀人。如此罪名，岂不死有余辜？然而只说"算合作人间鸩毒猜"，到底并未确认。以下"况"字领四句系退一步说：何况怨意不论大小，常由爱极而生；事物不论何等好（"美恶"偏义于"美"），过了头就会成为灾害。表面仍是振振有词，反复数落，实际上等于承认自己于酒是爱极生怨，酒于自己是美过成灾。这就为酒杯开脱不少罪责，故而从轻发落，也就是只遣之"使勿近"。处死而陈尸示众叫"肆"，"吾力犹能肆汝杯"，话很吓人，然而"勿留亟（急）退"的处分并不重。言实相去何远！主人戒酒的决心可知矣——虽是"与汝成言"，却早留后路，焉知其不回心转意，朝戒夕犯！杯似乎慧黠地了解这一点，亦不更为辩解，只是再拜道："麾之即去，招则须来。""麾之即去"没什么，"招则须来"则大可玩味。这话表面上是服从，骨子里全是自信，所以使人感到俏皮、幽默。

设为主人与杯的对话，通过拟人化的手法，成功地塑造了"杯"这样一个喜剧形象。它善于揣摩主人心理，能应对，知进退。在主人盛怒的情况下，它能通过辞令，化严重为轻松。当其被斥退时，还说"麾之即去，招则须来"，等于说主人还是离不开自己，自己准备随时听候召唤。其机智幽默大类古代的俳优。而主人的形象与"杯"相映成趣，他性情不免褊躁，前后态度不免矛盾；虽然气势甚盛，却不免被"杯"小小地捉弄了一番。这格局颇类唐时的"参军戏"（由一主一仆两个角色演出的小喜剧），在宋词中实属创举。作者通过这种生动活泼的方式，风趣地表现出自己戒酒之出于不得已。作者长期壮志不展，积愤难平，故常借酒发泄。"吾力犹能肆汝杯"云者，即隐含"不向此（酒）中何处消"意，是牢骚语，反映了作者政治失意的苦闷。所以此词不得简单地视为游戏笔墨。

词中大量采取散文句法以适应表现内容的需要，此即以文为词。《沁园春》的四字句多作二二节奏，而"杯汝来前"，却作上一下三；"汝说刘伶"三句则合作一气读下。凡此，都与原有调式不同。又大量熔铸经史子集的用语，如"点检形骸"出自韩愈《赠刘师服》诗"谁能点检形骸外"，"醉后何妨死便埋"出自《晋书·刘伶传》"死便埋我"，"真少恩哉！"出自韩愈《毛颖传》"秦真少恩哉"，"吾力犹能肆汝杯"出自《论语·宪问》"吾力犹能肆诸市朝"，"麾之即去，招则须来"出自《史记·汲黯传》"招之不来，麾之不去"，这些散文句法和用语，丰富了词意的表现，又形成崭新的风味。词中还反复说理，具有以论为词倾向。"况怨无小大，生于所爱；物无美恶，过则为灾"，就颇有辩证的理趣，为此词增添了一分特色。正因为全词既饶谐趣，又有散文化、议论化色彩，所以《七颂堂词绎》说它是宋词之《毛颖传》。

（周啸天）

◇破阵子·为陈同甫赋壮词以寄之

　　醉里挑灯看剑，梦回吹角连营。八百里分麾下炙，五十弦翻塞外声，沙场秋点兵。　　马作的卢飞快，弓如霹雳弦惊。了却君王天下事，赢得生前身后名。可怜白发生！

　　淳熙十五年（1188），陈亮过稼轩，辛弃疾和友人在鹅湖畅谈天下事。他们的恢复之梦虽然最终落空，却留下了激励千古读者爱国之心的辞章。词题表明作者是为风义相期的朋友赋壮词，是驰骋豪迈的激情与想象创作，其中当融入其早年在北方义军中战斗生活的经历，却并不等于回忆往事。

　　这首词的结构非常奇特。起句"醉里挑灯看剑"是现实，紧接由"梦回"二字贯八句皆写梦境。他梦见的是紧张豪迈的军营生活，驰骋沙场，横扫千军的战斗场面，和振兴宋室，功成名就的欢喜，天下好事无复加矣。最后一句却猛然截住，照应"梦回"二字，跌回现实，令人感喟生哀。总之前九句的声情如鹰隼平地而起，凌空直上，正当飞摩苍天之际，陡地鹘落，末句扫空前文之雄壮，悲凉更加悲凉。这样深刻地反映理想与现实矛盾的作品，实在罕有其匹。"壮词"耶？非"壮词"耶？

《破阵子》为双调不换头，每片前四句两两各为六言七言骈句，末以奇句相镇。此词在对仗中拉杂使事，颇有特色。其间运用了《世说新语·汰侈》篇故事，晋代王恺有宠物为一牛，名八百里驳，常莹其蹄角。一次与王济比射，济下注千万以赌此牛，恺恃手快且谓骏物无有杀理，便相然可，并令济先射。殊不知济一起便破的，并据胡床喝左右"速探牛心来"，恺即痛失其牛。词中"八百里分麾下炙"，就是说在军中杀牛饷士，由于用事，也就暗暗赋予词中主人公以赢家胸有成竹、目中无人和先声夺人的气概，直令对手饮恨吞声。

然而，由于"八百里"字面倒腾在句首，与"五十弦"（指瑟，李商隐"锦瑟无端五十弦"）对仗，或误解为"八百里范围内的部队都分到了熟牛肉吃"（胡云翼《宋词选》）。事实上，词中的"八百里（驳）"是牛的代名词，和以"五十弦"代瑟，是一个道理。词中的"的卢"则是骏马的代名词，典出《三国志·蜀书·先主传》注，即马跃檀溪故事。这种从小说及史传注释中汲取材料，充实内容的做法，辛弃疾十分在行，可谓得心应手。西人裴德说"最好的批评都是赞誉"，那么"掉书袋"的批评也是的。

（周啸天）

●陆游（1125—1210），字务观，号放翁，越州山阴（今浙江绍兴）人。"中兴四大诗人"之一。南宋绍兴中应殿试，为秦桧所黜。孝宗即位，赐其进士出身，曾任镇江、隆兴通判。乾道六年（1170）入蜀，任夔州通判。乾道八年，入四川宣抚使王炎幕府。官至宝谟阁待制。晚居山阴镜湖。有《剑南诗稿》《渭南文集》《南唐书》《老学庵笔记》等。

◇夜宴

酒浪摇春不受寒，烛花垂烬忽堆盘。
山川路邈人将老，丝管声遒夜向阑。
四海交朋更聚散，百年光景杂悲欢。
自怜病眼犹明在，更把名花半醉看。

这首诗歌，是陆游在归隐以后的作品。诗歌主要表现了他在饮酒时感到流年易逝，恢复中原的壮心难以实现，内心深处盘纡着的那种莫名的惆怅和百无聊赖的心情。

这是一首七言律诗，诗的起承转合非常分明，在曲折婉转中表现了自己沉郁复杂的情怀。首联点明了饮酒的时间是在春夜，虽然寒气袭人，但是喝了酒之后就浑身暖和了，荡漾着春意；再看蜡烛已经燃去了许多，蜡烬在盘子里堆积起来了，暗示时间已经很晚。这一联起得很自然。第二联在说明自己一生经历了许多磨难，已经渐入老境之后，紧接着就点出音乐正在演奏，而夜已向阑，承接了首联。第三联一转，笔锋宕开，说到四海之内，朋友们聚散无定，好多已经音信杳然，而自己一生的光景也是悲欢相杂，一言难尽。最后一联用"自怜病眼犹明在"一句收拢回来，归结到眼前的自己，眼虽病而犹明，有自慰自欣之意，所以就在醉中拿着名贵的鲜花仔细欣赏起来，与首联的春意、烛花相照应，整首诗歌显得结构完整而圆紧。

这首诗的整个基调是悲叹岁月催人，隐含着忧国之思的愤懑，带着一种无可奈何的情绪。诗中有直接的表露，比如"山川路邈人将老"，但更多的是暗示，诸如"烛花垂烬忽堆盘""丝管声遒夜向阑""百年光景杂悲欢"以及"自怜病眼"等，其中都透露着流光容易把人抛，英雄老大，报国无门的悲凉情思，但是表现非常含蓄，读来觉得婉转变化，耐人咀嚼回味。这就避免了直说而带来的一览无余的弊病。另外，结尾的安排也很有匠心，诗人带着醉意观赏名花，既表现出酒醉之后的天真可爱情态，心中的热情未泯，也把整首诗歌的悲伤气氛一下子冲淡了许多，让人觉得诗人还葆有着以往的活力，从而从低沉的情绪中超拔出来，给全诗增加了一种较为欢乐的气氛，体现出一种积极向上的可贵精神。这也正是陆游思想性格的鲜明体现。

（管遗瑞）

◇醉歌

　　我饮江楼上，阑干四面空。手把白玉船，身游水精宫。方我吸酒时，江山入胸中。肺肝生崔嵬，吐出为长虹。欲吐辄复吞，颇畏惊儿童。乾坤大如许，无处著此翁。何当呼青鸾，更驾万里风！

　　陆游的性格有狂放不羁的一面，这首诗就充分表现了他的这种性格。诗作于宋孝宗乾道九年（1173）秋天，这年作者代理嘉州（今四川乐山市）太守，饮酒的地点应该是在岷江边的酒楼上。

　　诗中生动地写出了他醉中飘然欲仙的感觉。在"阑干四面空"的江楼上，本来就有凌空独立的感觉，加上已经饮酒很多，他在醉眼蒙眬中把手中方形的白玉酒杯幻化为了"白玉船"，好像自己也已经在水晶宫里遨游一样。这里通过意象叠加，来表现自己的错觉，非常生动地写出了他酒醉的神态。以下"方我"四句，继续写这种幻觉，表现饮酒时吞吐江山、气贯长虹的雄豪性格。这里不说"饮酒"而说"吸酒"，是从杜甫的《饮中八仙歌》中来的。杜甫说左丞相李适之，"左相日兴费万钱，饮如长鲸吸百川，衔杯乐圣称避贤"。一个"吸"字，表现出了那种狂饮的非凡气势。人们说李白的诗歌写饮酒非常豪放，我们读了陆游的这几句诗歌，不是也有同样的感觉吗？在这方面，陆游和李白真堪伯仲了！

　　但是，陆游毕竟是有火一般的爱国激情的诗人，无时无刻不在想望恢复中原，而朝廷却一心只想苟安，不思振作，陆游的心底也就随时充满了壮志难酬的愤懑。即或是在醉酒以后也是这样，他在《送范舍人还朝》诗中，就倾吐了这种胸中的积愫："平生嗜酒不为味，聊欲醉中遗万事。酒醒客散独凄然，枕上屡挥忧国泪。"这里虽然是在江楼饮酒，而且已经有些醉意了，但他内心还是很清醒，不能忘怀世事。所以他就欲吐还吞，怕惊杀了那些"儿童"（指见识平庸的人）。欲吐还吞，表面看是指饮酒，其实正是说的内心积郁。于是他想到自己真是落落寡合，天地虽大，也难有置身之地，不免有些悲凉情绪。于是在诗歌的末尾他发出了苍凉而悲怆的感慨："何当呼青鸾，更驾万里风！"什么时候能够唤来神鸟，驾长风奋起高飞呢？这看来是想遁世高蹈，脱离这污浊的现实，但实际上仍然是在呼唤伐金雪耻的机会早日到来，以便能够实现自己梦寐以求的恢复中原的急迫愿望，诗人一腔爱国之情，深沉的内心，表现得婉转而又强烈！

　　这首诗是五言古诗，语言不重对偶，写起来比较自由，这正好便于抒写这种狂放的情绪和浪翻水涌的激情，所以全诗一泻直下，显得波澜壮阔，气势奔腾，读了令人精神振奋。

（管遗瑞）

◇试茶

　　　　苍爪初惊鹰脱韝，得汤已见玉花浮。
　　　　睡魔何止避三舍，欢伯直知输一筹。
　　　　日铸焙香怀旧隐，谷帘试水忆西游。

银鉧铜碾俱官样，恨欠纤纤为捧瓯。

陆游一生以恢复中原为己任，诗歌中常常表现出叱咤风云、慷慨激昂的情绪。但是这首诗有些不同，他以很平和的心态，用从容细致的笔调，来赞美正在品尝的茶——陆游也是很喜欢喝茶的，而且喝得很有品位。

他正在品尝的茶是"苍爪"，亦即鹰爪茶。据宋代熊蕃《宣和北苑贡茶录》载："凡茶芽数品，最上曰小芽，如雀舌、鹰爪，以其劲直纤锐，故号芽茶。""鹰脱鞲（音勾，打猎用来套在手臂上停鹰的袖套）"，比喻茶芽已经采下制成。中间用一个"惊"字来连接，可见诗人对这种茶中佳品的惊叹之情，诗歌第一句起得极为警挺。然后又用一个比喻和两个反衬来描写鹰爪茶的美好。一个比喻是煮出的茶汤，汤面就像洁白的花朵在浮动，用花朵来比喻茶沫，真是形象而又诱人。两个反衬：一个是茶叶的提神醒脑作用，睡魔哪里抵挡得住，一喝下去就退避三舍了（古代行军计程以三十里为一舍）；再一个是"欢伯"（酒的代称），它驱除忧虑、引来欢乐的力量，但也比不上茶，自己知道要"输一筹"了。诗的前半部分，从茶的形态、茶汤的美好，以及茶的功效几个方面，进行了艺术的描写，给予了高度的赞扬，简直到了无以复加的程度。

诗歌的后半部分，笔调一转，从眼前的鹰爪茶，陆游不禁浮想联翩：想到了过去自己一度在家乡会稽（今浙江绍兴）隐居时候，曾经喝过的日铸茶（日铸茶产于绍兴，也是贡品）；还有到西部的陕西汉中、四川成都等地工作时喝过的好水好茶（"谷帘"即谷帘泉，在江西庐山，这里是代指西部的好泉水），自然也想起了他为实现收复失地的理想而奔走的一切，这里面也仍然隐隐蕴含着不忘恢复失地的雄心壮志，可见陆游的爱国精神是无时无刻不在，贯穿始终的。但是诗歌的最后一联，却有些出人意料了：他看见眼前的宫廷样式的"银瓶铜碾"（汲水、碾茶的工具）这些精美的茶具，心想这一切都很好，就是缺少美女来捧着茶碗，陪伴一起喝茶啊！这乍看来好像有些匪夷所思，但是仔细一想，也符合陆游这个人的性格，他既是一位性格豪爽的爱国诗人，同时也是一个风流的多情才子，感情决不迂执僵化，而是丰富多彩的，美女捧茶也正符合他的生活实际！此外，我们也可以理解到，诗歌以美女捧茶来结尾，也是对好茶的进一步的陪衬，也许在他那个时代这正是一种高品位喝茶的表现，这就更加委婉地赞美了他正在喝着的"苍爪"茶是多么美好！

这虽然只是一首律诗，也只是在赞美一种茶，和他那些表现爱国主题的大声镗鞳的作品有所区别，但是诗歌却也写得一波三折，巧用比喻、反衬，开阖收放，曲尽峰回路转之能事，可见陆游诗歌高度的艺术技巧。

（管遗瑞）

◇幽居初夏

湖山胜处放翁家，槐柳阴中野径斜。

水满有时观下鹭，草深无处不鸣蛙。

箨龙已过头番笋，木笔犹开第一花。

叹息老来交旧尽，睡来谁共午瓯茶。

　　这是陆游晚年退居家乡会稽时的作品，他在闲极无聊的生活中，热切盼望有人来陪他一起喝茶。

　　诗歌的前六句都是写故乡初夏的景物，有湖山胜处、槐柳野径，有鹭鸶、鸣蛙，还有箨龙（竹笋）、木笔（辛夷花），整个组成了一个幽居的环境。按说，在这个安静而又优美的环境中安度晚年，应该感到满意了，但是我们的诗人不满意，还在不住地叹息哩！

　　他叹息什么呢？"叹息老来交旧尽，睡来谁共午瓯茶。"

　　这自然不是一般的叹息。联系到诗人一生的宏大抱负，联系到他的与生命共存亡的收复失地的雄心大志，我们不难领会，这是诗人在垂暮之年的孤独、悲凉心情的表现。这个时候，南宋政权更加脆弱，主和派占据上风，原来主张抗金收复失地的主战派人士有志难伸，也一个个相继被排挤下野，好多人销声匿迹了。此时的诗人感到旧交零落，感到宏大的理想不能实现，心情格外沉重，又格外感伤。他写在这个时候的词《诉衷情》说道："当年万里觅封侯，匹马戍梁州。关河梦断何处？尘暗旧貂裘。胡未灭，鬓先秋，泪空流。此生谁料，心在天山，身老沧洲！"从词中我们可以看出，他是不甘心"身老沧洲"（沧洲是水边的地方，这里是指退居之处）的，但是又无可奈何，诗人的叹息正是这个意思。但是他又不甘心就此放弃既定的理想，他问：有谁能来和自己一起午后喝茶呢？这里当然不是只喝茶，而是希望有人来安慰自己，有更多志同道合的朋友在一起共商国是，甚至希望有朝一日南宋政权能够重整旗鼓，挥师北伐，收复河山！这正是陆游远大抱负的流露，终身一以贯之，之死靡他，即使在喝茶的时候也没有忘记。

　　看来，喝茶也不是小事，里面有着重大的内容哩！

（管遗瑞）

●范成大（1126—1193），字致能，号石湖居士，苏州吴县（今江苏苏州）人。"中兴四大诗人"之一。绍兴二十四年（1154）进士。历任处州知府、知静江府兼广南西道安抚使、四川制置使、参知政事等职。曾使金。晚居故乡石湖。有《石湖居士诗集》《石湖词》《桂海虞衡志》《吴船录》等。

◇夔州竹枝歌九首（录一）

白头老媪簪红花，黑头女娘三髻丫。
背上儿眠上山去，采桑已闲当采茶。

好多诗歌都津津乐道地歌颂皇帝颁赐贡茶的光荣，有的甚至沾沾自喜，但是皇帝的茶是怎样来的呢？读了这首诗歌，也许就会明白些。

作者范成大是南宋的高官，曾经做到参知政事也就是副宰相，在这之前他担任过四川制置使等职，对民情还是比较了解的。这首诗他采用夔州（今重庆奉节，当时属四川）竹枝歌这种当地民歌的形式，来写当地妇女上山采茶的劳动情况。您看，山路上匆匆忙忙走着的，有"簪红花"的"白头老媪"，白发还戴红花，颜色似乎很不协调，倒像今天我们看见西方那些白发盈颠的老妇那种大红大绿的打扮，总觉得有点怪怪的；还有"三髻丫"的"黑头女娘"，年轻女子头上竟然梳着三个发髻，这和内其他地方梳发髻的女子一比，也显得有些奇怪。原来，这是这里少数民族特异的风俗，和其他地区有着明显的区别，看起来倒是很新鲜有趣的哩！有的背上还背着熟睡的小孩子，都急急忙忙地往山上赶，她们刚刚过完了采桑养蚕的农忙季节（养蚕的活主要是妇女干的。南宋诗人陈造在一首《田家谣》里写到妇女们养蚕情况是这样说的："饭熟何曾趁时吃，辛苦仅得蚕事毕。"可见一斑），才喘一口气就又上山采茶了，一年四季哪有个清闲的时候呢！我们可以想象，她们采回来以后，又要进行多么烦琐的制作，然后才能缴给政府完成摊派任务，这里面不知包含着多少的辛劳和麻烦！

皇帝颁赐给臣僚的那些精美的龙团、凤团之类的茶叶，就是由这些生活在社会底层的劳动妇女们（当然也还有男子）辛勤生产出来的，就是在"山高皇帝远"像夔州这样的地方，人民也不能幸免朝廷的盘剥。这实在是一种扰民的行为。谓予不信，请看也是宋人写的诗歌："前村犬吠无他事，不是搜盐定榷茶。"（见《月泉吟社诗》）为了收缴茶叶，把老百姓闹得这样鸡犬不宁，从这里我们也可以看见当时社会的实际情况——中国古代茶业发展的又一个侧面。

（管遗瑞）

●周必大（1126—1204），字子充，又字洪道，自号平园老叟，吉州庐陵（今江西吉安）人。绍兴二十一年（1151）进士。孝宗淳熙末拜相。光宗时封益国公。有《玉堂类稿》等。

◇送陆务观赴七闽提举常平茶事

暮年桑苎毁茶经，应为征行不到闽。
今有云孙持使节，好因贡焙祀茶神。

陆游（字务观）在五十四岁以后，做过两任提举常平茶盐公事（宋代主管钱粮仓库和茶盐专卖事业的官员，比知州高一级），先是福建，后是江西。这里是写他前次到福建（亦即"七闽"）的情况。

这首诗写得很巧。因为陆游和唐代的"茶神"陆羽同姓，应该是"本家"，又是到福建去主持茶叶专卖的事情，于是就把陆游和陆羽直接联系起来，写出这首小诗给他送行。诗歌先写陆羽，桑苎就是陆羽，陆羽自号桑苎翁。据《封氏闻见录·饮茶》记载，唐时御史大夫李季卿巡视江南，召见陆羽，陆羽穿着平民服装进去，李季卿不能以礼相待，陆羽既惭愧又恼怒，撰写了《毁茶论》。诗歌第一句就是说的这件事情。但是接着说，陆羽他虽然远游各地但没有到过福建，言外之意是，要是陆羽到了福建遇见您这样朝廷委派的主管茶叶的钦差大臣，那就好了。所以第三句就说，你们都姓陆，您是陆羽的远孙（即"云孙"），如今这次受朝廷委派到福建去管理茶政，可要在完成贡茶任务的时候，好好地礼遇您的祖先陆羽，祭祀"茶神"啊！

这首诗歌写得婉转多致，又有诙谐之趣，陆游看了一定会感到很亲切的。最后一句也许还含有要善待福建种茶人的意思，寓意就更加深刻了。诗歌写得生动活泼，而又富有巧思，读来耐人寻味。

（管遗瑞）

●杨万里（1127—1206），字廷秀，号诚斋，吉水（今属江西）人。"中兴四大诗人"之一。绍兴二十四年（1154）进士。孝宗初，知奉新县，历太常博士、太子侍读等。光宗即位，为秘书监。有《诚斋集》。

◇重九后二日同徐克章登万花川谷，月下传觞

老夫渴急月更急，酒落杯中月先入。领取青天并入来，和月和天都蘸湿。天既爱酒自古传，月不解饮真浪言；举杯将月一口吞，举头见月犹在天。老夫大笑问客道："月是一团还两团？"酒入诗肠风火发，月入诗肠冰雪泼。一杯未尽诗已成，诵诗向天天亦惊。焉知万古一骸骨，酌酒更吞一团月。

这首诗是杨万里在宋光宗绍熙五年（1194）退休家居时作的，他的老家是吉水。徐克章是他的朋友，万花川谷是他家的花圃，因为花种很多而得名。他写诗歌有自家的风格，也就是所谓"诚斋体"。"诚斋体"的主要特色，按照前人的说法，是"死蛇弄活""生擒活捉"，就是要追求一种"活法"，在流转圆美如弹丸中显出新奇活泼、风趣幽默和曲折变化的艺术效果。这一首诗，就体现了他的这种独有风格。

　　全诗文字通俗，简直就是当时的白话诗了，读来意思晓畅明白。但是，诗歌大胆地发挥想象，采用了浪漫主义的写作手法，源于李白而又都出于己意，却是很见妙趣了。我们先看看李白的诗歌《月下独酌》：“花间一壶酒，独酌无相亲。举杯邀明月，对影成三人。月既不解饮，影徒随我身。暂伴月将影，行乐须及春。我歌月徘徊，我舞影零乱。醒时同交欢，醉后各分散。永结无情游，相期邈云汉。”杨万里这首诗歌的前半部分，就主要化用了李白的诗意，写作者自己和朋友对月饮酒那种兴高采烈而又天真烂漫的情态。但是他是反用李白的意思的，如果说李白表现的是一种孤独、怅惘和愁苦的感情的话，那么杨万里这里表现的却是从骨子里生发出来的一种欢欣、快乐，甚至是与月亮嬉戏的情景了，所以读来给人一种欢快的愉悦感。您看他酒渴时急于饮酒，却看见月亮早就落在酒杯中，把天也带进来一齐打湿了，真是非常惊喜的心情，接着就是一句“月不解饮真浪言”，直接反驳了李白的意思，带着几分顽皮的心情。再往后，一口吞下一杯酒，以为也吞下了月亮，但是“举头见月犹在天”；又大笑问客（徐克章），“月是一团还两团”；又向天朗诵自己的诗歌，天也不胜惊讶；最后还说到老夫今夜陪客痛饮，频频举杯，“酌酒更吞一团月”。这些地方，反反复复把月亮、酒、自己和客人紧紧地联系在一起，从各个不同的角度来描写，来调侃，这就造成了极富喜剧性的气氛，显得特别有幽默感，也更加活泼，千载之后读来，也自有一种生气，这就是“诚斋体”的独特艺术效果。

　　杨万里对自己的风格，特别是对这首诗，是很觉满意的。据罗大经在《鹤林玉露》一书中记载：“杨诚斋月下传杯诗云（即本诗），余年十许岁时，侍家君竹谷老人谒诚斋，亲闻诚斋诵此诗，且曰：‘老夫此作，自谓仿佛李太白。’”罗大经是杨万里的同乡晚辈，又是杨万里的

大儿子杨长孺的熟人，所记应该是可信的。于此，也可见当时人们就对
"诚斋体"有了认识和了解了。

（管遗瑞）

◇以六一泉煮双井茶

鹰爪新茶蟹眼汤，松风鸣雷兔毫霜。
细参六一泉中味，故有涪翁句子香。
日铸建溪当退舍，落霞秋水梦还乡。
何时归上滕王阁，自看风炉自煮尝。

诗题中所说的"六一泉"是泉名，在杭州西湖孤山后岩。北宋元祐
六年（1091）苏轼任杭州知府时，和尚惠勤新建了讲经堂，掘地得泉，
苏轼称其"白而甘，当往一酌"（见《东坡志林》卷一）。他们二人都
出于当时的文坛领袖欧阳修门下，泉出之际，恰逢欧阳修病逝，欧阳修
自号"六一居士"，为了纪念他，苏轼就给这口泉起名"六一泉"，并
为之作铭。"双井茶"，茶名，产于江西省修水县双井村，是杨万里家
乡的著名贡茶。所以，他要特意用"六一泉"来烹煮"双井茶"了，使
这次试茶具有了深厚的历史文化内蕴。

诗歌首联先说"双井茶"，连用四个比喻来形容茶的形态（如同
鹰爪）、茶汤（茶汤里泛起的小气泡像蟹眼）、茶沸（声如松风呼啸）
和茶芽上白如兔毫、色泽如霜的白毫，可见双井茶的诸般美好。然后说
"六一泉"水，诗人用黄庭坚的诗歌特点来比喻泉水的香味，以诗比水

很有特点和新意。黄庭坚的诗歌特点是新鲜活泼，含蓄有味，比得很贴切；而且黄庭坚和欧阳修都是江西人，黄庭坚又是欧阳修门生苏轼的学生，自然也是欧阳修的学生，所以说"细参"之后，觉得是"故有"，就是说因为这些多层关系本来就应当有的啊！而且诗人杨万里本人也是江西人，他把两个同乡前辈和一个著名诗人苏轼拉到一起，也就是把"六一泉"和"双井茶"烹煮在一起了，这煮出来的浓浓的酽茶汤，就不仅觉得亲切，而且味道极其醇厚又非同一般了。从这些地方，我们也可以看出"诚斋体"诗歌的一个特点，即很富于巧思。

后半首顺势转而说到自己，从喝茶流露出了乡思。他先是从"双井茶"想到绍兴的日铸茶和福建的建溪茶，这些名茶离自己的家乡都不远，然后又就近想到了家乡南昌的美丽景色："落霞与孤鹜齐飞，秋水共长天一色。"这是"初唐四杰"之一的王勃描写南昌滕王阁的著名作品——《滕王阁序》中的著名句子。于是诗人又想念滕王阁了，不知何时才能回去登上滕王阁，"自看风炉自煮尝"，再重新品尝这家乡的双井佳茗呀！这里表现了诗人对家乡的深长思念，同时又回应篇首，以茶作结，使得整个诗歌结构谨严，浑然一体，给人以诗歌艺术的美感。

我们常常说"茶文化"——喝茶不仅是一种生理需要，更是一种精神享受，特别是附丽于喝茶这件简单事情上的由我们古代积淀而来的深厚的历史文化，就更加给简单的喝茶带来了深厚的内蕴和悠长的情思，在品茗的时候就能够"视通万里，心游八极"，想得更多更远，而得到历史优秀文化的熏染和思想的启迪。我们读完杨万里的这首《以六一泉煮双井茶》，明白了里面蕴含着那么多的历史文化内涵，不是也会有这种感觉吗？

（管遗瑞）

◇过扬子江二首（录一）

只有清霜冻太空，更无半点获花风。

天开云雾东南碧，日射波涛上下红。

千载英雄鸿去外，六朝形胜雪晴中。

携瓶自汲江心水，要试煎茶第一功！

喝茶，在南宋的外交上，也起着特殊的作用。杨万里这首诗，就是说这件事情的。

宋孝宗赵昚淳熙十六年（1189）秋，六十二岁的杨万里本来在朝廷任秘书监，这时他又被任命为"借焕章阁学士"，作为金国贺正旦使的接伴使，负责接待、陪伴金国派来祝贺南宋绍熙元年（1190）元旦的使者。因为，宋孝宗赵昚就在这年下台，新的皇帝赵惇登基，把年号改为绍熙，元旦时要举国上下热烈庆祝；当时在北方的金国虽然是敌国，但是出于外交上的考虑也要派人来祝贺。按照当时礼节，这种友善使者双方都要派人出境很远接送，照顾得很周到，杨万里此时就是因为这个原因被派到金国去的，接待对方的使者来祝贺新皇帝改换年号的第一个元旦。他衔命出使以后就从杭州一路北进，在镇江渡长江再往北迎接。长江在扬州和镇江之间的这一段，因为有扬子津、扬子县，所以古代就叫作扬子江，其实就是今天的长江。杨万里在镇江过扬子江的时候，感触很深，一下子写了两首七言律诗，诗的气象宏阔，境界远大，用意深曲，唱叹沉郁，是他诗歌中力能扛鼎之作，非常有名。

这里选的是第一首。

诗歌的前四句是写见到镇江边扬子江的雄丽秋景：霜天晴朗，风平浪静，东南一望漫江碧透，日照波涛一片通红。偏安一隅的南宋的残山剩水，还是这般美好。五、六句是借今吊古，追忆了南宋渡江以来的抗金名将岳飞、韩琦、张浚等人，但是这些英雄人物就像飞鸿一样远去了；同时又想到这里是"六朝"（从三国东吴到南朝的陈宋，有六个朝代都以镇江上游的南京为首都，历史上称为"六朝"）的形胜之地，如今在雪晴之后，它作为南宋的江山似乎显得更加美丽。这两句联系起来看，言外之意是：抗金将领有的被迫害而死，有的被排挤，江山虽然形胜依然，又有谁来保卫呢？回环往复，感慨深沉。

就在上面六句的有力描写中，逼出了最后两句："携瓶自汲江心水，要试煎茶第一功！"但是，这两句怎样来理解呢？就光说喝茶吗？

清代诗评家纪昀说："结乃谓人代不留，江山空在，悟纷纷扰扰之无益，且汲水煎茶，领略现在耳！"（见《瀛奎律髓刊误》卷一"登览类"页十五纪评）意思是，我把这些事情都看透了，朝廷就是这个样子难以寄望，我不如自己汲来江心之水，煎茶品茗，落得清静吧！但是，当代学者周汝昌先生提出了针锋相对的意见，他说："这（如此解释）简直糟透了！纪昀这人有时很有些眼力识解，有时却荒谬绝伦，至令人不能置信。"他认为，"诚斋原句，以表面壮阔超旷之笔而暗寓其忧国虑敌之夙怀，婉而多讽，微而愈显，感慨实深"（见《杨万里选集》前言）。后来，霍松林先生进一步指出："（纪昀）把这首诗的意境理解得如此衰飒、消沉，可以说完全弄错了。据陆游《入蜀记》记载，（镇江的）金山绝顶建有'吞海亭'，乃登览胜境。然而到了南宋，这座亭子却蒙受耻辱。每当金国的使者到南宋来，一渡江，便照例要请上吞海亭，'烹茶'款待。诗人作为'接伴使'，这种差使是无法避免的。因而在全诗末尾写了这么两句，用现代汉语翻译，那就是：亲自取水煎茶侍奉金国的使臣，这就是我这个接伴使为朝廷建立的第一功啊！"（见《历代好诗诠评》）原来，杨万里在结尾两句中说到的喝茶，不是自己清静品茗，而是出于不得已的对敌国使者烹茶接待的感慨，这里面包含着他深沉的恢复之志和拳拳的爱国之心，以及对于不思振作的南宋偏安政权隐微的讽刺！

　　看来，这喝茶也就非同寻常了，在小小的茶碗中，交织着两个国家之间错综复杂的关系和难以言说的情感。我们想，杨万里在接来金国使者踏上金山例行烹茶时，他看着面前的茶汤，想到他这首诗里讲到的这些意思，不知还能不能喝得下去！

（管遗瑞）

●戴复古（1167—?），字式之，号石屏，台州黄岩（今浙江台州市黄岩区）人。一生不仕。长期浪游江湖，卒年八十余。曾师从陆游。有《石屏诗集》《石屏词》。

◇饮中

布衣不换锦宫袍，刺骨清寒气自豪。
腹有别肠能贮酒，天生左手惯持螯。
蝇随骥尾宜千里，鹤在鸡群亦九皋。
贤似屈平因独醒，不禁憔悴赋《离骚》。

古语云："天下熙熙，皆为利来；天下攘攘，皆为利往。"所以凡是有利益的地方，特别是古代官本位社会，官场那种权力利益集中的地方，就有不少人在那里投机钻营、阿谀拍马，甚至巧取豪夺、倾轧陷害，为了求得一官半职而各种手段无所不用其极。一旦得逞，就贪得无厌，大肆搜刮侵吞，自己花天酒地，醉生梦死，所以搅得那时的官场一片污浊。这是社会现象的一个方面。另一个方面，也有比较清醒之士，他们看到这些觉得太过肮脏，也就不愿进入黑暗的官场，以一颗平常心选择了优游林下、独善其身的道路，在平凡的生活中自得其乐，来保持自己独立的人格和高洁的操守。这首《饮中》的作者戴复古，就是这样一个人。他是浙江黄岩人，生活在国势衰颓、吏治极端腐败的南宋，他一生没有去做官，以布衣终老，活了八十多岁。当时有人评论他说："庆元（宋宁宗赵扩年号，1195—1200）以来，诗人为谒客成风，干求要路，动获千万，石屏鄙之不为也。"他以自己的实际行动，来表示了他卓尔不群的高尚节操。

他的这首七言律诗就是表现这种节操的。这首诗的最大特点，就是用了很多典故，只有了解了所用之典，才能明白诗中的意思。第三句是用《资治通鉴》典故，后晋高祖天福七年，"曦曰：'维岳身甚小，何饮酒之多？'左右或曰：'酒有别肠，不必长大'。"是说酒量过人。第四句是用《世说新语》典故，晋代毕卓嗜酒如命，曾说："一手持蟹螯，一手持酒杯，拍浮酒池中，便足了一生。"第五句是用《后汉书·隗嚣传》典故，刘秀曾对隗嚣说："苍蝇之飞不过数步，即托骥尾得以绝群。"是说苍蝇歇在良马的尾巴上，就可以跑得很快很远。这是说攀附权贵，以求升迁。第六句是用《诗经·小雅·鹤鸣》的典故："鹤鸣于九皋，声闻于野。"九皋，是指深远的水泽淤地，这里用来代指隐居的山野之地。最后两句是用了《史记·屈原列传》中屈原的典故，屈原被楚王放逐于江滨，渔父见屈原"颜色憔悴，形容枯槁"，便问他何以到这个地步，屈原说："举世混浊而我独清，众人皆醉而我独醒，是以见放。"《离骚》是屈原的抒情长诗，抒写自己被放逐以后愁苦、愤懑的牢骚。

这首诗虽然用典很多，但是读来比较流畅自然，没有那种佶屈聱牙的感觉，这是因为诗人尽量用了比较浅显的字词来表达典故的基本意思，语言比较通俗，写得也比较生动，比如用"布衣"和"锦宫袍"来分别比喻隐居和做官，就很形象；用"刺骨清寒"来比喻自己的清贫、清高，就把抽象的意思表达得具体可感了；还有"蝇"和"鹤"的对比，鄙夷和赞扬的意思也很鲜明。这些地方，都是他的成功之处。但是用典太多，终是一病，所以胡适在新文学革命时提出作诗不用典，也自有其道理。

当然，作者在现实生活中，虽然优游林下，也并非就是天生的乐神，内心也有着不平的、复杂的情绪。所以最后两句也以屈原自比，一方面表达了对现实的不满，另一方面也表明自己心灵深处的痛苦，所以他要"不禁憔悴赋《离骚》"。至于"憔悴"，诗人的处境也就可想而知了。可见，任何人要完全超越自己所处的时代，获得像庄子所追求的那种绝对"逍遥"，是办不到的。能够像戴复古这样洁身自好，不与黑暗的官场同流合污，在那时也就要算不错的了。

（管遗瑞）

●刘克庄（1187—1269），初名灼，字潜夫，号后村居士，莆田
（今属福建）人。以荫入仕。淳祐六年（1246）赐同进士出身。官至工部
尚书兼侍读，以龙图阁学士致仕。卒谥文定。有《后村先生大全集》。

◇西山

绝顶遥知有隐君，餐芝种术麂为群。

多应午灶茶烟起，山下看来是白云。

刘克庄在清闲的时候，看见他居处附近的西山顶上，中午时候升起
了袅袅茶烟，在山下看来像是白云缭绕，景色很是美好。于是他想到，
这山上一定有隐居的道士，他们采摘灵芝，还种植白术之类的药草，
用来炼制他们的仙药，以求长生不老，还养殖了不少的"麂"（音主，
兽名，似鹿而小），成群结队的，非常可爱。他们就在这样清静的深山
里，过着与自然融为一体的生活，受着自然的呵护和滋养。据说"麂"
的尾巴可以避尘，魏晋人清谈时就手执一柄麂尾做的拂尘，如《世说新
语·容止》就说："王夷甫容貌整丽，妙于谈玄。恒捉白玉柄麂尾，与
手都无分别。"想来这西山的道士也手执麂尾，一边喝茶，一边谈玄
吧！从中流露出诗人对他们的向往。

这是诗人的想象，但是诗歌却是倒着写过来的，先写想象中山上

的情况，然后再说从山下看见山上的茶烟，一步步地引人入胜，白云青山，突出喝茶，在结构上也具有自己的特色。

中国古代，不仅和尚喝茶，道士也喝茶，和尚喝茶主要是要从中领悟所谓"禅理"，道士是把喝茶看作祛病养身、延年益寿的一种手段，往往和一些草木类药物配合起来用，目的是不完全一样的。他们对中国古代的茶文化发展都做出了贡献。

（管遗瑞）

●冯璧（1162—1240），字叔献，一字天粹，真定（今河北正定）人。金章宗承安二年（1197）进士。有《松庵集》。

◇东坡海南烹茶图

讲筵分赐密云龙，春梦分明觉亦空。
地恶九钻黎洞火，天游两腋玉川风。

北宋著名诗人苏轼一生喜欢喝茶，茶叶伴随他度过了坎坷的一生。就是他晚年被贬到海南儋州这样的穷荒之地，仍然饮茶不辍，他和茶叶结下了深厚的情谊。后来人们为了纪念他，画了《东坡海南烹茶图》这幅画，冯璧这首诗就是题这幅画的。冯璧是金国人，进士出身，累官至集庆军节度使。他虽然身在当时与南宋对立的敌国，但是对苏轼却充满了敬仰之情。

"讲筵"即"讲席"。宋哲宗元祐二年（1087），苏轼在朝廷任翰林学士兼侍读，曾经得到皇帝赏赐的福建建瓯的贡茶密云龙，这是他政治生涯的顶峰时期之一。但是不久，因为性格的刚直不阿和对民生的深切关注，得罪当权者，被一贬再贬，最后贬到了儋州，远离了朝廷。真是世事无常，繁华易逝，苏轼自己也写诗感叹道："人似秋鸣来有信，事如春梦了无痕。"（《正月二十日与潘郭二生出郭寻春》）表现出了一切皆空的佛家思想。

　　到了儋州，那里是当时的南蛮之地，自然环境恶劣，人们都住在山洞里，要经常通过钻木取火这种原始方式烹煮食物和饮料，但是因为气候潮湿，就是钻木取火也非常不容易（"九钻"，是极言其钻木取火所费时间之久）。就是这样，他也经常取火烹茶，喝过以后，觉得真如唐人卢仝（号玉川子）所说的"唯觉两腋习习清风生"（《走笔谢孟谏议寄新茶》），思想也得到了解脱，使他能够坚持下来，度过了最为艰苦的岁月，最后北还，可见茶对东坡先生起到了多么巨大的作用。

　　诗歌采用对比的方法，把讲筵赐茶和黎洞烹茶对举，用很经济的笔墨写出苏轼巨大的人生转折，突出了茶对他的精神支撑作用，写得婉转多致，而又情意深厚。

（管遗瑞）

●元好问（1190—1257），字裕之，秀容（今山西忻州）人。曾读书于山西遗山，因号遗山山人，世称元遗山。金宣宗兴定五年（1221）进士。官镇平、内乡、南阳等县县令。后入朝，历尚书省左司员外郎，入翰林，任知制诰。金亡不仕。有《遗山集》。又编金人诗为《中州集》十卷。

◇茗饮

宿酲未破厌觥船，紫笋分封入晓煎。
槐火石泉寒食后，鬓丝禅榻落花前。
一瓯春露香能永，万里清风意已便。
邂逅华胥犹可到，蓬莱未拟问群仙。

这首诗是金代的著名诗人元好问在一次寒食节之后喝茶作的，写出了他随缘任运、知足而乐的思想感情。

开始两句是说，昨夜饮酒过量，清晨醒来，还厌见酒器（觥船，一种船形的大酒杯。觥音工），怎么办呢？就打算在清晨开封品饮从江南而来的紫笋茶，借以醒酒。接下来两句说，"槐火石泉寒食后，鬓丝禅榻落花前"。前一句是引用苏轼《东坡志林》中的故事，苏轼在贬谪黄州团练副使期间，曾在梦中得诗句云："寒食清明都过了，石泉槐火一时新。"借以点明诗人现在的茗饮方式，时令是在清明节之前的寒食节之后。后一句则描写自己的处境，坐在禅床上，满鬓白发，而又面对暮春时节的纷纷落花，心情之衰飒可以想见。但是，"一瓯春露（指茶汤）香能永"，喝过之后，忽然觉得浑身轻松，宿醉全消，舒适惬意了。"清风"，是暗用了唐代诗人卢仝《走笔谢孟谏议寄新茶》诗中的句意："唯觉两腋习习清风生。"仿佛要乘风归去，飘飘欲仙了。诗人最后说，喝了这茶，估计可以精神宁静，进入梦乡（"华胥"，是指梦境）的吧，要达到蓬莱仙境面对群仙的境界，长生不老，那倒不是我的希望了。诗人也只是借茶来消消寒食之后宿醉的困扰和打发索寞的时光，心情是淡淡的，还显得有些忧伤。金亡之后，诗人居闲不仕，且常饮酒消愁，以茶消酒，于此可见他晚年生活之一斑。

（管遗瑞）

●耶律楚材（1190—1244），字晋卿，契丹族。金宣宗贞祐初年，辟左右司员外郎。元太祖铁木真（成吉思汗）克燕后，被召用，颇受信任。太宗朝，官至中书令。卒后追封广宁王。有《湛然居士文集》。

◇西域从王君玉乞茶因其韵七首（录一）

啜罢江南一碗茶，枯肠历历走雷车。
黄金小碾飞琼屑，碧玉深瓯点雪芽。
笔阵陈兵诗思勇，睡魔卷甲梦魂赊。
精神爽逸无余事，卧看残阳补断霞。

耶律楚材是辽国皇族子孙，也是元代著名的少数民族诗人。他曾在“西域”（这里是对玉门关、阳关以西地区的泛称）向王君玉要茶，王君玉就给了他茶叶，同时还写了诗给他，他按王君玉诗歌的韵写了七首奉和的诗歌，表示感谢，这里选的是其中的第七首。王君玉是宋人，号夷门隐叟，著有《国老谈苑》，记载宋太祖到真宗三朝遗事。

前两联是倒装。他先说自己喝茶以后的感觉：这江南的茶一喝下去，就觉得肚子里发出有如雷车滚过的声响，可见这江南的茶就是好，喝下去立竿见影。“枯肠”，还是暗用了唐代诗人卢仝《走笔谢孟谏议寄新茶》诗中的句意：“三碗搜枯肠，惟有文字五千卷。”然后才说茶叶烹煮的情况：原来他得到王君玉的茶以后，很是珍惜，用精致的"黄金小碾"来碾成像美玉一样的粉末，放在深深的碧绿色的茶碗里，只见里面还像浮动着雪白的茶芽一样，非常可爱。这两句，黄金、琼屑，碧玉、雪芽，几种颜色搭配在一起，构成了美丽的色彩，不要说喝茶，就光是这些色彩就已经让人心驰神往了，非常形象生动，于此可见诗人驱遣字句的深厚功力。而且，前四句一倒装，起得警拔有力，突出了茶喝下去的神奇效果，给人深刻的印象。

第三联又遥接第一联，写喝茶的效果。茶一喝下去，就觉得诗思神勇，拿出纸墨笔砚来写诗，不觉文思泉涌，一下子就写了这么多（他一连写了七首）。原来，是睡魔被驱除了，卷甲曳兵，睡梦也逃得远远的，自己只觉得神思非常清越。最后说："精神爽逸无余事，卧看残阳补断霞。"他以"爽逸"来形容此时的精神愉悦，又正是傍晚时分，觉得格外安闲，于是就看着落日的五彩晚霞，觉得真是怡然陶然了。诗歌以景作结，用绚烂的景色来和前面精致美丽的色彩映衬，把喝茶的感觉写得非常美好，留下了悠长的余韵，让人品味。

（管遗瑞）

●范梈（1272—1330），字亨父，一字德机。元清江（今江西樟树西）人。少孤贫，刻苦学文。年三十六辞家北游，卖卜燕市，吴澄荐为左卫教授，迁翰林院编修，出为福建闽海道知事。天历二年（1329），授湖南岭北廉访使，以母老不赴。人称文白先生。有《范德机诗集》七卷。

◇王氏能远楼

游莫羡天池鹏，归莫问辽东鹤。人生万事须自为，跬步江山即寥廓。请君得酒勿少留，为我痛酌王家能远之高楼。醉捧勾吴匣中剑，斫断千秋万古愁。沧溟朝旭射燕甸，桑枝正搭虚窗面。昆仑池上碧桃花，舞尽东风千万片。千万片，落谁家？愿倾海水溢流霞。寄谢尊前望乡客，底须惆怅惜天涯。

这是一首题咏之作。楼名"能远"，取义在其高——高瞻方能远瞩。本篇虽以"王氏能远楼"为题，其实只是一首饮酒歌。读者且莫被他蒙了去。可以猜测，"能远楼"或是王氏酒家。

诗一起就用了两个典故。"天池鹏"出自《庄子·逍遥游》，说是南冥天池乃北海鲲鹏的目的地，此鸟一飞便在九万里高空之上，实在是逍遥之至。"辽东鹤"出自《搜神后记》，说是辽东人丁令威学道化鹤，千年一归，见城郭如故而人物一新，于是高唱"何不学仙"而飞

去。诗人却道："游莫羡天池鹏，归莫问辽东鹤"，两个否定，抹杀两只神鸟，说鹏也不可羡，仙也不可羡。不是不可羡，而是办不到。要说办不到，却也办得到："人生万事须自为，跬步江山即寥廓。"好个范德机，揭出"自为"二字，实乃人生超脱必然而达到自由的妙义。"跬步"虽短虽近，"不积跬步，无以至千里"（《荀子·劝学篇》）。只要人能"自为"（即发挥"主观能动性"），"跬步江山即寥廓"——岂不是比大鹏还大鹏！诗的这个富于哲理启迪的开头，全在强调"人生得意岂暇愁，且饮美酒登高楼"（李白）的必要和快乐。是极富于兴会，出以挥洒的笔墨。

诗人正是在登高楼，正是在饮美酒。以下迸奔出一个痛快的长句："请君得酒勿少留，为我痛酌王家能远之高楼。"那气概，那声口，简直是太白复生，读者又看到《将进酒》的续篇。"醉捧勾吴匣中剑，斫断千秋万古愁",不要说"抽刀断水水更流",且须"与尔同销万古愁",诗人翻用古人诗意,几使太白奔命不暇。"勾吴"一词极新警,指产吴勾之吴地,如倒作"吴勾",则平平,且与"匣中剑"犯复。

以下诗人以色彩斑斓的笔墨,写出醉中达到的神仙境界。大海之上旭日东升,光照幽燕古国,当然也照在能远楼头。诗人突发奇想,觉得那搭在窗口的树枝,是扶桑之枝。这使他的思绪又飞到昆仑瑶池,如睹王母桃花;那千树万树的桃花,一忽儿又乱落如红雨。"沧溟朝旭射燕甸,桑枝正搭虚窗面。昆仑池上碧桃花,舞尽东风千万片。"数句之瑰丽,有如时花美女,绝类李贺。这样浪漫放纵的笔墨,诗人居然能够一笔收拢:"千万片,落谁家?"除了王氏酒家,不知更有谁家。不意诗人收拢一笔后,又能放出一个奇句:"愿倾海水溢流霞",称酒为"流霞",语出《抱朴子》,本指神仙饮料。已够浪漫了,还要倒倾海水以为琼酿。可令太白微笑,长吉拊掌。

最后归结题旨:"寄谢尊前望乡客,底须惆怅惜天涯。"可见诗人是在宦游或羁旅中,以酒销忧。此即李白"但使主人能醉客,不知何处是他乡"一意。登"能远楼",不仅可以远望当归,而且可以乐不思蜀——盖以有酒也。

范德机在元以诗名天下,编集唐人诗以为格式,于李杜二家尤为用力。虞集曾不无贬抑地说他是"唐临晋帖",胡应麟回护道:"唐临晋帖,近而肖也。"这首诗实出入于太白长吉之间,既挥洒自如,又绚丽多彩,然其情辞皆从胸次中流出,不是摹拟者所能及的。善临帖者,应有一定创意。唐人临王羲之《兰亭序》数家,不是各具风采么?范德机本篇好处,又岂"肖"字而已。

(周啸天)

●张雨（1283—1350），字伯雨，一字天雨，号贞居子，钱塘（今浙江杭州）人。二十余岁弃家为道士，遍游天台、括苍等名山。后居茅山，号句曲外史。有《句曲外史集》。

◇湖州竹枝词

临湖门外是侬家，郎若闲时来吃茶。
黄土筑墙茅盖屋，门前一树紫荆花。

竹枝词是民歌，起源于巴渝一带，后经文人传播，不少地方有了自己特色的竹枝词，本首为吴声竹枝词。这首诗表面看是女子请男子喝茶，但是实际上它是一种男女订婚的民间形式，因为"吃茶"在这个时候已经演化为双关语，旧时女子受聘叫"吃茶"，意思是种茶下籽，不可移置，移置则不可复生，象征爱情婚姻的坚定。

诗歌是以女子的口吻向男子说话——也许是在受聘仪式上吧，女子见到男子，一见钟情，不觉倾心爱慕，已经有些情意依依了。她用吴侬软语（吴地称人多用"侬"字，如我侬、渠侬等，话音轻软），说得非常亲切动人。她先向男子介绍自己的居处，就在"临湖门外"，这里的湖是指太湖，我们可以想见太湖一带的水乡泽国，她家门前的荷塘、柳树，湖上的帆影、渔船，风景该是多么地旖旎而优美。还进一步介绍具体地点，免得他找不到，或者走错："黄土筑墙茅盖屋，门前一树紫荆花。"语意中含着特意叮咛的意思。这是典型的江南农家小院景象，简陋是简陋些，但是觉得亲切温馨。特别是门前那一树开得正繁的紫荆花，红紫相间的颜色，正欣欣向荣，多么诱人，这就是他们家的鲜明标志了！按民间说法，它还象征着家庭和睦哩！这里"一树紫荆花"，也暗寓着"花开堪折直须折，莫待无花空折枝"（《金缕衣》）的意思，流露出女子对于婚姻的急切期待和对心爱的男子的渴盼，总之是一句话，"郎若闲时来吃茶"，殷切而热烈的情意，洋溢于诗歌之外了！

诗歌通过简短的四句话，刻画了一位聪明、热烈而又性格爽朗的江南女子的形象，栩栩如生，呼之欲出。此外，我们也可以看到，喝茶这件很普通的事情，由于时代的变化，它已经包蕴了比原来更多的内涵，而融进了民俗风情这样的文化，显得更加厚重了。

（管遗瑞）

●倪瓒（1036或1301—1374），字元镇，号云林子、幻霞子等。其先西夏人，五世祖徙家无锡（今属江苏）。性格孤傲，绝意仕进，好诗、善画、嗜藏书，中年尽鬻田产，晚年漂流东吴。明洪武七年（1374）还乡而卒。有《倪云林先生诗集》等。

◇对酒

题诗石壁上，把酒长松间。
远水白云度，晴天孤鹤还。
虚亭映苔竹，聊此息跻攀。
坐久日已夕，春鸟声关关。

这是一首五言古诗，写作者在松林间相对饮酒时的所见所感，风景优美动人，诗意清新恬淡，语言流畅自然，是倪瓒颇具代表性的诗作之一。

诗题是"对酒"，饮酒的显然是两个人，一个是作者自己，另一个当然是与他志趣相投的朋友。开始两句用倒装笔法，交代了饮酒的地点、环境和行动。在风和日丽的春天，他们选择了山上的松林，相对而饮。与第三句"虚亭"联系起来看，他们是坐在"长松间"的亭子里，周围是高大的松树，枝柯相交，浓荫蔽日，这是多么幽静而又雅洁的所在。志趣相投的朋友在这样的环境相对举杯，是何等无拘无束，悠然自得，一定是两人对坐，"一杯一杯复一杯"了。他们乘着酒兴，开怀赋诗，然后把新诗写到亭边的石壁上，在醉墨淋漓中留下日后的纪念，这又是何等富有雅兴的行为！开篇两句，作者以形象、精练之笔，把人物、行动和环境交融在一起，通过生动传神的描写，把对酒表现得情趣盎然，十分动人。

然而，以下六句，作者却不再写"对酒"了，而是在收纵变化中，写在亭中见到的清新明丽的春景。这原因，一是开始两句已经把对酒的主要活动交代清楚了，无须胶着题目，再作冗赘描写；二是"醉翁之意不在酒，在乎山水之间也。山水之乐，得之心而寓之酒也"（欧阳修《醉翁亭记》），这才是本诗所要突出的重点。因而，作者在开始淡扫一笔之后，就立即掉开笔锋，以较为细致之笔，来描画那眼前迷人的风光。

"远水"两句，先是一纵，把视线从"长松间"转向远处、高处。从亭子里穿过长松望去，远处无边的春水一片碧绿，其中倒映着悠悠飘浮的白云；在晴朗的蓝天中，一只白鹤正从远处飘然飞还。这两句，远水共晴天相映，白云与孤鹤齐飞，是一幅多么开阔、淡远的画图。接下来两句，作者又巧妙地从上句的"还"字，把描写的笔触收回到亭子中。"虚亭"有两层意思：一是言其高，仿佛亭子是在虚空之中；二是亭子四面无壁，周围的景物可以直视无碍，似乎亭子已然不复存在，而与风景融而为一了。那满地青苔和万竿修竹，一齐映入"虚亭"，作者不禁为这无边的绿色而陶醉，感到心满意足，于是发出了"聊此息跻攀"的感叹。这里的风光如此美好，还要再往哪里去攀登呢？还是在这里歇息的好。从最后两句看，作者的确没有再"跻攀"了，他们一直在"长松间"，在"虚亭里"，坐到太阳西斜，那夕阳的余晖返照在松林的青苔上，抹上了一层朦胧、幽美的色彩，这里的景色变得更加美好了。此时，投林的鸟儿纷纷从山外归来，"关关"（鸟叫声，语出《诗经·关雎》："关关雎鸠，在河之洲。"）地鸣叫着，相呼相唤，共同寻找归宿之所。这两句显然是从陶渊明《饮酒》诗"山气日夕佳，飞鸟相与还"中化出，但却远化无迹，十分自然，蕴含了丰厚的意味。全诗在这里自然结束，启人遐思。这六句既有对风景的描绘，又有作者的感叹，把写景与抒情自然地结合在一起。在描写中，有诉诸视觉的各种物象和色彩，也有诉诸听觉的鸟声，描写得细致而又丰富。笔墨不断变化，远近高低，控纵有度。这一切，交织得如此和谐，它与整个诗的安闲、恬淡、清新的意境，达到了高度完美的统一。

这首五言古诗的形式十分精巧，乍一看来，好像是五言律诗。自然，由于它的平仄上不合律诗的黏对原则，只能算是"五古"诗体。但是，在古诗中却掺进了近体诗的因素。首先，在诗中安排了一些合律的句子和基本合律的句子，例如"远水"二句完全合律，"题诗"二句和"虚亭"二句也基本合律，这样，读来在声情上就自然有一种律诗的精致感与和谐感。其次，开始四句，在词性的对偶上铢两悉称，十分工巧，因而使它更像律诗。这些，把古体诗与近体诗的形式交叉融合，而形成一种非近非古、亦近亦古的新的样式，在自然质朴中不乏人工的精美，在雕刻锤琢中又有自然之态，收到了良好的艺术效果，虽非独创，却也颇具新意。

（管遗瑞）

◇北里

舍北舍南来往少，自无人觅野夫家。

鸠鸣桑上还催种，人语烟中始焙茶。

池水云笼芳草气，井床露净碧桐花。

练衣挂石生幽梦，睡起行吟到日斜。

作者倪瓒是元代的著名画家，他画平远山水，疏疏淡淡，得简远之致。他的诗歌也作得不错，风格和他的画颇有些相似。

北里是他的居处，全诗就写他居处的风光和自己的活动。这是春天的景象，他家环境很清静，因为他和邻居来往少，也就没有人来找他，他也落得清静。一个"静"字，渗透全诗。就在这静中，他听见斑鸠的咕咕的叫声，仿佛在催促春耕下种；又隐隐传来人声，看见乡村里的农舍冒出了白色的袅袅烟雾，啊，这是人们在开始焙制春茶了！这是诗歌前半部分的写景，淡淡的用语，淡淡的情致，写来不费一点气力。

诗歌的后半部分，继续写自家院里的情景。"池水云笼芳草气，井床露净碧桐花。"池水、芳草，井床、碧桐，都在轻云的笼罩中，上面挂着晶莹的露珠，环境在清静中又增添了几许春日特有的清新之气，让人觉得非常美好。最后写到午间要休息了，随便地把白绢制成的衣衫挂在石头上，就幽幽地做起梦来。等到一觉醒来，觉得精神清爽，就一边散步一边吟诗，不知不觉到了红日西斜！这一天就这样过去了，一切都很安静，很清闲，怡然自得，这就是诗人选择的自由自在的生活方式。

在快节奏生活的今天，是很值得艳羡的。

　　诗歌中说到茶的地方不多，只是轻轻点了一笔，但这是重要的一笔。我们可以看见，江南地区的制茶业更加发达了，诗人举首即见，农村到处都有焙制的作坊，升腾起焙茶的烟雾，可见那时茶叶有着广阔的销售市场。农村正是靠着制茶这个重要副业，来发展经济的。

（管遗瑞）

●吴西逸，生平事迹不详。金元散曲存其小令四十七首。

◇双调·清江引·秋居

白雁乱飞秋似雪，清露生凉夜。扫却石边云，醉踏松根月，星斗满天人睡也。

开篇就有奇趣：写"白雁"倒也罢了，雁阵最是整齐，如何能说"乱"，除非雁群惊起于芦荡，一时与芦花俱飞，才能有飞雪的味道。这雁儿一飞，天气也就凉了。准确讲，是已凉而未寒。

夜露清凉宜人，山人一番小酌，睡意上来，却不回屋上床。醉醺醺踏着松根月色，来到大青石前：天地就是我屋，星月就是我灯，石头就是我床，想睡就睡。措语仍有奇趣："踏月"也倒罢了，至于"云"，是远看则有，近看却无的，石边哪得有云可扫？

现实没有，想象有；醒时没有，醉中有：此之谓浪漫。结尾以语助词"也"字入韵，更觉开心写意。

（周啸天）

●高启（1336—1374），字季迪，长洲（今江苏苏州）人。元末隐居吴淞青丘，自号青丘子。与杨基、张羽、徐贲并称"吴中四杰"。洪武初，召修《元史》，授翰林院国史编修。拜户部侍郎，不受。后被明太祖借故腰斩。有《高太史大全集》。

◇逢张架阁

花落江南酒市春，逢君归骑带京尘。
一杯相属成知己，何必相逢是故人？

这首诗要表达的意思其实很简单，用一个成语来说就是：一见如故。但是您看他表达得多么婉转曲折，这，就是诗。

前两句说碰见张架阁的时间和地点。张架阁，其人未详。架阁，本来是指官署存放案卷文牍的木架，宋元两代朝廷都设有架阁库官，掌管储存文案账籍，这样架阁也就代指官职了，和我们现在的档案馆馆长差不多。就在春意阑珊的时节，张架阁从京城风尘仆仆地回到了南方，他们在酒市里正好相逢了。高启是长洲人，其时隐居家乡，张架阁大约也是南国同乡。他们这一见面自然应该很高兴。但是，这两句诗里暗用了杜甫《江南逢李龟年》的诗意："岐王宅里寻常见，崔九堂前几度闻。正是江南好风景，落花时节又逢君。"杜甫是在安史之乱以后在远离京城长安的潭州（今长沙）遇见李龟年的，两人都同时落拓而流落江南，诗中充满着凄怆的感叹。这里，高启和张架阁的相遇，也显然很有些类似，大约张架阁是从京城很不得意才回来的，诗句在表面看来热烈的叙述中，隐含着双方内心深处的嗟叹。

后两句说他们相逢之后，就一起饮酒，真是"酒逢知己千杯少"，他们一下子成了知己而痛饮起来。因此诗人很感叹地说，知己不一定要是故人啊！可见他们谈得非常投机，成了很好的朋友。这两句，也用了白居易《琵琶行》中的诗意："同是天涯沦落人，相逢何必曾相识？"高启诗最后一句正好也就是白居易诗句的翻版。这就表明诗人和张架阁虽然原来并不相识，但是却都是"天涯沦落人"，他们的坎坷遭际和由此而生的天涯沦落的感怆情怀，把他们的距离一下子缩小到了零的程度，顿然亲密起来了。这些，也就是他们很快成为知己的根本原因。前后四句联系起来看，这首诗要表达的素不相识的人乍然相逢一见如故的情景，也就非常自然了，既生动形象，而又意境深厚。

有时，典故运用得好，如盐煮水，令人浑然不觉，能很好地起到丰厚诗歌意蕴的作用，这首诗就是一个很好的例子。

（管遗瑞）

◇采茶词

雷过溪山碧云暖，幽丛半吐枪旗短。银钗女儿相应歌，筐中摘得谁最多？归来清香犹在手，高品先将呈太守。竹炉新焙未得尝，笼盛贩与湖南商。山家不解种禾黍，衣食年年在春雨。

这首《采茶词》比较具体地描写了当时农村种茶、采茶和制茶、销售等方面的情况，是我们了解那时农村茶业的有用资料，诗歌写得生动活泼，读来清新有味。

诗人先从季节说起。那时惊蛰刚过，春雷初动，漫山遍野"碧云"㘈㙟，茂密的茶树迎春生长，树枝上吐出了新芽（也就是"半吐枪旗短"），正等待人们去采摘。据《宣和北苑贡茶录》说："凡茶芽数品，最上曰小芽……次曰拣芽，乃一芽带一叶者，号一枪一旗。次曰中芽，一芽带两叶，号一枪两旗。"这里枪是指芽，旗是指叶。"半吐枪旗短"，是刚出嫩芽的时候。这时，带着银钗的采茶姑娘应时出动了，她们来到山上，一边兴致勃勃地采茶，一边唱山歌和隔山的女伴相问答："筐中摘得谁最多？"这既是互相探询，互相问候，也是一种劳动的比赛，我们可以想见她们清脆婉转的歌声在山野间此起彼伏，情景该是多么动人！

但是，她们两手还带着茶香，刚刚采来的茶叶，最好的却要全部献给"太守"——也就是官家了，官家是要把这些最好的茶叶焙制出来，一级级地进贡到朝廷的。她们自己留下的当然就是茶叶中的次品了，她们这才能够自家焙制起来，烘焙属于自己的产品。她们舍不得尝尝这些新茶，就用笼子装起来，全部卖给商人，新茶被南下商人贩运到湖南那些地方去了。

这里山区的情况就是这样，不种稻谷等粮食作物，而是只种茶，一年四季的生活就全靠春季的茶业收入来维持了。所以大家要抓紧春季这段时间，集中精力采制茶叶，因为这是大家一年的衣食所靠啊！

诗歌在表面热闹的描写中，使我们看到这么一个残酷的现实，那就是官家对于茶民的压榨和剥削，年年要把最好的茶叶白白拿走，那简直就是从他们口中夺食，茶民的生活也是非常痛苦的。同时，我们也可以了解到，那时已经有了进一步的专门的茶叶种植区，也有了专门的生产、制作茶叶的人，农业出现了分工。由于分工的形成，又产生了更多的专门销售茶叶的商人。这样，到了明代，社会经济进一步繁荣，出现了商品经济的雏形。

（管遗瑞）

●唐寅（1470—1524），字伯虎，一字子畏，号六如居士、桃花庵主。吴县（今江苏苏州）人。弘治十一年（1498）举乡试第一。程敏政被劾，寅亦株累下狱，谪为吏，耻不就。筑室桃花坞，日饮其中，蔑视世俗，狂放不羁。善书画，与祝允明、文徵明、徐祯卿称"吴中四才子"。

◇把酒对月歌

李白前时原有月，唯有李白诗能说。李白如今已仙去，月在青天几圆缺？今人犹歌李白诗，明月还如李白时。我学李白对明月，月与李白安能知！李白能诗复能酒，我今百杯复千首。我愧虽无李白才，料应月不嫌我丑。我也不登天子船，我也不上长安眠。姑苏城外一茅屋，万树桃花月满天。

唐伯虎科场失意，落拓半生，于明武宗正德二年（1507）在苏州城内桃花坞筑桃花庵，日与好友祝允明、文徵明等饮其中，蔑视世俗，狂放不羁。作《桃花庵歌》及此歌言志，推崇陶潜、李白，表现出对世俗和权贵的鄙弃，其为诗亦不拘成法，不避俚俗，与愤世嫉俗的思想内容一致。王世贞《艺苑卮言》说他"如乞儿唱《莲花乐》，其少时亦复玉楼金埒"，是十分精到的评语。

本篇歌咏李白并引以自况。"把酒对月"这个题目就是李白的。李白一生爱月，所咏明月诸诗脍炙人口。这首诗一开始就以兀傲的口气，推倒一切月诗，独尊李白："李白前时原有月，唯有李白诗能说。"有这样的气概，方许歌咏李白。这里推崇的"李白诗"，当主要指《把酒问月》："青天有月来几时？我今停杯一问之。人攀明月不可得，月行却与人相随。……今人不见古时月，今月曾经照古人。古人今人若流水，共看明月皆如此。唯愿当歌对酒时，月光长照金樽里。"而唐寅这首诗，主要受李白本篇句调的影响，但他在诗中把李白加进去与明月反复对举，又是李白本人不能写的光景。"李白如今已仙去，月在青天几圆缺？"后句是李白式的，但配合前句，则是作者新意。月固有阴晴圆缺，但卒莫消长，而诗仙呢？却不能复生了，遗憾么？是的。又不："今人犹歌李白诗，明月还如李白时。"大诗人不和明月一样永存吗？这调门是李白的，新意是唐寅的。

最好的还是诗中在李白与明月之间，加入了"我"。如果失去了这个"我"，也就失去了李白精神。"我学李白对明月，月与李白安能知！"唐伯虎错了，李白固不能知，但月能知之！于是作者引李白自况："李白能诗复能酒，我今百杯复千首。""百杯复千首"就是"能诗复能酒"，也就是杜甫所说的"一斗诗百篇"。敢于自比李白，这也是李白风度，料谪仙在世亦当青眼相加。有胆量有信心，并非等同于狂妄，以下一转一合最为妥帖："我愧虽无李白才，料应月不嫌我丑。"前句妙在自知之明；后句妙在不卑不亢，又使人想起辛弃疾得意之句："我见青山多妩媚，料青山见我应如是。情与貌，略相似。"这种有分寸的自负之语，任何读者都不反感而容易接受。好比谢灵运说："天下才有一石，曹子建独占八斗，我得一斗，天下共分一斗。"诗人是说，对李白我佩服得五体投地，而对他人则不多让。语意皆妙。

最后诗人讲出了他和李白同而不同的一点："我也不登天子船，我也不上长安眠。"诗句化之杜甫《饮中八仙歌》："李白一斗诗百篇，长安市上酒家眠。天子呼来不上船，自称臣是酒中仙。"这里是说，我虽然没有李白得到皇帝征诏的经历，但也有他那种豪放不羁的禀性，"不上长安"倒也乐得："姑苏城外一茅屋，万树桃花月满天。"这个茅屋就是桃花庵。《桃花庵歌》道："桃花坞里桃花庵，桃花庵里桃花仙。桃花仙人种桃树，又摘桃花换酒钱。""但愿老死花酒间，不愿鞠躬车马前。"

诗表现的倜傥不群，超尘脱俗地追求自由反抗权势的精神，和豪放飘逸的句调风格都酷肖李白。以其人之风格还咏其人，妙在古今同调。如挑剔一点说，这首诗比李白诗，雄快天然似之，而深远宕逸不足。置诸李白歌行中，不失中驷。

（周啸天）

●徐渭（1521—1593），字文长，一字文清，号天池山人、青藤道士，山阴（浙江绍兴）人。科场失意，为浙闽总督胡宗宪幕僚，对抗击倭寇多有策划。胡得罪被杀后，徐终身潦倒。诗文主张独创，反对摹拟。有《徐文长集》《徐文长逸稿》《徐文长佚草》《四声猿》等。

◇某伯子惠虎丘茗谢之

虎丘春茗妙烘蒸，七碗何愁不上升。
青箬旧封题谷雨，紫砂新罐买宜兴。
却从梅月横三弄，细搅松风炮一灯。
合向吴侬形管说，好将书上玉壶冰。

徐渭为人狂放不羁，一生只做过幕僚，很不得志，曾经发疯、坐牢。但是他是明代著名的文学家、艺术家，诗、书、画、剧，都有很大成就。他和当时的大多数文人一样，也很喜欢喝茶，而且特别追求高雅的文人情调，这首诗就是写他喝茶的这种情况的。

开始两句就开宗明义地说明，他接到伯子惠赠的经过"妙烘蒸"等多道工序精制而成的名贵的虎丘茶以后，就是希望喝了它能够得到精神的解脱，乘风高举，飘飘欲仙。这里他是用了唐代卢仝《走笔谢孟谏议寄新茶》中的意思，卢仝的诗说："一碗喉吻润，二碗破孤闷。三碗搜枯肠，唯有文字五千卷。四碗发轻汗，平生不平事，尽向毛孔散。五碗肌骨清，六碗通仙灵。七碗吃不得也，唯觉两腋习习清风生。蓬莱山，在何处？玉川子乘此清风欲归去。"所以这首诗也叫"七碗茶歌"，这是把普通的喝茶上升到精神层面来感受、来品味了，这正是内心敏感丰富的文人们的精神所需要的，他们通过喝茶来寄托自己的情思，而得到精神上的慰藉和满足。

我们来看徐渭是怎样喝这虎丘茶的吧！

他首先打开青色笋皮包装的雨前茶，又拿来名贵的江苏宜兴的紫砂罐，然后开始煮茶。"封题"有书法的表现，紫砂罐是一种造型别致的工艺品，单是看着它们，就有了一种艺术的享受。也就在这种艺术的享受中，他一边煮茶，一边听着音乐，也许是乐伎演奏的吧，要是诗人自己横笛演奏这支笛子独奏曲，那就更有意思了。这音乐也是有名的江南名曲《梅花三弄》，因为全曲主调出现三次，故称"三弄"，内容是描写傲霜迎雪的梅花的。此时，他煮着茶，罐子里响起茶沸时像松风呼啸、汹涌澎湃的声音，屋子里是将尽未尽的昏暗的灯光，周围是无边的暗夜。他就是在这种氛围中来煮茶的。我们可以领会到，煮茶活动本身也在这种氛围中转化为一种精神的活动了，除了"封题"和"紫砂罐"的直观艺术形象，茶叶清香的气味，音乐本身悠扬的声音和含蕴其中的梅花的高洁形象，还有松风暗夜，摇摇欲尽的残灯，这一切，混合成了徐渭所特有的精神境界了：黑暗的环境，高洁的自我，力求解脱的企求，这正是诗人内心世界的外化！这写的当然就不仅仅是煮茶了，而是通过煮茶活动的几番投影、折射，在迷离恍惚中不无幽怨地表现着诗人的自我了！

正是因为如此，所以诗歌最后说："合向吴侬彤管说，好将书上玉壶冰。""吴侬"，即吴人，因为吴地称别人或自己都叫"侬"。"彤管"即赤笔管，古代女史以彤管记事，后用于女子文墨之事，如《后汉书·皇后纪》就说："女史彤管，记功书过。""玉壶冰"出自唐代诗人骆宾王《送别》诗："离心何以赠，自有玉壶冰。"这两句虽然在意思上更加隐晦含蓄，但是那基本意思还是很清楚的。一方面，诗人是在以"玉壶冰"比喻烹煮出来的茶汤是多么地明净鲜亮，见出他所得到的茶叶是非常美好的；另一方面，也就是在隐约之中，希望那记述他功过的人，要好好写上他像玉壶一样高尚清白的品格，保持自己的名节。这里面，隐含着诗人非常复杂、深微的情怀，也透露出他内心深处的一腔无奈和幽怨。这也正是诗人精神世界的真实写照。

　　这样，我们读完这首诗，就不仅仅是看见诗人在喝茶了，而是感觉到他在向人暗示、婉言自己难以言表的满腹深衷。

（管遗瑞）

●王世贞（1526—1590），字元美，号凤洲、弇州山人，太仓（今属江苏）人。明嘉靖二十六年（1547）进士，官至刑部尚书。与李攀龙、谢榛、宗臣、梁有誉、吴国伦、徐中行为"后七子"，倡导摹拟复古，晚年始有改变。才学富赡，著述宏富。有《弇州山人四部稿》《弇山堂别集》《艺苑卮言》等。

◇试虎丘茶

洪都鹤岭太麓生，北苑凤团先一鸣。虎丘晚出谷雨候，百草斗品皆为轻。惠水不肯甘第二，拟借春芽冠春意。陆郎为我手自煎，松飙泻出真珠泉。君不见，蒙顶空劳荐巴蜀，定红输却宣瓷玉。毡根麦粉填调饥，碧纱捧出双蛾眉。挡筝炙管且未要，隐囊筠榻须相随。最宜纤指就一吸，半醉倦读《离骚》时。

王世贞是明代"后七子"的领袖人物，在文学史上具有重要的地位。他的这首《试虎丘茶》，写得高华秀逸，可以概见他的诗风。

虎丘茶产于江苏苏州虎丘，历来是有名的茶叶。屠隆《茶笺》说："虎丘最号精绝，为天下冠，惜不多产，皆为豪右所据，寂寞山家无由获购矣。"一般人买也买不到，可见极其珍贵。

　　诗歌一开始就拿其他地方的茶叶来和它作比，反复说明到处的茶叶都没有它好，没有它贵重。一是江西的鹤岭茶，诗中说的"洪都"即南昌市的旧称，那里的茶叶种满广大的山坡；二是福建建瓯的北苑茶，出得很早。这两种茶都不如虎丘茶，它虽然晚出，但是它一出来，其他的茶叶也就毫不足道了。既然虎丘茶这么珍贵，他就汲来名泉——无锡的天下第二泉——惠山泉水，打算好好地来烹煮这满含春意的虎丘茶，尽情地领略无边春意。他的朋友陆郎亲自烹煮，茶沸时就像风吹松林，声音很好听，冒出的水泡就像珍珠一样，很好看。这时，他感到，就是素有佳名的四川蒙顶茶，也赶不上这虎丘茶；河北定州窑生产的红色瓷器，也比不上现在自己用的"宣瓷玉"（明代宣宗年间生产的瓷器）的茶具了。这一段，一路曲折写来，用别处茶叶反衬，用泉水、茶具旁衬，用茶沸的声音和水泡来直接描摹，目的就是要突出虎丘茶的名贵和美好，诗歌写得摇曳生姿，情趣盎然。

以下六句回转笔锋，来写自己怎样喝茶。早上觉得饥饿的时候，正需要粗茶淡饭来充饥哩，此时恰好侍女（以“双蛾眉”代指）从绿纱掩映的房间里捧出茶汤来了，诗人看见是满心欢喜。这里突然来了一顿，"挡（指弹琴）筝炙（熏，指焚香熏乐器，此指演奏）管且未要（即不要求），隐囊（枕头）筇榻须相随"，这就表现出诗人的思想情趣来了，他并不需要那种富贵人家的钟鸣鼎食和繁弦急管，来伴他喝茶，他只想轻轻地斜靠着枕头，倚在竹制的床上，一边自己用手端起茶碗来轻轻地啜饮，一边读着屈原的诗歌《离骚》，他就很满足了。这里，很形象地表现出文人饮茶的生活情趣，他倒不在于要喝茶解渴，也不在于祛病健身，而是追求一种安宁、清幽的环境，营造一种祥和、恬适的精神境界，来品味人生休闲的乐趣。至于读书，而且是读的屈原的混合着血泪的诗歌，恐怕也是在有意无意之间了。总之，闲雅也就成了品茗追求的极致了！

从这首诗歌，我们可以看到明代文人喝茶的一般情况。而虎丘茶，作为一种名贵的茶叶，其中更加包含着深厚的内涵。

（管遗瑞）

●汤显祖（1550—1616），字义仍，号海若，又号若士，别署清远道人。明代戏剧家。临川（今江西抚州）人。所居名玉茗堂。万历十一年（1583）进士，曾任南京太常寺博士、礼部主事等职。以不附权贵免官，居家读书著述以终。有《玉茗堂集》《临川四梦》等。

◇余如竹喻叔虞夜宴闲云楼有作

耆旧相看酒不空，小山秋色画楼中。

微波远带星河白，艳曲全销蜡炬红。

汤显祖是明朝著名的戏剧作家，有着很高的声望，而他的诗歌特别是小诗也清新可诵，这首七绝就是这样。全诗写他和他的两个老朋友余如竹、喻叔虞在闲云楼夜宴的情景，显得闲适而又雅致。

第一句说"耆旧"，一开始就点出了题目中的两个老朋友，大家相对而坐，一边闲谈一边慢慢饮酒，所以酒杯里的酒总是"不空"的，这和李逵式的鲁莽轰饮，形成了鲜明对照，这就是文士雅集的特色了，很有斯文相。中间两句，作者腾出手来写景：闲云楼所在的小山秋景映入楼中，斑斓绚丽，像嵌在壁上的图画一般，那么美好；从楼中看出去，楼外水中泛着微波，和夜空里明亮的天河连接在一起，夜景非常淡远。这两句乍看来好像和第一句没有直接联系，其实，这也正是他们饮酒时的活动，也就是说一边在饮酒，一边在欣赏楼外的景色，自然也在不时发出赞叹了。同时，也交代出周围的环境，进一步衬托了夜宴时大家安宁闲适的心情。

不仅如此，最后一句还写到这几位老先生，他们还在慢慢地听着"艳曲"哩，真是闲情逸致不浅啊！这"艳曲"，也就是歌唱男女情爱故事的曲子了，在当时是非常流行的，筵席上一般都有专门的演员演唱，给聚会饮酒助兴。浅斟低唱，这也是文人雅集的特色之一。从"全销蜡炬红"几个字中，知道他们已经兴味盎然地听了好久的时间了，以致点去了很多红红的蜡烛。在以上这些淡淡的描写中，作者的笔致总是显得非常轻灵，全都点到即止，但是，整个宴会的活动全都摄到了笔下，他们老朋友之间那种亲密和谐的友情，温馨的宴会氛围，也从笔下轻轻地流露出来，一切都显得那么美好，那么惬意，显示出作者自己的风格和娴熟的艺术技巧。

（管遗瑞）

●袁宏道（1568—1610），字中郎，号石公，公安（今属湖北）人。万历二十年（1592）进士，官至吏部郎中。与其兄宗道、弟中道并称为"三袁"，同为"公安派"创始人。反对前后七子摹拟、复古的主张，强调不拘格套，抒写性灵。有《袁中郎全集》。

◇夜饮邹金吾家

夜深歌起碧油幢，部部争先那肯降？
阅尽龟兹诸乐府，却翻新谱按南腔。

这首诗是写夜宴的，写出了当时南北音乐互相交流融合的情况，是文化史、音乐史上难得的形象生动的资料。

夜宴的地点是在作者的朋友邹金吾家，可见这是一次家庭夜宴。"金吾"是"执金吾"的省称，执金吾是官职名称，是掌管京城治安的长官，在当时是相当有权势的人家，所以才能够在家里举行这样豪华的家庭歌舞晚会来招待客人，可见这又不是一般的晚宴。

诗歌先写环境特色，那就是"碧油幢"，碧油幢是华丽的帐幔，这是以少总多，概括地介绍邹家夜饮的厅堂的富丽豪华，以见其富有而又显赫的身世。就在这样一个豪华的地方，夜已经很深了，而歌声还在响彻云霄，舞台上一支支歌舞还正在起劲地表演，演员们都很卖力，尽情地展示自己的歌舞才华，生怕落后于人。这就很可观了，演艺水平之高自然也就可以想见了，不禁令人啧啧称叹。

不仅演艺高超，演出的歌舞节目也不同寻常，非常新颖。先是表演了"龟兹"的各种"乐府"。"龟兹"是当时的西域地名，也就是现在的新疆；"乐府"，这里是统指歌舞节目。在当时，新疆歌舞拿到内地来表演并不像现在这样常见，它是一种很具异域情调的艺术，内地能够看到的人恐怕不多，所以在作者看来，也算是一种很难得的眼福耳福了，因此在诗中津津乐道。最后一句是说夜饮中演过了北方的龟兹乐府，紧接着又演出南方新编的歌舞，"南腔北调"如此轮番演出，互相影响，交相融合，使得舞台上五彩纷呈，美不胜收，直看得人眼花缭乱，而夜饮的盛况，也就在这些描写中自然表现出来了，而且表现得如此生动形象、淋漓尽致！

诗歌的标题有"夜饮"，但是作者没有正面写如何喝酒，只是写夜饮时观看歌舞的情况，这样看似不切题而实际把题意包含其中，也是写作中的一种手法，作者运用得很成功。

（管遗瑞）

●金圣叹（1608—1661），原姓张，名采，字若采，后顶金人瑞名应试，又名喟，字圣叹。吴县（今江苏苏州）人。明末诸生，入清后绝意仕进，顺治十八年（1661）以"哭庙案"处斩。有《沉吟楼诗选》等。

◇三吴

三吴二月万株花，花里开门处处斜。
十五女儿全不解，逢人轻易便留茶。

金圣叹是明末清初一位重要的文学评论家，可惜他因为"哭庙案"被杀。他也写诗，虽然不多，但是有的写得清新可喜，这里选的这首就是这样。

"三吴"，这里泛指环太湖流域地区。这里大小湖泊相连，沟渠纵横，土地肥沃，风景秀丽，是著名的江南鱼米之乡。诗歌第一、二句就以通俗的语言，简练的文字，概括地写出了仲春二月之际，这里繁花似锦的美丽景色。诗中突出了"花"，"万株"言其多，放眼一望，到处花团锦簇。就连人们的房门也掩映在鲜花丛中，开门进去，呀，那院子里也到处是花，真是花的世界，花的海洋！这里的一个"斜"字，生动地写出了花枝交错生长，花朵在枝头颤袅的神态，极为传神。读这两句，我们通过最有代表性的春天的景物花朵，看到了这个美丽的、充满生机和活力的地区，真是非常地美好！

　　但是，这里的"花"是指什么呢？

　　诗人在第三、四句写道："十五女儿全不解，逢人轻易便留茶。"原来诗人是在以花来比那美丽如花的"十五女儿"，这些美丽、娇嫩的女儿就像"万株花"那样，遍布"三吴"之地，我们可以想见，人面鲜花交相辉映，这真是一个地灵人杰的地方啊！但是，诗人又说她们"全不解"，因为她们"逢人轻易便留茶"，好像她们过于热情大方，总是特别喜欢招待客人喝茶。这倒体现了淳朴的民风。其实，这里是用了双关的手法，因为那时把女子受聘叫"吃茶"，也就是诗中说的"留茶"，意思是种茶下籽，不可移置，象征着爱情婚姻的坚定不移。到这里，我们才完全明白了，好心的但是也有些诙谐的诗人，在劝说天真烂漫的女儿们在自己如花似玉的年龄，在特别向往追求自己婚姻幸福的时候，不要轻率从事，而是要慎重考虑，不要误了自己美好的人生！

（管遗瑞）

●李渔（1611—1685），字笠翁，兰溪（今属浙江）人。明末诸生。少时游历四方，结交名士，入清绝意仕进。初寄寓杭州，后迁居金陵。一生从事诗文、戏剧创作。有诗文集《笠翁一家言》、戏曲集《笠翁十种曲》等。

◇归朝欢·窃茶

未共鸳帷还是客，何事窃杯尝口泽？残茶往往被伊偷，吸干不使留余滴。谁知郎计谲，空杯义取斟来吃。问其中，有何气息，直恁贪如蜜。　　但解钻营都是贼，但效殷勤都是术。只愁风蝶为花忙，近花便觉花无色。念他可怜极。再倾杯，剩些余汁，只当施残粒。

这是一首词。写一个男子专喜欢偷喝女子的剩茶，女子觉得很可怪，就发表了自己的感想。这首词，就是以女子的口吻来诉说的。

这位女子好像很懂得"男女之大防"，看来和男子的接触很有分寸。她发现自己的剩茶被男子偷喝了，而且喝得干干净净，不留余滴，不禁感到不可理解，甚至有些恼怒了，所以劈头就问："未共鸳帷（绣了鸳鸯的帷帐）还是客，何事窃杯尝口泽？"你我还并没有同床共寝，为什么要偷喝我杯子里的残茶，来偷尝我的"口泽"（口中的津液）

呢？态度表现得义正词严。于是她把杯子里的剩茶倒掉，只留一个空杯，心想，看您偷喝什么？但是她很快发现，就是空杯，那男子也端来斟满水喝。于是她愈加感到奇怪，不禁问道：这杯子中到底有什么味道，叫您如此着迷，简直当作蜜糖来喝了？

当然，这位女子是绝顶聪明的人，她心中明白，这是男子对她的爱慕的表示，她在表面的嗔怪之下，心里也暗藏着意外的惊喜，觉得这是男子对她的爱情的暗示，是私下里对她的迷恋与追求，不禁也感到了几许自得。但是，她毕竟已经有了阅历，知道"但解钻营都是贼，但效殷勤都是术"的道理，就是说，凡是拐弯抹角搞投机的都是鬼鬼祟祟的不正派的人，不直接表示意图而采取隐蔽的迂回曲折的办法来达到目的的人，都是工于心计、惯于玩弄手段的人。对这样的人，当然是要高度警惕，加以戒备的。她由此进一步分析，这个男子对自己的追求，说不定只是图一时新鲜，等到他达到了目的，说不定又厌弃我了呢！不过，她心思一转，也念到他有如此喜欢自己的一番心意，看他那痴迷的可爱样子，也不好从感情上拒绝他、折磨他，那就在倒剩茶的时候给他留些在杯子里，就当是给乞丐施舍残羹剩饭吧！词作就在女子放宽一步的态度中，情绪缓和下来，悠然结束了，留给读者许多想象和回味的余地。

这首词写"窃茶"，内容很新颖，这在汗牛充栋的描写喝茶的诗词中，别开了生面，不落窠臼。文字也通俗明白，写得也很尖新泼辣，好像是元代的曲子一样，读来让人耳目一新。特别是在对女子的心理刻画上，可谓是一波三折，把那种非常丰富、复杂的人物内心世界，表现得十分细致、深入，纤毫毕现，真是极尽婉转曲折之能事。

（管遗瑞）

●周亮工（1612—1672），字元亮，号栎园，又号陶庵、减斋、栎下先生等，祥符（今属河南开封）人。明崇祯十三（1640）年进士，官监察御史。降清后累官至户部右侍郎。康熙初，被劾下狱，遇赦得释。工诗文，好士怜才，一时遗老多从之游。有《赖古堂集》。

◇闽茶曲（录一）

御茶园里筑高台，惊蛰鸣金礼数该。

那识好风生两腋，都从著力喊山来。

这首诗歌描写了清代福建武夷御茶园的情况和特殊的采茶风俗。

诗歌第一句提到的"御茶园"是指官府所置的专门负责生产、采制贡茶的茶园，这里是指闽中的武夷御茶园，创制于元代大德六年（1302），到诗人这个时候，已经有三百多年的历史了。诗人看见，御茶园里还矗立着高台，到了每年二月上旬的惊蛰节，这里照样要敲起锣来举行仪式，礼数是很周全的。于是他想到，大家都只知道喝了这里的茶，就会有"两腋习习清风生"（唐代卢仝《走笔谢孟谏议寄新茶》）的美妙感觉，但是哪里知道这些茶都是御茶园的人们费力"喊山"喊出来的呢！

诗歌中所说的"喊山"，据《武夷山志》记载，武夷御茶园中有通仙井，元至顺三年（1332）在井畔建台，名曰"喊山台"，每年惊蛰日，崇安县令牲醴茶汤致祭，祭毕，隶卒鸣金击鼓，同声高喊"茶发芽"，而井水渐满，才开始摘茶。诗歌第一句提到的"高台"，也就是这个"喊山台"。

诗歌描写了一个古老的采茶风俗，它曲折地表现出那时人们对于茶叶生长的蒙昧认识，因为茶叶的发芽是喊不出来的，在今天看来当然是可笑的。但是，通过这件事情，也反映了人们希望茶叶丰收的美好愿望，甚至体现出人们希望通过人的努力来战胜自然的想法，这里面也包含着积极的意义。这，也是茶文化的一种吧！

（管遗瑞）

●陈维崧（1625—1682），字其年，号迦陵，宜兴（今属江苏）人。早慧，幼年有"神童"之称。清康熙十八年（1679）以荐举博学鸿词，授翰林院检讨，参与修《明史》。尤长于词及骈体。有《湖海楼全集》等。

◇沁园春·送友人入山采茶

十里溪山，竹粉缨峦，兰风藻川。有蒙茸萝葛，蔽亏曦月，坦迤涧壑，向背林泉。夕渡遄归，晨渔缓出，谷唱潭吟韵邈绵。居此者，是秦时毛女，汉代琴仙。　　人家四月开园，送君去、刚逢谷雨天。恰晴村绿崦，数间僧灶，清江翠箬，一带商船。拍处盈盈，焙余冉冉，归卧回廊瘦石边。松涛沸，正龙团乍碾，蟹眼初煎。

《沁园春》是词牌名。作者是清代"词的中兴"的重要作家。这首词，是他的朋友进山采茶，他写来送朋友的。

词的上阕，写他的朋友将要去的溪山的自然美景。先是总写，勾勒出轮廓："十里溪山，竹粉缨峦，兰风藻川。"在广阔的十里山区，溪水潺潺，竹林茂密，风吹兰香，好一派美丽景象！竹粉，是指竹枝上蒙着的一层白色粉状物，竹叶飘动犹如枪缨闪动——这些形象的比喻，把这里的美景一下子呈现到读者面前，给人以非常形象生动的印象。中间几句，进一步从三个方面着笔，作了具体的描绘。一是写山上的植被，这里有生长茂盛的、互相缠绕在一起的女萝和葛藤，遮蔽得太阳和月亮有时也照不到；还有逶迤曲折的山涧、沟壑，纵横其间，山林泉水相背相向，显得何等深邃清幽！二是写特有的声音，要是傍晚渡水回家，或者早上外出，还能听见潭水的声响和山谷间的宏大而细切的回声，那韵味才够悠长哩！三是写居住的人，那里居住的人家据说是秦代的"毛女"，她名叫玉姜，本来是宫女流落到山中的，尽吃松叶，身上长毛，就不怕饥寒，变为仙女了；还有汉代的居士琴高，他善于弹琴，入山修炼长生之术，后来就乘赤鲤飞升了。这些美丽的传说故事本身就很动人，它们和这美丽的山水结合在一起，又进一步给这些自然形态的山水增添了神秘的梦幻般的色彩，好像给山水注入了灵魂，一切都更加生动活泼起来，叫人心驰神往！

诗人的朋友就要往这样美好的山区去采茶了，那该是怎样愉快的行程啊！于是，下阕就写朋友入山的具体情况。

和上面的基本实写不同，下阕主要是想象，想象朋友到了采茶地区以后，应当发生的事情。也是从三个方面着笔。先写节令，正是采茶开园之时，也正逢谷雨天，此时正是采摘新茶嫩芽的时候，俗话说"来得早不如来得巧"，真是碰到了难得的好时节。然后写茶山一带的茶叶制作和商业活动，在那绿树掩映的村庄里，有僧人在茶灶制茶，村边清澈的江流里来往着茶商的船只。想那拍制得圆圆的茶饼，还有焙制时的袅袅轻烟，一定勾起朋友喝茶的兴趣，回到那"回廊瘦石边"，想要喝茶了吧。这一层，写出了整个茶区在采制茶叶季节的繁忙景象，将从采摘到加工制作到贩运的商业活动，一一呈现在读者面前，使我们了解到那时茶山的情况，虽然是虚写，却非常真切。最后是写他的朋友喝茶的情形，是以比喻的手法，想象龙团茶叶刚刚碾好，茶汤煮沸时响起松涛的呼啸，浮动着蟹眼一样的茶沫，一切都是这般美好。这里，作者为朋友能够在这个时候进入茶山，喝到刚刚制成的新茶而庆幸，言语之中还表现了自己的欣羡之情，把送别的意思表达得情深意切，让人感动。

（管遗瑞）

●朱彝尊（1629—1709），字锡鬯，号竹垞，秀水（今浙江嘉兴）人。清康熙十八年（1679）应博学鸿词科，授翰林院检讨。后革职，归家潜心著述。博通经史，诗与王士祯并称"南朱北王"。词宗姜、张，为"浙西词派"创始人。有《曝书亭集》等。

◇扫花游·试茶

杏花过了，正谷雨初晴，绕篱云水，晓山十里。见春旗乍展，绿枪未试。立倦浓阴，听到吴歌遍起。焙香气。袅一缕午烟，人静门闭。　　清话能有几？任旧友相寻，素瓷频递，闷怀尽矣。况年来病酒，夜阑须记。活火新泉，梦绕松风曲几。暗灯里，隔窗纱、小童斜倚。

这首词是写作者自己喝茶的闲情雅致的。

词的上阕，先写自己居处的优雅环境。这时杏花已经开过，正是谷雨天气而又非常晴朗的时候，自己的篱笆门前水绕山环，白云袅袅，朝阳普照着十里山区。这样描写，突出了居处的清幽美好，这种情调笼罩全篇。接下来，就写他在院子里的活动，看见"春旗""绿枪"（都是绿茶名，顶芽初发者，尖而似枪；小叶方展者如旗，故称），想到还没有品尝，不免有些遗憾。又在浓荫下伫立，听到吴歌四起，正是采摘制作新茶的劳动歌声，还闻见焙茶的香气。这一切，都引起作者对于新茶的美好向往，于是，他也开始烹茶了，"袅一缕午烟，人静门闭"，在这样幽静的环境里，作者也要亲自来品尝新茶的味道了。

下阕就写和朋友一起喝茶的情况。作者觉得，一个人喝茶未免寂寞，正好老朋友来了，就一起品茗，大家频频举盏，娓娓闲谈，胸中的闷气一扫而光——此时作者不禁感觉这样和旧友清静地闲谈，一生也难得有几次，这样的情景真是很值得珍视啊！他又想到，近年来自己因为"病酒"（即醉酒而身体不适），就要多喝茶以消解酒力，今后要记着夜里要用"活火（炽烈的炭火）新泉"烹茶，听着那像松风一样的茶沸声，斜靠着曲曲的茶几，有如梦幻一般，这对身体也有好处，该是多么有益！结尾处作者写道："暗灯里，隔窗纱、小童斜倚。"这是室内清幽的环境，也是作者喝茶的具体地点，它和一开始写出的大环境"杏花过了，正谷雨初晴，绕篱云水，晓山十里"正好遥遥相对，大小相形，室内的小环境被衬托得更加清静、更加优雅、更加温馨。

这里所选的这首词，着力在表现作者饮茶时的雅致情景。其中，写到杏花云水、春旗绿枪，写到吴歌声起、焙香四散，还有"立倦浓阴""人静门闭""梦绕松风曲几"等等，都是从各个不同的侧面，来渲染、烘托这种清幽雅致的气氛的，从而达到了情景交融的效果，把作者的情思——喝茶的闲情雅致，表现得委婉含蓄，耐人寻味。

（管遗瑞）

●孔尚任（1648—1718），字聘之，一字季重，号东塘、岸堂、云亭山人，山东曲阜人。因御前讲经而受康熙赏识，授国子博士。官至户部员外郎。曾奉命赴淮阳疏浚黄河口，遍游东南胜地。后因作《桃花扇》被削职。有诗文集《湖海集》等。

◇试新茶同人分赋

精陈品具扫闲寮，茗战苏黄俱赴招。槐火石泉新历历，松风桂雨韵潇潇。未投兰蕊香先发，才洗瓷罂渴已消。谁寄一枪来最早？贡纲犹自滞春潮。

斗茶，也叫"茗战""斗茗"，是一种极为文雅的游戏，产生并盛行于宋代，以后也时有文人斗茶。综合各代记述，斗茶包括三项内容，即斗茶品、行茶令、茶百戏（使汤纹水脉呈图像）。这首诗是写第一项，即斗茶品，一般是二人以上多人共斗：自带佳茗，先斗茶色，茶色贵白，以青白胜黄白；次斗茶汤，根据茶的品种选用最恰当的水煎，煎茶毕，比赛茶汤的颜色、味道，谁的茶汤先在碗边沾上茶痕，谁就负。（见《中国传统游戏大全》）

诗歌的第一联就直接点明，这次同人的聚会就是斗茶。为了迎接大家的到来，主人已经先把煮茶、饮茶的器具精细地摆放好，又把清静的小小茶寮打扫得干干净净，各位参加斗茶的朋友也都全部到齐了。诗中是以北宋著名诗人苏轼、黄庭坚来代指他的赴会的朋友的，因为苏、黄既喜欢喝茶，又热爱斗茶，可见这些同人都是像苏、黄一样的斗茶能手和诗文高手，这一次的斗茶一定是很热闹、很有水平、很有意义的。

诗歌的中间两联就描写了斗茶的具体情况。他们点燃火，汲来泉水，开始烹煮，就听见锅里响起风吹松林和雨打桂树的声音，美妙动听，韵味就好似春雨潇潇一样。这些茶都很香，还没有放到锅里就像兰花一样香气四溢；才把盛汤的茶碗（瓷罂，瓷制的茶碗。罂，音婴）洗干净，还没有来得及喝，就觉得口中生津，望汤止渴了。看来这次斗茶，大家都作了充分的准备，表演得各有千秋，谁也不甘示弱，难分高下了。

诗歌最后说："谁寄一枪来最早？贡纲犹自滞春潮。""一枪"，即一旗一枪，一枚茶芽连带一柄嫩叶，嫩叶初展如旗，茶芽如旗上枪尖，故称。原来他们之所以要在这个时候斗茶，是因为自己得到了今年最早的新茶，而茶贵新。"谁寄一枪来最早"是虚拟设问，言外之意是，我们的茶是今年最早的，因为那运往京城去的贡茶（"贡纲"即指贡茶）还没有启运，正在等待春潮的到来才运送，我们喝的新茶比皇宫还要早哩！这里，我们分明地感觉出诗人自得的情怀。诗人的情怀自然也代表着大家的情怀——这次斗茶，大家一定是分外高兴，尽欢而散了。

（管遗瑞）

●曹雪芹（约1715或1721—1764），名霑，字梦阮，号雪芹、芹圃、芹溪。江宁（今江苏南京）人。著有《红楼梦》。

◇茶诗二首

一局输赢料不真，香销茶尽尚逡巡。
欲知目下兴衰兆，须问旁观冷眼人。

古鼎新烹凤髓香，那堪翠斝贮琼浆。
莫言绮縠无风韵，试看金娃对玉郎。

这两首诗，是从曹雪芹的著名长篇小说《红楼梦》中摘录出来的，借咏茶来表现盛衰兴亡之叹和男女之间的金玉良缘。

第一首摘自《红楼梦》第二回《贾夫人仙逝扬州城，冷子兴演说荣国府》，诗歌置于本回的开头，对内容有提纲挈领的作用。本回写京都古董行的冷子兴，在扬州向曾经做官、现已革职的贾雨村讲说荣国府的情况：贾雨村说荣国府备极豪华，他看见里面厅殿楼阁"峥嵘轩峻"，树木山石"翁蔚洇润"，没有衰败的迹象。冷子兴却说："'百足之虫，死而不僵。'如今虽说不似先年那样兴盛，较之平常仕宦之家，到底气象不同。如今生齿日繁，事物日盛，主仆上下安富尊荣者尽多，运筹谋画者无一；其日用排场费用又不能将就省俭。如今外面的架子虽未甚倒，内囊却也尽上来了。"

这首诗歌就是写这种衰败先兆的。作者以棋局来比喻荣国府这个封建官僚大家族，说明风云变幻，兴衰难可逆料，很是贴切。又以"香销茶尽"来进一步说明，棋局已残，衰败之势已经注定，只是目前还没有马上就倒，因为"百足之虫，死而不僵"——庞大（百足，比喻其大）的动物，就是死了也不会马上僵硬，这也是用成语来作比喻。这里的"逡巡"，作"迟回不进"解，很形象地写出了荣国府目前勉强撑持、危机四伏的状况。但是，征兆是在几微之间，身在此中的人是看不出来的，要知道今后究竟如何，"须问旁观冷眼人"——也就是"当局者迷，旁观者清"的意思。这首诗不仅高度概括了本回小说的内容，也揭示了一个客观规律，只有"冷眼旁观"，排除干扰，才能深入了解事物的本质，给人以深刻的启迪。

第二首摘录自《红楼梦》的第八回《薛宝钗小恙梨香院，贾宝玉大醉绛云轩》，也是写在本回的开头。这一回写贾宝玉到薛宝钗处看望生病的宝钗，宝钗仔细看了宝玉佩戴的通灵宝玉，上面写着"莫失莫忘，仙寿恒昌"八个字，宝玉也看了宝钗戴在脖子上的金项圈，上面也刻着八个字："不离不弃，芳龄永继。"这是"金玉良缘"，暗示着他们二人将来的婚姻关系。后来林黛玉也来了，看见二人的亲密关系，内心有些不悦。宝玉在宝钗这里喝了茶，又喝了酒，后来回到自家屋里的"绛云轩"，不禁醉意上来，摔了茶碗。

这首诗歌也是采用比喻的手法，来暗示宝玉和宝钗的婚姻——在古鼎茶炉里新烹煮的凤髓名茶，散发出浓郁的香味，但是，绝不能用翠玉做的酒杯来盛它。这是以"凤髓"名茶比黛玉，以"翠斝"（斝音甲，酒杯）比宝玉，暗示他们二人的婚姻无缘。第三句是以"绮縠"（縠音胡，丝织品）比宝钗，说她虽然没有黛玉那样的"风韵"，但是也正好是"金娃"对"玉郎"，倒是很般配的哩！这些比喻都很生动形象，给诗歌增加了色彩和韵味，读来觉得意味隽永。

（管遗瑞）

●厉鹗（1692—1752），字太鸿，号樊榭。浙江钱塘（今杭州）人。康熙五十九年（1720）举人。后屡试不第，潜心著述，其诗宗宋，自成一家。有《樊榭山房集》《宋诗纪事》等。

◇同江皋饮吴山酒楼怀亡友石贞石

春风劝客倒鸡缸，楼子临湖正背江。

翠溦时时摇远树，晴岚故故入西窗。

二豪醉后知何物，此士尘中信少双。

石仲容今呼不起，与君狂语倩谁降？

厉鹗是清代著名的诗人。这首七律写的是他和他的同乡朋友江皋（江皋即陈皋，江皋是他的字）在吴山酒楼饮酒，同时怀念他们的已故朋友石贞石的。石贞石就是石文，贞石是他的字，号仲容。吴山也就是胥山，山上有子胥祠，是纪念楚国名将伍子胥的。胥山在杭州西南，靠近钱塘江，又濒临西湖，是一处登临游览的胜地。

明白了以上这些，诗中的意思就好理解了。但是这首诗有两个内容，一个是和朋友聚会饮酒，另一个是怀念故去的朋友，欢乐中又有伤感，是两种情绪的交织。我们看他是怎样来表现的。

开始两句是倒装句法。这两句交代了吴山酒楼的具体位置，是临湖背江，当然风景很优美，他和江皋就在这个地方饮酒。但是他是倒过来说的，而且把"春风"二字放在最前头，这里一方面是在交代时令，同时说春风劝酒（鸡缸是一种精致的瓷器酒杯，因上面画着鸡，故名），也有特意珍惜这春日美景的意思，二人饮酒的愉快情形也自然透露出来。两句曲折变化，很见匠心。接下来一联正面描写风景，前一句是说西湖（苏轼有描写西湖的诗句"水光潋滟晴方好"），远树在翠绿色的波浪中摇动；后一句是说晴天钱塘江上淡淡的水汽，好像特意飘进酒楼中来。诗中用形容词"时时""故故"，赋予了景色以感情，景色更见可爱；而动词"摇""入"，也很生动传神，景色的美好和他们饮酒的快乐，也就可以想见了。这两句可称佳句。

以上是描写他和江皋饮酒的愉快情形的，接下来就应该是悼念亡友的意思了。但是第五句还是在说他们二人的饮酒，"二豪醉后知何物"，是说我们两个在这里酒醉之后，有谁能够理解呢？这是很关键的一句，起了承上启下的作用，自然引出了下一句："此士尘中信少双。"这里的"此士"也就是指亡友石贞石了，称赞他是天下无双的杰出人物。再接下来也就水到渠成，表达悼念亡友的哀思了，不过最后一句又兜转回来，和开头遥遥相应，说到目前的饮酒，其中也隐含着深深的伤悼之意，两种情思浑和、交织在一起，表达得非常真切。

这两种情绪之所以能够交织在一起，一个很重要的原因，就是亡友石贞石是他和江皋共同的朋友。逝者虽然已经不能复生，但是当此对酒当春之际，两位生者聚会，自然会生出对亡友的深深怀念之情，诗歌正是这样来表现这种情怀的，所以写得清清楚楚而又情意深厚，感人至深。

（管遗瑞）

●袁枚（1716—1798），字子才，号简斋，又号随园老人，浙江钱塘（今杭州）人。乾隆四年（1739）进士，授翰林院庶吉士。历任溧水、江浦、沭阳、江宁等地知县。辞官后，于江宁小仓山筑随园，以诗酒为娱。诗倡性灵说。有《小仓山房集》《随园诗话》等。

◇谢南浦太守赠芙蓉汗衫雨前茶二首（录一）

四银瓶锁碧云英，谷雨旗枪最有名。
嫩绿忍将茗碗试，清香先向齿牙生。
书交柏叶仙人寄，味比江城太守清。
好色相如最消渴，被公知道旧风情！

袁枚是清代的著名诗人，曾经做过知县，四十岁以后隐居在江苏南京。诗题中的"南浦"是县名，故城在今重庆万州区。"雨前茶"，即谷雨之前采摘的茶叶，清新鲜嫩。"南浦太守"，未详何人。

这首诗歌，以生动形象的笔墨，饱含激情地歌咏了"南浦太守"所赠的"雨前茶"，写得轻快活泼，情趣盎然。

开始两句直接写出太守所赠的茶名叫"碧云英"，是用四个银瓶装着的，"锁"字，用得极妙，珍惜之意溢于言外。袁枚最喜欢谷雨之前的"雨前茶"，他曾经说过，"尝尽天下之茶"，"雨前最好，一旗一枪，绿如碧玉"。这也就是为什么叫"碧云英"的原因。这两句给予了所赠茶叶高度的赞美，所以接下来第三、四句就说，看见那嫩绿，也就心醉神怡了，简直不忍心烹煮来喝（忍，即岂忍）；那清香的气味，好像已经进入口里，齿颊生香了。诗人写得一往情深，对茶叶的喜爱之情，洋溢在字里行间。

第五、六句，诗歌来了一个小小的转折，转得轻松自然，写对送交书信和茶叶的人的谢意，但是这意思表达得很婉转。"柏叶仙人"，本来是指唐代的田鸾，传说他因为长期食柏叶，得长寿成仙，这里是指为南浦太守传书、带茶的来人，诗中以仙人相看，表示了对他的尊敬和钦慕。又说这茶叶的香味，比江城（即"南浦"，因为万州在长江边上）太守还"清"。这里一个"清"字，高度概括了茶叶的清香气味，既是对茶叶的赞美，也是对"南浦太守"的清高品格、清廉作风的赞扬。自然，这里面也有恰到好处的调侃，情意真切，很有亲热感。最后，诗人又自我调侃了，说我就像那好色的汉代辞赋家司马相如一样，也有消渴疾（即糖尿病），正需要喝茶来消解呢，谁知道我的这点小小的"风情"隐私，竟然被您窥破了！言外之意是，您送来的茶叶正中下怀，很合我的爱好，真是雪中送炭了。这，也还是一番感谢之意，但是这样曲折委婉地表达，诗情摇荡多姿，诗歌也就更加活泼生动，表现出了诗人高超的抒情技巧。

（管遗瑞）

●赵翼（1727—1814），字云崧、耘松，号瓯北，江苏阳湖（今常州）人。乾隆二十六年（1761）进士，授翰林院编修。官至贵西兵备道。后辞官归乡，主讲安定书院。精治史学，考订史实时称精赅。论诗主张独创，反对摹拟。诗与蒋士铨、袁枚齐名。有《瓯北集》《瓯北诗话》《廿二史札记》《陔余丛考》等名于世。

◇再过淮上晴岚留饮荻庄即事

潦后重来访荻庄，西风踏叶遍篱墙。
行厨酒屡斟重碧，留壁诗犹挂硬黄。
家幸未沉河伯妇，人传已作水仙王。
衰年何意频相见，把臂宁辞放老狂。

此诗见赵翼《瓯北集》卷三十。他在这首诗中有小注道："淮右大水，多讹传之信。"这里的淮右也就是淮上，此处具体指江苏淮安，即诗人的朋友程沨的家乡。程沨号晴岚，乾隆二十八年（1763）癸未科进士，官翰林庶吉士。他的父亲程鉴是有名的盐商，暴富以后见萧湖的一个小岛松柏凝黛、芦荻含烟，风景绝佳，便兴工起造别墅，取名白华溪曲。程沨在北京未待散馆即辞归，扩园置景，改名荻庄，每日在园中宴集天南海北名士，拈题刻烛，一时称盛。赵翼和程沨多有交往。乾隆五十一年（1786）夏末，安徽、淮上等地发生大水，浩浩怀山襄陵，冲毁淹没了好多地方，造成巨大灾难。此时赵翼正从扬州回家，听说荻庄也遭受水患，他就顺道去看望程沅，程沅在荻庄设筵热情款待他，这首诗写的也就是宴会的情形。这是他第二次到荻庄，所以诗题说"再过"。

赵翼在清代诗坛独树一帜，力主推陈出新，自抒性情，诗歌有时很诙谐。这首诗也体现出了他的一些风格。

开始是描写水灾情景：快到初秋时节了，只见西风凄紧，黄叶满地满篱墙，他就踏着黄叶进入荻庄，昔日豪华的园林在水灾过后，到处是一片萧条景象。虽然水灾使程沅一家也遭受了损失，但还是设了"行厨"来招待他。"行厨"是在游览时可以跟着客人一起走的厨具，只有富豪人家才有，这是程沅为诗人的到来准备的，可见一路上招待的热情，不停地劝喝那深绿色的美酒。"硬黄"是一种晶莹透明的纸，用来临帖，现在就挂在壁上，可见经过水灾以后，主人仍然有欣赏书法的雅兴。这里特别提到这一点，也还是表现着一种文人宴集的特点。

值得玩味的是中间两句："家幸未沉河伯妇，人传已作水仙王。"对仗非常工整、巧妙。"河伯妇"是用了西门豹治邺的故事中的典故，原来女巫年年要为水神河伯娶妇，把少女投入河中。"水仙王"是指自投入水的屈原和被人投入水中的伍子胥。这是诗人以老朋友的身份，来轻松地调侃主人。两句互文见义，就是前面已经提到的"讹传之信"的具体内容了，原来传言程沅一家已经在水灾中遇难，现在看见并不是这样，一家男男女女都在啊，在戏谑中表现出一种为老朋友庆幸的深挚心情。全诗因为有了这两句，就把本来很沉重的描写水灾的主题，变得有了轻松的情调，让人不至于感到沉闷。所以最后两句，诗人就说了：我们都上了年纪，没有想到还能常常相见，现在既然亲热地聚首，岂能不趁机狂放一回呢？那就再努力喝酒吧！这表现出他对老朋友的一片深情，也体现出诗人固有的豪放的性格。可以想见，诗人因为水灾以后的讹传而专门去看望程沆一家，这次亲热的聚会，又使他们进一步加深了友谊。

（管遗瑞）

●黎简（1747—1799），字简民，一字未裁，号二樵。广东顺德（今佛山市顺德区）人。乾隆诸生。工书画，诗词亦著名。其诗峻拔清峭，刻意新颖，自成一家。有《五百四峰草堂诗钞》。

◇村饮

村饮家家酿酒钱，竹枝篱外野塘边。

谷丝久倍寻常价，父老休谈少壮年！

细雨人归芳草晚，东风牛藉落花眠。

秧苗已长桑芽短，忙甚春分寒食天？

"黎简诗往往锤炼过甚，失之幽涩。此诗则较为秀丽自然。"（钱仲联、钱学增《清诗三百首》）这首诗在轻松愉快的气氛中，描写了村民在春季农闲时间聚餐饮酒的情形，表现了淳朴可爱的民间风习和清新秀丽的自然风光，但也含蓄地反映了当时物价倍涨和农民生活的艰难，在微带甘甜的诗味中掺和着苦涩。

刘熙载在《艺概·诗概》中说："律诗之妙，全在无字处。每上句与下句转关接缝，皆机窍所在也。"这首诗在描写村饮时，显著特点是把客观的描述与村民们的交谈，不着痕迹地融合在一起，通过"转关接缝"，且叙且议，不仅形象地表现了村饮的场面，而且还深入地揭示了村民的心理，透视隐忧，从一个侧面真实而深刻地反映了农村的社会情形，在"无字处"给人以丰富的联想和启迪。

前两联直接入题，写村民们聚餐饮酒的场面。首联"村饮家家酿酒钱，竹枝篱外野塘边"，是诗人的叙述。春天农闲时节，乡村向有聚饮的习惯，于是，村民们家家都凑点钱，来共同备办一顿酒席，大家趁闲共饮。这是多么具有田园风情的优美景象啊！两句交代了村饮的筹备经过和酒席的地点，十分切合农村情况。"家家酿酒钱"，与"一掷千金"的豪饮相比，未免显得小家子气，但这正是村饮的特点。钱要一点一点地凑，凑足了才能做酒席，这一方面说明农民收入甚微，经济拮据；但另一方面也说明，即使在艰窘情况下家家也都自愿来凑，见出民风的淳朴，以及大家对聚饮兴趣的浓厚，村饮的欢乐情景也就可想而知了。地点虽不如在高楼华屋中那样有气派，但"竹枝篱外野塘边"，却自有它的清趣，句中的"野"字，透露出了村饮时那种无拘无束、人人共乐的情景。在这样的情况下共饮，大家当然要畅所欲言，借机倾诉一番了。于是颔联就写谈话内容："谷丝久倍寻常价，父老休谈少壮年！"大家在席间谈到农村的收入，年岁大些的"父老"都感到眼下的乾隆年间，谷价、丝价都比康熙年间有成倍的增长（由于农产品涨价，其他需要购置的生活必需品也随之涨价，对于原本就收入不多的农民，生活自然也就越过越难了）；于是有人就劝说，父老们休要再去谈过去了，那种较为过得去的日子是永远不会再来了。这两句是村民们席间的闲谈，前句平平叙说，显得稳健持重，是父老们对过去满含深情的追忆；后一句语气强烈，显然是年轻气盛的后生们的愤激之言，把席间对话摹写得声口毕肖。而两句的共同点，都是对当时社会现实的不满。但在诗中，这两句又好像不单是村民的谈话，而像是作者的叙述，其间包含着诗人的强烈感情。这样，叙述与谈话水乳交融，转接自然而又包蕴无穷，作者的感情与村民的感情合而为一，诗情更为动人。而那席间谈笑对话，以至热烈争论的情景，也都宛在目前，收到了意在言外的良好效果。

　　后两联写村民们饮罢归家途中所见的景象和言谈。颈联"细雨人归芳草晚，东风牛藉落花眠"，上句"晚"字，说明大家饮的时间很长。一年中难得这样一次聚会，村民都留恋不舍，直到天色向晚，又下起细雨来，才各自踏着芳草归去；一路上，春风徐徐吹来，农舍边的耕牛正躺在落花上熟眠。这一联是承"竹枝篱外野塘边"句，进一步描绘农村风光，十分工巧细致，将眼前景色写得历历如绘，十分可爱。从章法上说，这样穿插描绘，避免了平铺直叙，显得参差错落，摇荡生姿，体现了作者的艺术匠心和纯熟技巧。在归途中，大家当然也要谈话，尾联就写村民边走边谈的内容："秧苗已长桑芽短，忙甚春分寒食天？"大家似乎在说，你看，秧苗都长那么高了，用不着再多费力气来管理，桑树的叶子却才刚刚长出，还不到采摘喂蚕的时候，在这春分和寒食节的二月底、三月初，正是农闲时候，有什么可忙的呢？这一联如同颈联一样，既是写谈话，同时也是诗人的描述，收到了二者得兼的效果。"秧苗已长桑芽短"一句，既写农时，又兼写景，使人想到那满地嫩绿的秧苗和刚刚冒出新芽的满山的柔桑，进一步写出了乡村的优美可爱景色。这一句还与"谷丝"句暗通关节，意蕴丰富，暗示出言外之意。既然稻谷、蚕丝早就倍涨其价，什么东西都贵，生活也只能这样将将就就地过下去，再辛苦勤劳又有多大用处呢？不如趁此农闲季节，清闲一下，得过且过算了。这些话，好像是在自慰自解，其实，里面深藏着村民们对眼前现实的怨愤，以及无可奈何的心情。最后以问句结束，似乎是一声长叹，将篇中前面写到的村饮的暂时欢乐一笔扫空，而留下耐人寻味的深长的意味。在"无字"之处，读者体会到了丰厚的意蕴，并将引起深入的思考，得到深刻的启示。

唐代诗人王驾有一首《社日》，也是写与村民饮酒的："鹅湖山下稻粱肥，豚栅鸡栖半掩扉。桑柘影斜春社散，家家扶得醉人归。"那情景则迥然不同，春社散后，庆祝社日而喝得醉醺醺的村民，被家人邻里搀扶着回家，极尽热闹欢乐。而这一首虽然以"村饮"为题，按说应当在酒上多着笔墨，却并没有直接写饮酒，也没有暗示那种"会须一饮三百杯"的豪情，并且最后也没有出现酒醉的情形，只是写"细雨人归芳草晚"，喝了大半天仍然都是很清醒的。这就明确地表示出，在当时农村境况不好，村民生活艰难的情况下，尽管大家也希望在共饮中得到欢乐，但人人心中都怀着忧虑，饮酒也就不能不有所节制，怎能畅饮而醉呢？作者用十分婉曲之笔，从一次小小的村饮中，反映出了当时农民生活的痛苦，感慨至深，具有深刻的意义。

（管遗瑞）

●黄景仁（1749—1783），字汉镛，一字仲则，号鹿菲子，江苏武进（今常州）人，早孤家贫。曾游安徽学政朱筠幕。清高宗东巡召试名列二等，授武英殿书签官。后授县丞，未到任而卒。有《两当轩集》等。

◇二十三夜偕稚存广心杏庄饮大醉作歌

安得长江变春酒，使我生死相依之。不然亦遣青天作平地，醉踏不用长鲸骑。夜梦仙人手提绿玉杖，招我饮我流霞卮。一挥堕醒在枕席，神清骨轻气作丝。日来不免走地上，龌龊俯仰同羁雌。寒阴噤户不能出，幸有数子来招携。迅猋滕我沙拍面，此际烂醉真相宜。旗亭闹饮酉达子，万斛澹尽红玻璃。孟公肯顾尚书约，李白笑杀襄阳儿！出门霜花被四野，步入黑樾随高低。须臾荒荒上残月，照见怪木啼饥鸱。徘徊坐卧北邙地，欲觅鬼唱秋坟诗。东方渐白寺钟响，远林一发高天垂。下穷重泉上碧落，人间此乐谁当知？此时独立忽大笑，正似梦里一吸琼浆时！

写宴饮的诗歌，一般都是直接描写宴会的情况。但是这首饮酒诗却很特别，遥遥地从做梦喝酒写起，然后说到朋友请他喝酒，接着写了大醉以后的种种情况，甚至写到了荒坟野鬼，表现了极度抑塞悲苦的心情，读来别是一番滋味。

本诗的作者黄景仁，一生穷困潦倒，后来出钱买了个县丞，但是还没有到任就病死了，才活了三十四岁。他一生极端贫困，又怀才不遇，诗歌多写牢愁悲伤之情，也显出倜傥不羁之气，从这首诗歌中我们也可以看出这种情况。

黄景仁一生嗜酒如命。开始四句就想落天外，说要能把长江变成酒就好了，以便生死相依，一辈子喝个不完；又说如果把青天作地，坦荡如砥，醉了就不用骑长鲸了。这真是忽发奇想，诗人嗜酒的癖好和豪放的性情也鲜明地表现了出来。大约是囊中羞涩，好久没有酒喝了吧，他居然夜里梦见仙人请他喝酒，醒来后"神清骨轻"，好不痛快！但这毕竟是梦，白天还是在龌龊的尘世中生活，天气阴沉，风沙扑面，心情是十分痛苦的，幸而正在此时有人请他喝酒，他就打算去烂醉一次了。这是诗歌的第一部分，虽然一路洋洋洒洒而来，写了多方面的情况，但是核心只有一个，那就是现实生活是如此地令人不满意，他非常想超离这个现实，遁入醉乡，以求得精神的寄托和解放。

第二部分，也就是以下的十六句，就开始写旗亭豪饮的情况了。不过也只有四句，只说了从酉时饮到子时，也就是从傍晚喝到半夜过，一杯杯地喝了不知多少，已经酩酊大醉了。接下来就写回家路上的情况：出得门来，只见霜花被野，黑漆漆的树林里高低不平；一会儿月亮出来了，照见古怪的树木，猫头鹰正在树上发出怪叫；又来到坟地，想找鬼来一起吟诗。这一切阴森恐怖的描写，使人感到毛骨悚然，而诗人却处之泰然，甚至还流露出欣赏的情绪了。这正是一种长期受到压抑的病态心情的表现，在醉酒以后由于潜意识的作用，自然地流露了出来。诗人就这样，在这暗夜中踯躅徘徊，不觉东方之既白。"下穷重泉上碧落，人间此乐谁当知？"这是诗人对这次大醉以后的个人心情的正面表露，认为这是至乐的境界，非别人能够理解的。于是，"此时独立忽大笑，正似梦里一吸琼浆时！"这诗歌最后的忽然大笑，笑得如同疯人的狂态，叫人有些心悸。然而这也正是诗人大醉以后的真实写照，是他得到满足以后的快慰的自笑，表现出他思想得到解脱之时发自内心的愉快，就像当初梦见与仙人饮酒时的情景一样！这也就是他为什么要寻求大醉的真实原因了，说到底，就是要追求一种和现实不同的自我陶醉的境界，来实现自我的超脱，可见诗人对现实的极端的不满，以及他心中长期郁结的愤懑，这时情感的闸门一旦打开，就像奔涌的洪流，不可抑遏而一泻千里了。

这是一首歌行体的诗歌，篇幅相对要长一些，句式也长短参差，音节起伏跌宕，正好用来表现这种热情奔放、豪纵不羁的情感，诗人运用得恰到好处，所以感情表达得很充分，达到了痛快淋漓的效果。全诗写了很多内容，乍看起来好像有些散漫，但是都与要表现的个人情感也就是追求醉后的超脱扣合很紧，而且最后一句"正似梦里一吸琼浆时"，又和前面的梦境相照应，显得结构很完整。黄景仁的诗歌很富有感染力，这首诗歌正是这样。

（管遗瑞）

●黄遵宪（1848—1905），字公度。广东嘉应（今梅州）人。光绪二年（1876）举人。历任驻日、英、美、新加坡等国外交官。官至湖南长宝盐法道、署按察使。戊戌政变失败后免去官职。论诗主张"我手写吾口"，要求表现"古人未有之物，未辟之境"，创"新诗派"。有《人境庐诗草》《日本杂事诗》等。

◇夜饮

长风吹月过江来，照我华堂在手杯。
莫管阴晴圆缺事，尽欢三万六千回。
胸中五岳撑空起，眼底浮云一扫开。
玉管铜丝兼铁板，与君扶醉上高台。

这首诗歌的作者黄遵宪是晚清诗坛的杰出诗人。他的个人经历也很丰富，三十岁出使日本，任使馆参赞；三十五岁又调任美国旧金山总领事，三年以后回国。这首诗大约作于此时。他的性格开朗豪放，因此他的诗歌风格总的趋向是豪迈奔放，有如黄钟大吕，读来令人精神振奋。

这首诗歌在内容上看来好像没有什么新鲜的地方，也只是写自己晚上饮酒而已。但是他写得特别雄放。一、二句不过是说自己在华堂饮酒，手持酒杯，但是前面加了一句"长风吹月过江来"，就把个人的饮酒和长风、月、大江联系起来，夜饮的境界就显得极其阔大，气势奔涌了。这也为全诗的高昂的情绪奠定了基调。"莫管阴晴圆缺事"，用了苏轼《水调歌头·中秋》词中"月有阴晴圆缺，人有悲欢离合，此事古难全"的意思，但是多少也有些愤激情绪，因为作者对当时清朝政府的腐败是深深不满的，主张改良，但是阻力也很大，作者每每痛心于此。因此他希望自己人生百年之中，天天饮酒尽欢，不要管这些事情，这当然也是愤激语。所以接下来作者要纳五岳于胸中，撑空而起，斩钉截铁地表示，要把"眼底浮云一扫开"，这是何等博大的胸襟和豪迈的气概，表现了作者坚定的信念和一往无前的精神。最后一联，作者又用了苏轼的一个典故。据俞文豹《吹剑录》记载："东坡在玉堂（按指翰林院）日，有幕士善讴。因问：'我词比柳（柳永）词何如？'对曰：'柳郎中词，只合十七八女孩儿，执红牙拍板，唱"杨柳岸晓风残月"；学士词，须关西大汉，执铁板，唱"大江东去"。'公为之绝倒。"作者很巧妙地运用这个典故，意思是要登上高台，放声高唱"大江东去"，来抒发自己的一腔豪气，为实现自己的政治理想不懈努力！

通过这样粗略的分析，我们已经看出，这首诗不是只写普通的夜饮，它是通过夜饮这个极其平凡的事情，来借题发挥，抒发自己爱国求变的满腔豪情，以及自己胸中的忧虑和愤懑。因此诗歌在雄豪的风格中，也具有沉郁的精神。也正因为如此，这首诗歌的思想境界就大大地超过了普通的饮酒诗，富有非常深厚的意蕴，读来具有感奋人心的巨大力量。

（管遗瑞）

●樊增祥（1846—1931），字嘉父，号云门，一号樊山，湖北恩施人。光绪进士，清末官江宁布政使，权署两江总督。有《樊山集》等。

◇采茶词

分龙小雨不成丝，晏坐斋中试茗旗。

乳燕出巢蚕上簇，山家又过炒青时。

喝茶总要有闲心情，才能仔细品味出茶的味道。而雨中喝茶，就更是闲中见静，意味深长了。

樊增祥的这首小诗，就是描写雨中自己喝茶的情况的。此时正下着稀疏的小雨，它既不是梅雨季节那种从天而降整日挂着的细密的丝雨，叫人觉得烦闷，又不是夏季的电闪雷鸣式的急风暴雨，让人感到心情不安，而是"分龙"（江浙一带的山区，以夏历四月下旬到五月上旬为"分龙"，这时的雨就叫"分龙雨"）时节的稀疏小雨，点点滴滴，无声地落下，就像滴到人们的心头，那么清凉、舒适而又安静。这个时候，作者一个人闲坐书斋，品尝着"茗旗"（即茶），我们可以想见，这该是多么清闲的情景！

作者喝着茶，看着点点滴滴的小雨，思绪也慢慢地荡漾开去，就像茶杯里泛起的微微涟漪。也许是他看见自家屋里的乳燕斜斜地飞到了雨中，抑或是看见雨中别家的燕子正"差池其羽"——这也是雨中很美的景象哩！他想到了春蚕上簇，仿佛听见了那沙沙的声响，就和现在的雨声一样，那么动听！这时，他凭常识知道，"山家又过炒青（炒青，就是用锅炒法对鲜茶叶进行杀青，再进行其他工序，制成成品茶）时"，那成批生产茶叶的时节已经过去，也就是农忙的时间已经过去，整个山区也从极度劳累中一下子松弛下来，到了一片闲暇的时候了……这些思绪，是那么轻轻的，淡淡的，完全是在不经意之间，而整个山区的恬静也正和此时的心情相一致。他此刻喝着茶，仿佛自己也融进了雨中，身心一片轻松……

诗人对于雨中喝茶的绝妙境界，用自己的切身感受，在这首小诗中作了形象生动的诠释。

（管遗瑞）

●秋瑾（1875—1907），字璿卿，号竞雄，别号鉴湖女侠，浙江山阴（今绍兴）人。1904年赴日留学，参加光复会、同盟会。回国后在上海创办《中国女报》，提倡妇女解放。后回绍兴，主持大通学堂，组织起义。事泄被捕，英勇就义。今辑有《秋瑾集》。

◇对酒

不惜千金买宝刀，貂裘换酒也堪豪。
一腔热血勤珍重，洒去犹能化碧涛。

诗酒的结缘所来自远，陶潜以来以饮酒为题的诗篇不少，其中大有"醉翁之意不在酒"的托兴深远的作品。秋瑾女士的这一篇，可算是晚近的杰作。

初读本篇，读者很可能只注意到那个"豪"字，将全诗看成这样的三部曲：一是"千金买宝刀"，豪举也。二是"貂裘换酒"，亦豪举也。两句中的"不惜"和"堪豪"是互文，也就是说，不惜金钱，去购买宝刀，堪豪；不惜珍贵的貂皮衣，去换取美酒，也堪豪。三是"洒热血""化碧涛"，意指革命者不惜牺牲去争取胜利，更属豪举。这两句用了一个典故。相传周代忠臣苌弘，死后三年，其血化作碧色。此后人们就常用碧血来形容烈士的血。看来，首句的"不惜"和次句的"豪"

还兼管第三、四句，这比一般的互文修辞，显然有创新了。

　　其实这首诗的味道，还并不出在那个"豪"字。关键语尤在"勤珍重"三字，它似乎是针对前二句的"不惜"而言的。意言金钱可以不惜，貂裘可以不惜，然而生命却不可不惜。不过，珍惜不是目的，到必要的时候，则可以"不惜"——"一腔热血勤珍重，洒去犹能化碧涛。"诗人倡言珍惜生命，不是为活着而珍惜，而是为革命而珍惜。只要这一腔热血洒得是地方，就能化成一股巨大的力量。

　　诗人在写出一个"不惜"后，又写出"勤珍重"，是诗意的跌宕和顿挫，好比将拳头攥紧抽回，当其再打出去——写出另一个"不惜"，方才更见有力。一篇豪情满怀的诗中，由于有了"勤珍重"这样的款语叮咛，更觉有刚柔互济之妙。这首诗似受到唐诗"劝君莫惜金缕衣，劝君惜取少年时"（《金缕衣》）的启发，而富于新意。

（周啸天）